국내 상위 0.1%

▶ 유튜브

40억 창출

꺼리튜브 꺼리튜브

성공 노하우

초판 인쇄: 2024년 3월 31일
초판 발행: 2024년 3월 31일

출판등록 번호: 제 2015-000001 호
ISBN: 979-11-983257-6-1 (03800)

주소: 강원도 횡성군 횡성읍 송전로 209 (고즈넉한 길)
도서 구입 문의(신한서적) 전화: 031) 942 9851 팩스: 031) 942 9852
도서 내용 문의(책바세) 전화: 010 9691 6025
펴낸곳: 책바세
펴낸이: 이용태

지은이: 꺼리튜브 (안영준)
기획: 책바세
진행 책임: 책바세
편집 디자인: 책바세
표지 디자인: 책바세

인쇄 및 제본: (주)신우인쇄 / 031) 923 7333

Published by chackbase Co. Ltd Printed in Korea

국내 상위 0.1%

유튜버

40억 창출

꺼리튜브

성공 노하우

*책바세

 프롤로그

필자는 지난 6년 간 유튜브를 전업으로 삼아, 여러 분야에서 다양한 채널을 성공적으로 운영해 온 경험을 가지고 있으며, 여러 채널 중 50만 명이 넘는 구독자를 보유한 대형 채널부터, 10만에서 20만 명의 구독자를 갖춘 중형 채널까지 폭넓게 운영하면서 유튜브 시장의 다양한 층위를 경험하였다. 이 중에서 '꺼리튜브' 채널은 단순히 50만 명이란 구독자 수를 넘어, 지난 3~4년 간 국내에서 손꼽히는 전문성과 상업성을 겸비한 채널로써 그 명성을 확립하였다. 국내 밀리터리 콘텐츠 분야에서는 누구도 부인할 수 없는 대표 채널로써의 위상을 확고히 하였으며, 이는 필자가 시의성 있는 콘텐츠뿐만 아니라 엔터테인먼트, 경제, 예능, 교육 등 다양한 분야의 채널을 개설하고 운영하면서 쌓아온 풍부한 경험과 노하우가 있었기에 가능하였다.

본 도서는 국내 유튜브 시장에서 상위 0.1%에 오른 필자의 경험과 실질적 노하우를 담고 있다. 필자가 제작한 영상은 6,000개를 넘어섰으며, 누적 조회수는 10억 뷰를 상회한다. 특히, 2020년 한 달 동안 최대 3개의 영상이 유튜브 인기 동영상 탭에 올라가는 등 10개의 영상이 인기 동영상에 등장하는 기록을 세웠다. 이는 대중의 취향을 정확히 파악하고, 고품질의 영상을 제작할 수 있는 능력의 결과이다.

유튜브에서의 성공은 창의성, 전문성, 지속적인 학습과 실험이 핵심임을 강조한다. 변화하는 시청자 취향에 맞춰 새로운 콘텐츠를 탐색하고, 이를 통해 새로운 가치를 제공하는 것이 중요하다. 또한, 콘텐츠 전략, 타겟팅, SEO 최적화, 소셜 미디어 연계 등을 활용해 콘텐츠 가시성을 높이고, 구독자와 지속적으로 소통하여 커뮤니티를 구축하는 것도 성공적인 유튜브 채널 운영에 필수적이다. 이제 이 책을 통해 유튜브 현장에서 경험한 필자의 내공들을 깊게 공감하고 하나하나 실천해 나갔으면 하는 바람이다.

꺼리튜브 대표 안영준

▶️ 이 책에 포함된 유튜브와 인공지능 책 활용법: 특전

본 도서 포함된 "100만 뷰 프리미어 프로들의 유튜브 영상 편집 테크닉"은 유튜브 영상 편집을 위한 내용이 담겨있으며, "알아두면 평생 써먹는 인공지능(AI) 그림 수업"은 생성형 AI를 활용해 다양한 이미지 및 애니메이션을 만들어내는 데 필요한 지식이 담긴 전자책(PDF) 형태의 도서이다. 이 책들은 현재 교보, 예스24, 알라딘 등에서 실물(종이책)로 판매되고 있는 상품으로, 본 도서의 독자들을 위해 특별한 패키지 형태로 제공된다.

패키지 전자책 및 비밀번호 요청하기

본 도서에 포함된 두 권의 전자책(PDF)은 스마트폰 카메라를 이용해 QR 코드를 스캔한 후 "책바세" 카카오톡 채널로 접속해 다음과 같이 요청하면 된다. 단, 도서관 대여 책과 중고 거래 책은 불가하다.

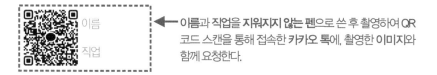

▶ 목차 (국내 상위 0.1% 유튜브 40억 창출 꺼리튜브 성공 노하우)

04 성공하기 위한 유튜브 준비물

06 유튜브로 최고 수익을 창출할 수 있는 전략

07 미래의 유튜브 트렌드 분석

▶ 목차 (100만 뷰 프리미어 프로들의 유튜브 영상 편집 테크닉)

07 오디오 편집

08 자막(타이틀) 제작

09 시간에 관한 작업들

10 모션 그래픽(애니메이션) 제작

▶ 목차 (알아두면 평생 써먹는 인공지능(AI) 그림 수업)

02 고수들이 사용하는 미드저니 프롬프트

03 유용한 열 두 가지 생성형 AI 컬렉션

▶ 초보 유튜버들이 알아야 할 유튜브 핵심 용어들

본문에 들어가기에 앞서 유튜브에서 활동하거나 콘텐츠를 제작할 때 알아두면 유용한 용어들을 정리해 보기로 한다. 여기에서 소개하는 용어들은 콘텐츠 제작, 채널 관리, 수익 창출, 분석 및 최적화 등 다양한 측면을 포함하고 있어, 본 도서의 내용들을 보다 쉽게 이해할 수 있을 것이다.

1. 콘텐츠 제작 및 채널 관리 관련 용어

채널 유튜브 사용자가 자신의 영상를 업로드하고 관리하는 개인적 또는 기업의 공간이나.

구독자 유튜브 채널을 구독하는 사용자로, 새로운 콘텐츠가 업로드될 때 알림을 받는다.

플레이리스트 (재생 목록) 관련 영상들을 모아 놓은 목록으로, 콘텐츠를 주제별로 정리할 때 유용하다.

엔드 스크린 영상의 마지막 부분에 나타나는 요소로, 다른 영상, 플레이리스트, 구독버튼 등을 홍보하는 데 사용된다.

카드 영상 재생 중에 표시되는 상호작용 가능한 알림으로, 시청자에게 다른 영상, 플레이리스트, 웹사이트 링크 등을 제공한다.

2. 수익 창출 관련 용어

수익 창출 유튜브 채널을 통해 광고 수익을 얻을 수 있는 자격을 갖추는 과정이다.

CPM (Cost Per Mille) 광고주가 1,000회의 광고 노출당 지불하는 평균 비용이다.

RPM (Revenue Per Mille) 채널의 1,000회 재생당 평균 수익이다.

슈퍼 챗 (Super Chat) 라이브 스트림 중에 시청자가 메시지를 돋보이게 하기 위해 지불하는 기능이다.

멤버십 시청자가 매달 일정 금액을 지불하여 채널을 지원하고, 대신 특별한 혜택을 받는 구독 모델이다.

3. 분석 및 최적화 관련 용어

구글 애널리틱스 (Analytics) 채널의 성능에 대한 통계와 데이터를 제공한다.

인게이지먼트 (Engagement) 좋아요, 댓글, 공유 등 시청자가 콘텐츠와 상호작용하는 정도이다.

임프레션 (Impressions) 광고나 콘텐츠가 표시된 횟수이다.

클릭스루율 (CTR: Click-Through Rate) 임프레션 대비 클릭 수의 비율로, 콘텐츠나 광고가 얼마나 효과적으로 시청자의 관심을 끌었는지를 나타낸다.

시청 지속 시간 (Audience Retention) 시청자가 영상를 얼마나 오래 시청하는지를 나타내는 지표이다. 높은 보유 시간은 콘텐츠의 질을 반영한다.

SEO (Search Engine Optimization) 유튜브 검색 결과에서 영상의 가시성을 높이기 위해 제목, 설명, 태그 등을 최적화하는 과정이다.

썸네일 (Thumbnail) 영상의 첫 인상을 결정하는 작은 이미지로, 시청자의 클릭을 유도하는 중요한 역할을 한다.

위의 용어들은 유튜브 콘텐츠 제작 및 채널 관리의 기본을 이해하고 효과적으로 활용하는 데 중요한 용어들이다. 유튜브 플랫폼의 다양한 기능과 지표들을 잘 이해하고 활용함으로써 콘텐츠의 성공 가능성을 높일 수 있다.

01

유튜브로 인생의 터닝 포인트 만들기

▶ 유튜브로 과연 얼마나 수익을 올릴 수 있을까?

요즘 많이 듣는 말 중 하나는 "현재 대한민국이 단군 이래로 가장 쉽게 부(富)를 창출할 수 있는 때라는 것"이다. 세계적인 불안정이 초래한 침체로 인해 은행의 이자율이 지속해서 오르고 있고, 이에 따라 인건비 상승, 물가 상승 등 사회 전반의 비용이 일제히 상승하고 있다. 이러한 상황에서 수입이 정체된 것처럼 느껴지는 현재, 쉽게 수익을 창출한다는 말은 어떤 이들에게는 과장된 소리로 들릴 수 있다. 그러나 컴퓨터와 인터넷이 등장한 이후로, 개인이 가진 무형의 자산을 활용해 수익을 내는 잠재력은 더욱 커졌다. 이는 개인의 능력, 창의적 사고, 실행력이 있다면, 이러한 능력을 디지털 자산으로 전환해 현실 세계의 경제적 가치로 만들 수 있으며, 경제적 안정을 넘어서 자유를 실현할 수 있음을 의미한다. 즉, 디지털 지식만으로도 개인의 재능을 넘어서는 수익을 창출할 수 있으며, 이는 무한한 가능성을 제공한다는 것이다.

유튜브를 통해 얼마나 많은 수익을 낼 수 있는지, 그리고 유튜브에서 수익을 내기 위한 구체적인 방법이 무엇인지에 대한 궁금증을 가지는 이들이 많다. 이 책에서는 유튜브를 통해 수익을 창출할 수 있는 방향을 제시할 뿐만 아니라, 개인의 노력에 따라 삶의 전환점을 마련할 수 있는 계기를 제공한다. 필자는 인생에서 좋은 책 한권을 읽는 것만으로도 부를 달성할 수 있는 계기를 만들 수 있다고 생각한다. 하지만 세상에 공짜가 없듯이, 아무리 책에서 유익한 정보를 제공한다 하더라도, 자신이 직접 행동으로 옮기고 노력하지 않는다면, 그 어떤 정보도 가치를 발휘할 수 없다. 이는 자신의 노력과 의지, 무엇보다 실행력이 중요함을 강조하는 불변의 진리다.

이 책을 통해, 필자는 독자들이 그동안 인식하지 못했던 장벽을 넘고, 무지로 인해 보이지 않았던 기회의 방향을 제시하는 조타수 역할을 기꺼이 수행한다. 지금 현재, 유튜브를 시작하는 것이 결코 늦지 않았으며, 시장의 변화와 대중의 관심이 지속적으로 새로운 기회를 만들어내고 있기에, 현재의 유튜브는 무능력한 사람들의 말처럼 레드오션이 아니라, 제 2의 전성기를 맞이하고 있다는 표현이 더 정확하다. 따라서, 이 책은 독자들이 유튜브를 통해 경제적 자립을 실현하고, 더 나아가 자신만의 디지털 자산을 구축할 수 있는 방법을 구체적으로 안내한다. 이는 디지털 시대의 새로운 재능과 기술을 활용해, 개인의 창의력과 능력을 경제적 가치로 전환하는 데 중점을 둔다.

2014년경, 유튜브를 통한 콘텐츠 제작에 관심을 갖기 시작했을 때, 당시 유튜브의 활성화 정도는 지금과 비교해 매우 초기 단계였다. 국내 시장에서는 아프리카 TV와 같은 다른 미디어 플랫폼이 더 큰 주목을 받고 있었으며, 해당 플랫폼에서 활동하는 매력적이고 재능 있는 BJ들의 활약이 유튜브의 잠재적 가능성을 상대적으로 저평가하게 만들었다. 이로 인해 유튜브가 특별한 재능이나 외모를 가진 소수에 의해 지배되는 플랫폼이라는 잘못된 인식을 가지게 되었다. 이는 초기 무지에서 비롯된 오류였으며, 당시 유튜브에 대한 깊이 있는 탐구와 이해를 했다면, 더욱 발전된 경로를 걸었을 것이다.

"늦었다고 생각할 때가 가장 빠른 때"라는 말이 있듯, 현재 유튜브 시장의 포화 상태임에도 불구하고, 유튜브는 지속적으로 변화하고 성장하는 생명체이므로 유튜브의 시작은 결코 늦지 않았으며, 새로운 기회의 문을 여는 출발점이 될 수 있음을 강조하고 싶다. 능동적인 행동과 결단력을 가지고 실행에 옮긴다면, 의미 있는 결과를 얻을 수 있다.

한 조사 결과에 따르면, 한국인의 유튜브 사용 시간이 월간 기준 1천억 분을 넘었다고 한다. 한국 인구를 5,000만 명으로 가정하고 단순 계산해 보면, 1인당 사용 시간이 2,000분이라는 놀라운 수치가 나온다. 모든 인구가 유튜브를 사용하는 것이 아니기 때문에 이를 다시 계산하면, 1인당 사용 시간은 훨씬 더 많을 것이다. 2023년 10월 기준으로 유튜브 사용 시간은 2018년 395억 분에서 매년 증가해 5년 새 2.6배로 늘었다. 특히, 2023년에는 처음으로 유튜브 사용 시간이 1천억 분을 넘는 달이 여러 차례 있었다. 유튜브 사용 시간이 1천억 분을 넘은 것은 2023년 1월(1천15억 분), 5월(1천22억 분), 7월(1천33억 분), 8월(1천68억 분) 등 총 다섯 차례다. 이러한 현상은 앞으로도 유튜브를 대체하는 플랫폼이 나오기 전까지 꾸준히 증가할 것이다.

유튜브를 지금 시작하는 것이 늦었다는 주장은 현재의 사회적 배경을 간과한 채 나오는 말이므로, 크게 신경 쓰지 않아도 된다. 2022년 대비 2023년 기준으로 유튜브의 사용 시간은 1천 44억 분으로, 카카오톡의 319억 분의 약 3.3배, 네이버의 222억 분의 약 4.7배에 달하며, 인스타그램(172억 분), 틱톡(79억 분)과 비교했을 때도 사용 시간이 월등히 길다. 이러한 증가는 코로나19 팬데믹 기간 동안 사용자 수와 사용 시간이 급증한 데 이어, 엔데믹 상태로 전환된 이후에도 많은 이들이 유튜브의 다채로운 매력에 빠져 지속적으로 사용하고 있기 때문이다. 특히, 숏폼 콘텐츠가 사용자의 체류 시간을 늘리는 데 크게 기여하고 있다.

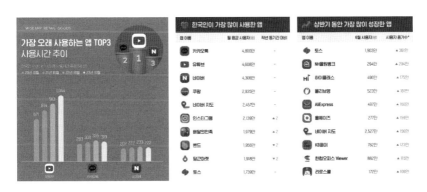

| 한국인이 가장 오래 사용하는 플랫폼과 가장 많이 사용하는 앱_출처: 구글 |

최근 발표된 2023년 한국인이 가장 많이 사용한 앱 리스트를 살펴보면, 이동통신사나 단말 제조사 앱을 제외하고 조사된 결과로, 카카오톡이 월평균 4천7백99만 명의 사용자로 가장 앞서며, 이어서 유튜브(4천6백17만 명), 네이버(4천3백9만 명), 쿠팡(2천9백8만 명), 네이버 지도(2천5백만 명)가 상위 5위 안에 들었다. 이는 유튜브를 비롯한 다양한 플랫폼이 사람들의 일상 속에 깊숙이 자리 잡고 있음을 보여주며, 유튜브 시작을 망설이는 이들에게 여전히 큰 기회가 있음을 시사한다.

디지털 플랫폼, 특히 유튜브에 처음 관심을 가졌던 시절, 나는 이를 단지 취미 생활의 일환으로 여기는 무지에서 출발했다. 시간이 흘러 미디어 플랫폼은 급속도로 변화했고, 전통적인 텍스트 중심에서 동영상, 그리고 숏폼 동영상 플랫폼으로의 전환을 목격했다. 현재 유튜브는 단순한 동영상 공유 플랫폼을 넘어서, 대중과 소통하는 창구, 개인의 정체성을 표현하는 도구, 새로운 정보의 주요 원천으로 자리매김했다.

이 책을 통해 독자들은 유튜브로 인생의 중대한 전환점을 맞이할 방법을 배우게 될 것이다. 성공적인 채널 운영 기술을 넘어, 디지털 시대에 적합한 창의적이고 전문적인 접근법을 제시할 것이다. 독자들이 유튜브 시장에서 자신만의 위치를 확보하고 경제적 독립을 달성할 수 있도록 지원하며, 이론에 머무르지 않고 실제 실행 가능한 구체적이고 실용적인 조언을 제공할 것이다.

최근 유튜브 시장은 공중파 방송국과 중대형 프로덕션의 진입으로 새로운 변화의 조짐을 보이고 있다. 이는 유튜브가 수익 창출의 유망한 시장으로 변모하고 있음을 의미하며, 다양한 규모의 업체들이 유튜브 시장으로 빠르게 진입하고 있다는 사실을 보여준다. 민간기업의 핵심 목표는 효율적인 투자를 통해 최대의 수익을 추구하는 것이며, 이는 유튜브가 수익 창출의 무대임을 분명히 한다.

현재 전 세계는 유튜브라는 바다에서 신대륙을 발견하기 위한 치열한 경쟁을 벌이고 있다. 창의적인 아이디어와 강력한 실행력만 있다면, 콜롬버스가 아메리카 신대륙을 발견한 것처럼 자신의 인생에 새로운 장을 열 수 있다. 이것이 성공한다면, 현재의 어려운 삶과는 이별하고, 경제적 안정과 자유를 얻게 될 것이다.

결론적으로, 핵심은 실행에 있다. 6년간 6,000개 이상의 영상을 제작하며 생업으로 삼은 경험을 통해 필자가 깨달은 것은 바로 '생각을 행동으로 옮기라'는 것이다.

▶ 나도 다른 사람들처럼 유튜브로 성공할 수 있을까?

유튜브가 어렵다고 느끼는 건 단지 경험 부족 때문이다. 많은 이들이 오해하는 부분 중 하나는 성공한 유튜버들도 처음부터 모든 것을 완벽하게 했을 것이라는 것이다. 하지만 실제로는 그렇지 않다. 필자 포함, 대다수는 처음 영상을 올린 후 점차적으로 부족한 부분을 보완해가며 자신의 영상 퀄리티를 향상시켰다. 영상 퀄리티를 얘기할 때는 단지 화면에 보이는 이미지만을 의미하는 것이 아니라, 스크립트, 콘텐츠 주제, 썸네일, 기획 및 구성 등 영상 제작에 필요한 모든 요소를 포함한다. 이러한 요소들은 자본과 경험을 바탕으로 충분히 향상될 수 있다. 따라서 유튜브 초보자는 채널의 방향성과 콘텐츠 기획, 연출에 초점을 맞추는 것이 중요하다.

지금까지 6,000개의 영상을 제작한 필자의 경우, 처음 제작한 영상들을 돌이켜보면 당시에 왜 그런 영상을 만들었는지 의문이 들 정도로 촌스럽고 유치했다. 하지만 지금은 대중이 원하는 고퀄리티의 콘텐츠를 생산할 수 있는 능력을 갖추었다. 이는 화면에 보이는 영상미가 아닌, 차별화된 기획력이 뒷받침되었기 때문이다.

필자의 분야인 밀리터리 분야에서 필자의 영상 형식을 따라하는 유튜버가 많아졌다는 사실은, 유튜브 채널의 성공 방식이 일반화되었음을 보여준다. 유튜브에 대한 일반인의 인식은 단지 익숙하지 않을 뿐, 특별한 사람만의 영역이 아니다. 유튜브를 어떻게 해야 할지 모른다면, 성공한 유튜브 채널을 벤치마킹해 그들의 노하우를 따르는 것도 나쁘지 않다. 하지만 중요한 것은 단순히 모방하는 것이 아니라, 차별화된 콘텐츠를 만드는 것이다.

유튜브로 성공하기 위해서는 많은 것들을 포기해야 한다는 것이 필자가 하고 싶은 말이다. 유튜브만을 바라보며 현재의 생업을 포기하는 것은 위험한 도박이다. 필자도 2017년에 유튜브를 시작할 때, 잘 다니던 직장을 그만두고 여러 사업을 시도했지만, 대부분 실패했다. 이런 경험을 바탕으로, 필자는 유튜브를 시작하는 이들에게 조급함을 버리고 차별화된 콘텐츠로 대중을 매료시키는 것이 중요하다고 조언한다.

대부분이 그러하듯, 현재 진행 중인 일이 순탄치 않을 때 사람들은 주변에서 수익을 낼 수 있는 다른 기회를 찾아보곤 한다. 필자가 알고 있는 한 지인은 요식업에서 대성공을 거두어, 그의 매장은 십 수년째 월 매출 1억 원을 넘기고 있다. 하지만 이분은 자신의 식당 운영 외에는 다른 분야에는 별다른 관심을 보이지 않는다. 단지 자신이 운영하는 식당이 얼마나 더 잘 될 수 있을지에만 집중하며, 다른 사업을 통해 추가 수익을 추구하려는 생각은 하지 않는다. 물론, 개인마다 만족도의 기준은 제각각이기에 이 대표의 생각이 반드시 옳다고 할 수는 없다. 하지만 일반적으로 현재 하는 일에서 만족감을 느낀다면, 새로운 사업으로 위험을 감수하며 도전하는 일은 드물다.

필자가 지적하고자 하는 건, 일반적인 상황에 대한 것이다. 만약 현재의 일이나 사업이 잘 풀리지 않는다면, 대다수는 자연스레 다른 곳에서 더 나은 기회를 모색하게 된다. 사실, 필자 역시 유튜버로서의 성공이 타고난 재능 때문이 아니라, 여러분과 다를 바 없는 평범함에서 출발했다는 사실을 분명히 하고 싶다.

필자는 보통의 지방대를 졸업하고 중견기업에서 15년간 근무한, 이웃에서 흔히 볼 수 있는 아저씨였다. 그러나 지금은 국내 유튜브 상위 0.1%, 글로벌 순위에서도 1% 안에 드는 위치에 있다. 이러한 성과는 오직 필자의 집념과 끊임없는 노력 덕분이었다. 필자는 특별히 머리가 좋거나 창의적인 아이디어가 넘치는 사람이 아니다. 단지, 성공을 향한 강한 의지를 가지고, 다른 이들보다 2~3배 더 많은 시간과 노력을 쏟아부었다. 2018년 유튜브를 본격적으로 시작한 후, 약 2년 동안 필자는 하루에 단 1~2시간만 잠을 잤다. 이런 사실을 말하면 많은 이들이 믿지 못하고 비난할 수 있겠지만, 이것은 필자의 진실된 경험이다.

유튜브를 시작하기 전, 지인의 유혹에 넘어가 잘 다니던 회사를 그만두고, 무모하게 사업에 뛰어들었다. 결국 모든 저축을 탕진하고, 논현동의 고시원에서 살면서 낡은 컴퓨터로 유튜브 활동을 시작했다. 이 경험을 통해, 성공을 위해서는 꺾이지 않는 신념이 필요하다는 것을 깨달았다. 그래서 절박한 마음으로 공부하고 실행에 옮겼으며, 미친 듯이 노력했다. 여기서 중요한 교훈은, 성공을 향한 열정과 노력만이 성공의 열쇠라는 점이다. 보통 사람들도 이를 알고 있지만, 실천에 옮기지는 않는다. 성공의 조건은 어렵지 않다. 남들보다 더 많은 노력과 지속적인 실천, 그리고 끈기만 있다면 기본적인 성공 조건을 충족한다.

하지만, 이러한 노력이 일반적으로 받아들여져서는 안 된다. 자신과의 타협은 성공을 얻기 어렵게 만든다. 사람은 본능적으로 편안함을 추구한다. 그러나 유튜버를 꿈꾸는 이들에게 이러한 본능은 반드시 극복해야 할 대상이다. 유튜브 콘텐츠 제작을 위한 아이디어 발굴, 편집, 공부, 그리고 실습은 끊임없이 반복되어야 한다. 보통 유튜브를 시작한 지 2~3달이 지나면, 많은 이들이 자신과 타협하게 되는데, 이는 위험한 신호다. 필자는 유튜브를 시작하는 사람들에게 자신과의 타협을 최후의 보루로 삼고, 그 기준을 매우 높게 설정할 것을 조언한다.

예를 들어, 정한 작업량을 반드시 완수하거나 주간 작업량을 설정해 타임 스케줄을 지키는 것과 같은 자기 관리가 필요하다. 자신과의 타협은 많은 유튜버들이 성공하지 못하고 유튜브를 포기하는 주된 이유 중 하나다. 유튜브는 결국 자기 자신과의 싸움이며, 이길 수 있는 마인드 컨트롤과 건강한 몸이 성공을 위한 필수 조건이다.

유튜브 초보자가 성공으로 가는 길에서 첫 걸음은 자신만의 목소리를 찾는 것이다. 이는 영상 스타일이나 편집 기술을 넘어서, 자신이 전달하고자 하는 메시지의 방향, 콘텐츠 주제, 개인적인 가치관까지 아우르는 광범위한 과제다. 이를 위해 크리에이터는 다양한 시도와 실험을 통해, 자신에게 맞는 유니크한 표현 방법을 탐색해야 한다. 다음은 처음 시작하는 유튜버로서 성공할 수 있는 요소들을 정리한 것이다. 이러한 과정을 통해, 크리에이터는 자신만의 독특한 콘텐츠를 창조하고, 타겟 오디언스와 강력한 연결을 구축할 수 있다. 지속적인 학습, 실험, 그리고 커뮤니티와의 소통을 통해, 크리에이터는 유튜브 경력을 성공적으로 발전시킬 수 있다.

타겟 오디언스 정의 타겟 오디언스를 정확히 파악하는 것은 콘텐츠의 목표 관객을 이해하고, 그들의 관심사와 요구에 맞춰 콘텐츠를 기획하는 데 있어 필수적이다. 이 과정은 콘텐츠의 방향성을 설정하고, 제공하려는 가치와 필요한 대상을 명확히 하는 데 도움을 준다.

콘텐츠 퀄리티 개선 콘텐츠 퀄리티를 꾸준히 업그레이드하는 것은 초보 크리에이터에게 있어 핵심 도전 과제다. 이는 스크립트 작성에서부터 콘텐츠 주제 선정, 썸네일 디자인, 그리고 영상의 전반적인 구성에 이르기까지, 제작 과정의 모든 단계에서 지속적인 학습과 실험을 요구한다.

학습과 반성 첫 영상이 기대에 부응하지 못했다면, 실패를 통해 배우고 성장하는 것이 중요하다. 실패의 원인을 분석하고, 콘텐츠를 개선하기 위한 구체적인 계획을 세우는 과정에서 크리에이터는 자신의 콘텐츠와 시청자 반응을 더 깊이 이해할 수 있다.

실험과 다양성 자신만의 콘텐츠 스타일과 목소리를 찾기 위해 다양한 실험을 하는 것은 크리에이터로서 성장하는 데 필수적이다. 새로운 콘텐츠 형식과 주제를 탐색하며, 자신의 장점과 시청자의 반응을 파악하면서 콘텐츠의 창의성을 끌어올린다.

네트워킹과 커뮤니티 참여 유튜브 커뮤니티 내에서의 네트워킹과 상호작용은 지식 공유와 서로의 성장을 돕는다. 활발한 커뮤니티 참여를 통해 새로운 아이디어를 얻고, 자신의 채널을 더 넓은 관객에게 알릴 수 있는 기회를 확장한다.

창의적 콘텐츠는 시청자의 관심을 사로잡고, 기억에 오래 남으며, 다양한 미디어 매체를 통해 공유될 가능성이 크다. 이를 위해선 최신 트렌드를 파악하고, 기존에 없던 신선한 접근법을 시도하는 게 중요하다. 예컨대, 평범한 주제라도 독특한 관점이나 스토리텔링으로 새로운 가치를 창출할 수 있다. 콘텐츠가 시청자와 깊은 공감대를 형성하려면, 시청자의 관심사와 요구를 정밀하게 파악하고 이를 충족시키는 콘텐츠를 제작해야 한다. 댓글이나 소셜 미디어를 통한 적극적인 소통은 시청자와의 관계 강화와 콘텐츠 개선에 필요한 피드백을 얻는 데 도움이 된다.

영상과 오디오의 퀄리티는 시청 경험에 결정적인 영향을 미친다. 최신 장비 사용, 적절한 편집 기술 적용, 그리고 영상 촬영 및 오디오 녹음 기법의 개선을 통해 콘텐츠의 전체적인 퀄리티를 향상시킬 수 있다. 시청자의 피드백은 새로운 콘텐츠 발굴과 현재 콘텐츠 개선에 있어 가장 중요한 자산이다. 콘텐츠 퀄리티 향상은 단기간에 이뤄지는 것이 아니라, 지속적인 노력과 헌신을 요구한다. 창의적 아이디어 구현, 시청자와의 교감, 그리고 기술적 개선을 통해 유튜브 채널은 점차 성장해 더 많은 시청자에게 도달할 수 있다.

유튜브에서의 성공은 보통 단기간에 달성되는 것이 아니라, 지속적인 노력과 전략적 계획을 통해 이루어진다. 따라서, 유튜브를 통한 성공을 목표로 한다면, 목표를 너무 단기간으로 설정하지 말고 최소 1년 이상을 기준으로 삼는 것이 바람직하다. 이는 콘텐츠의 지속적인 퀄리티 유지, 타겟 오디언스와의 꾸준한 소통, 그리고 개인 브랜드 강화 등 다양한 요소를 충족시키기 위해 필요한 시간을 고려한 것이다.

초기 단계에서 유튜브 수익 창출은 주된 수입원으로 의존하기 어렵다. 따라서, 유튜브 활동을 지원할 수 있는 다른 안정적인 수입원을 확보하는 것이 중요하다. 이를 통해 크리에이터는 금전적 압박 없이 콘텐츠 제작에 집중하고, 창의적인 아이디어를 자유롭게 탐색할 수 있는 환경을 조성할 수 있다. 유튜버가 장기적인 성공을 위해선 콘텐츠의 창의성과 독창성을 지속적으로 발전시켜야 한다. 시장과 오디언스의 변화를 주의 깊게 관찰하고, 새로운 트렌드와 기술을 적극적으로 수용하며, 자신만의 독특한 목소리와 스타일을 유지해야 한다.

유튜브 플랫폼과 디지털 마케팅 분야의 빠른 변화에 발맞추어 지속적으로 학습하고 자기 개발하는 것은 필수적이다. 이는 새로운 콘텐츠 제작 기법, SEO 최적화 전략, 소셜 미디어 마케팅 등을 포함한다. 유튜브에서 장기적인 성공은 단순한 콘텐츠 제작을 넘어서는 노력을 요구하며, 이는 명확한 목표 설정, 전략적 계획, 그리고 꾸준한 노력과 학습을 통해 달성될 수 있다. 초기 단계의 어려움을 인내심 있게 극복하고, 자신만의 차별화된 콘텐츠를 지속적으로 발전시키는 자세가 성공의 열쇠이다.

▶ 따라하기만 해도 유튜브 상위 10%에 들어갈 수 있다

유튜브 상위 10% 도달을 꿈꾼다면, 유튜브 알고리즘을 파악하는 것이 첫걸음이다. 알고 시작하면 유효타를 날리기 수월해지니까. 현재, 유튜브 알고리즘을 다룬 서적과 강의가 엄청나게 많지만, 실제로 그 상위권에 들어본 이들이 얼마나 될까? 간접 경험으로도 가르칠 수 있다지만, 교육을 위해서는 해당 분야에 대한 실제 경험이 필수라고 필자는 믿는다.

국어국문학 교수가 그 분야의 전문가로 학생들을 가르치듯, 사업 성공 스토리를 강의하는 이는 실제 사업에서의 성공 경험이 있어야 한다. 단순히 남의 말을 인용해 강의한다면, 그 말의 신뢰성은 떨어질 수 밖에 없는 것이다.

유튜브 교육도 마찬가지다. 대부분의 교육 콘텐츠는 출처 불명의 지식을 바탕으로 하고 있다. 이것이 문제인 이유는, 가르치는 이나 배우는 이 모두가 이 분야를 제대로 이해하지 못하기 때문이다. 유튜브에서 알고리즘은 공개되어 있지 않아, 많은 이들이 간접 경험으로만 교육하고 있다. 하지만, 실제로 상위 0.1%에 속해 본 경험을 가진 이들이 교육하는 내용은 그 가치가 다르다. 필자처럼 국내 상위 0.1%에 속해 본 경험을 가진 사람의 노하우는 다른 어떤 간접 경험에서 얻은 지식보다 신뢰할 수 있다.

유튜브는 불친절의 끝판왕이며, 유튜브 커뮤니티 가이드는 유튜버에게 구체적인 지침을 제시하지 않는다. 이로 인해 유튜브 교육 서적 대부분이 제공하는 지식은 실제 경험과는 거리가 멀다. 유튜브 성공에는 정답이 없고, 유튜브 내에서 자신들의 규칙에 따라 운영되고 있지만, 이에 대해 정확히 파악하고 있는 이들은 많지 않다. 실제로 국내 상위권에 위치한 유튜버가 유튜브를 교육하는 사례는 매우 드물기 때문이다.

따라서, 서울 강남의 일타 강사들이 왜 존재하고, 왜 그들의 강의가 다른 곳에서는 배울 수 없는 지식을 제공하는지 이해한다면, 유튜브 교육에 있어서도 실제 경험을 바탕으로 한 교육의 가치를 알 수 있다.

앞으로 전개될 모든 챕터에서는 국내 상위 0.1% 유튜버(필자)의 노하우를 바탕으로, 유튜브 시장에서 성공하기 위한 실질적인 조언을 제공할 것이다.

▶ 유튜브 천재로 꾸준하게 살아 남아야 하는 이유

"가만히만 있어도 중간은 간다"는 말은 유튜브 시장에서는 통하지 않는다. 정적인 상태로는 도태되기 십상이고, 결국 기억 속에서조차 사라져버린다. 유튜브는 영상을 꾸준히 업로드하지 않는 이들에게는 냉정하게 노출 기회조차 주지 않는다. 필자는 매일 1개의 영상을 목표로 삼아 제작한다. 이는 유튜브 알고리즘을 활용하는 전략이자, 수익성 측면에서도 가장 효과적인 방법이다.

주당 업로드 기준으로는 최소 2~3회, 이상적으로는 4회 이상이 권장된다. 하지만 이는 전업 크리에이터가 아닌 경우, 특히 1인 크리에이터에게는 상당한 도전이다. 유튜브를 전업으로 삼는 이들에게는 콘텐츠 기획과 편집이 밤낮을 가리지 않는 과정이 필요하다.

우리는 이러한 끊임없는 노력을 기울이는 이들을 "천재"라고 부른다. 사전적 의미로는 남다른 능력을 가진 이를 뜻하지만, 유튜브 시장에서의 천재는 지속적으로 창의적인 콘텐츠를 생산하는 이들을 의미한다. 유튜브 시작 단계에서 많은 이들이 제안하는 기가 막힌 콘텐츠 아이디어 대부분이 이미 시장에 존재하거나, 필자의 역량을 초월하는 경우가 많았다. 따라서 유튜브에서 살아남기 위해선, 남들이 생각하지 못한 아이디어를 꾸준히 발굴하고, 이를 구현할 수 있는 천재성이 필요하다.

"가만히 있어도 중간은 간다"는 속담과 달리, 유튜브에서의 성공과 지속적인 부의 축적은 끊임없는 창의성과 노력을 통해만 달성될 수 있다.

▶ 유튜브 콘텐츠 아이디어 발상법

성공적으로 유튜브 시장에 발을 딛기 위해서는, 콘텐츠 기획과 구상이 절대적으로 중요하다. 이미 유튜브 시장은 다양한 콘텐츠로 포화 상태에 달했다고 볼 수 있다. 2023년을 기준으로, 하루에 업로드되는 영상의 총 길이가 약 80년치에 달한다는 사실은, 유튜브가 얼마나 경쟁이 치열한 곳인지를 여실히 보여준다. 하루에 수십만에서 수백만 개의 영상이 유튜브 서버에서 알고리즘의 선택을 기다리고 있다는 것은, 우리가 도전하는 시장의 치열함을 잘 나타낸다.

이러한 수치를 봤을 때, 유튜브를 시작하지 않는 것이 나을 것 같다는 생각이 들 수도 있다. 하지만 유튜브는 여전히 기회의 땅이다. 바로 남들과는 다른 차별화를 만들어낼 수 있다면, 그 시장은 새로운 블루오션으로 변모할 것이다. 그렇기에 항상 기발하고 창의적인 아이디어가 필수적이다.

"가만히 있어도 중간은 간다"는 말과 달리, 유튜브 시장에서 살아남기 위해서는 끊임없이 창의적인 콘텐츠를 기획해야 한다. 창의적인 유튜브 콘텐츠를 기획하기 위해 알아야 할 것들이 몇 가지 있다는 사실을 잊지 말자. 이 길을 통해, 우리 모두는 유튜브라는 거대한 바다에서 자신만의 빛나는 별이 될 수 있다. 다음은 창의적인 유튜브 콘텐츠를 기획하기 위해서 먼저 알아야 할 3가지 중요한 사항이다.

1. 지금 내 자본과 노동력으로 최소 6개월은 지속가능한 콘텐츠

2. 매주 2~3회는 업로드가 가능한 콘텐츠

3. 나의 직업과 연관시켜서 할 수 있는 콘텐츠

1. 지금 내 자본과 노동력으로 최소 6개월은 지속 가능한 콘텐츠

성공적인 유튜브 채널 운영을 꿈꾼다면, 첫 번째로 콘텐츠 기획과 구상에 집중해야 한다는 사실을 명심해야 한다. 대다수가 시작할 때 화려한 계획을 세우고 콘텐츠 생산에 나서지만, 첫 번째 좌절을 맛보며 에너지가 소진되는 경우가 흔하다. "내가 하면 잘 될 거야" 혹은 "내가 저 사람보다는 낫다"라는 식의 무모한 자신감은 금물이다.

유튜브에서 하루에 업로드되는 영상이 무려 80년치에 달한다는 사실을 알고 있나? 이는 우리보다 뛰어난 이들이 부산 해운대 모래사장의 모래알만큼 많다는 것을 의미한다. 따라서 자기객관화는 필수적이다. 아무리 뛰어난 능력을 가졌다 해도, 유튜브 시장에 처음 발을 디딘다면 기존 콘텐츠와 경쟁하기란 쉽지 않다. 그렇기에 하나하나의 영상을 제작하며 자신만의 노하우를 쌓고, 축적된 데이터를 바탕으로 대중이 좋아할 만한 콘텐츠를 기획해야 한다.

이 과정은 보통 3개월에서 6개월이 소요되며, 영상 제작에 종사하는 이들에게는 더 빠를 수도 있다. 하지만 대부분의 일반인에게는 이 기간 동안 편집 스킬을 쌓고, 영상 퀄리티를 향상시키는 작업이 필요하다. 그리고 유튜브 활동을 위해 확보한 자본은 내 노동력만큼 중요하다. 금전적인 지원 없이는 유튜브 영상 제작을 지속하기 어렵다는 사실을 잊지 말자.

2. 매주 2~3회는 업로드가 가능한 콘텐츠

두 번째로 유튜브 알고리즘의 파도를 효율적으로 타기 위해서는 현실과의 타협이 필수다. 매일 업로드하는 전략이 노출을 극대화할 수는 있지만, 직장이나 다른 생업에 종사하는 상황에서는 현실적으로 어려운 일이다. 주에 2~3회 영상을 업로드하는 것도, 일일 업로드에 비하면 노출이 줄어들 수 있으나, 유튜브에 몰두하여 생업을 등한시하는 것은 현명한 선택이 아니다.

2021년 기준, 국내 유튜버 수는 약 300,000명으로 집계되었고, 1인 미디어 창작자 중 상위 1%의 연 수입이 7억 원을 넘는 반면, 하위 50%의 평균 연 수입은 40만 원에 불과하다는 데이터는 유튜브 시장의 치열한 경쟁을 여실히 보여준다. 이러한 시장 환경에서 시간과 재력을 투자한다 해도 성공을 보장받을 수 없다는 현실은 부정할 수 없는 사실이다. 따라서, 유튜브에서 성공의 문턱에 도달하기 위해서는 성공 가능성을 높이는 다양한 요소로 채널을 꾸준히 성장시켜 나가야 한다. "실패는 성공의 어머니"라는 말처럼, 유튜브 시장에서의 성공도 끊임없는 시도와 실패를 통해 점차 가까워질 수 있다.

3. 나의 직업과 연관시켜서 할 수 있는 콘텐츠

유튜브 알고리즘을 효과적으로 활용하기 위해, 현실과의 타협은 불가피하다. 매일 영상을 업로드하는 것이 이상적이긴 하지만, 직장이나 다른 일로 바쁜 상황에서는 일일 업로드가 현실적으로 힘든 일이다.

"시간은 돈이다"라는 명언처럼, 유튜브 시장에서도 시간을 효율적으로 활용하는 것이 중요하다. 내 직업과 연결시켜 지속 가능한 콘텐츠를 생산하는 것이 바로 그 해답이다. 예를 들어, 자동차 정비사가 자동차 수리 관련 영상을 제작하거나, 보험 판매원이 보험 정보를 다루는 영상을 제작하는 것은 지속 가능하고 전문성 있는 콘텐츠 생산의 좋은 예시다. 이를 통해 업계 내 전문가로서의 입지를 다질 수 있다.

이러한 접근은 자신의 직업과 관련된 깊은 지식과 독특한 아이디어를 바탕으로, 일반인이 잘 알지 못하는 정보를 지속적으로 제공할 수 있게 한다. 현대 사회에서 정보의 가치가 시간으로 환산되는 만큼, 유튜브 콘텐츠도 이러한 변화에 발맞춰 가야 한다. 따라서, 내가 잘하는 것이나 남들이 잘 모르는 정보를 기반으로 콘텐츠를 기획하고 제작하는 것이 더욱 중요해졌다.

살펴본 것처럼 성공적인 유튜브 채널 운영의 핵심은 지속 가능한 콘텐츠 기획, 주 2~3회의 현실적 업로드 가능성, 그리고 자신의 직업과 연관된 콘텐츠 제작에 있다. 유튜브 시장의 치열한 경쟁과 높은 진입 장벽에도 불구하고, 자본과 노동력을 효율적으로 활용하며 자신의 전문성을 살린 독특한 콘텐츠를 꾸준히 생산한다면, 성공의 가능성을 높일 수 있다. "시간은 돈이다"라는 시대적 변화 속에서, 유튜브에서의 성공은 지속적인 노력과 창의적인 아이디어로부터 시작된다.

NOTES

HAPPY DAY

CLOUDY DAY

BIRTHDAY

02

유튜브 정말 내가 해도 괜찮은 걸까?

▶ 유튜브를 시작하기 전 준비해야 할 것은 무엇인가?

유튜브 채널을 성공적으로 운영하기 위해 필요한 에너지는 상상 이상이다. 필자의 경험을 들어보자면, 유튜브 시작 초기에는 하루 20시간을 컴퓨터 앞에서 보내며 작업에 몰두했다. 이는 단순히 일상을 보내는 시간이 아니라, 진정으로 작업에 집중한 순수한 시간이었다. 실제로 2년간 이러한 생활을 지속했다. 하지만 이보다 더 큰 문제는 유튜브가 육체적 어려움보다 정신적인 도전이 더욱 큰 영역이다.

"현타"는 유튜브를 하면서 자주 마주치는 정신적인 벽이다. 특히 수익이 기대에 못 미칠 때, 이는 더욱 빈번하게 찾아온다. 필자 역시 이러한 현실에 수백 번 부딪혔으며, 이는 내적인 결단력과 굳건한 의지 없이는 극복하기 어려운 부분이다. 예를 들어, 이틀에 걸쳐 제작한 영상의 조회수가 기대에 미치지 못했을 때, 그 실망감과 좌절은 이루 말할 수 없다. 또한, 대박일 것이라고 생각하여 금전적, 또는 물리적인 공을 들여 작업한 영상의 조회수가 처참하게 나올때 이러한 현타는 더욱 심하게 발생한다.

유튜브의 세계에 발을 들이기 전, 무수히 많은 정보를 흡수하는 것이 중요하다 여겨지지만, 그보다 더 필수적인 것은 바로 "유튜브를 통해 성공하겠다"는 굳센 의지다. 필자의 경험을 통해 말하자면, 이틀에 걸쳐 만든 영상이 조회수가 바닥을 치거나, 30시간 넘게 작업한 영상이 겨우 100회 남짓 조회수를 기록했을 때, 그 좌절감은 이루 말할 수 없다. 이는 "현타"가 오는 순간이며, 이러한 상황이 반복되면서 "내가 이걸 왜 하고 있지?"라는 생각이 들 수 밖에 없다.

필자는 유튜브를 시작하기 전, 대리운전까지 병행하며 경제적 어려움을 겪었다는 사실을 공유하며, 유튜브 한 편 제작에 드는 시간과 노력이 막대함을 강조하고 싶다. 영상 하나를 위해 스크립트 작성부터 편집, 녹음, 무한 편집까지, 이 모든 과정은 진정한 "막노동"과 다름없다. 그래서 유튜브를 할 때는, 시간 대비 투입과 출력을 생각하지 않는 것이 철칙이다. 고소득자나 연예인처럼 부를 쌓아온 이들도 유튜브의 혹독한 현실 앞에서 중도 포기하는 경우가 많다는 사실에서도 이를 알 수 있다.

이 모든 경험을 통해 깨달은 것은, 중간중간 스트레칭으로 몸을 풀고, 맑은 정신을 유지하는 자기 관리의 중요성이다. 하지만 당시에는 이를 제대로 실천하지 못했다. 이제는 성공적인 유튜버로 살아가고 있지만, 무리한 작업량으로 눈과 허리 건강을 잃었다는 점이 안타깝다. 처음에는 1.5였던 시력이 지금은 0.6으로 떨어졌고, 허리는 디스크 파열로 인해 수술까지 경험했다.

이 책을 읽는 모든 독자가 필자와 같은 실수를 반복하지 않길 바라며, 건강 관리의 중요성을 강조하고 싶다. "건강은 한번 나가면 원상태로 돌아오지 않는다"는 사실을 잊지 말고, 유튜브를 시작하는 모든 분들이 이를 명심하길 바란다.

유튜브 세계에 발을 딛는 순간, 자신의 길이 올바르다 믿는 것은 당연하지만, 이 경로가 반드시 성공으로 이어지리라는 보장은 어디에도 없다. 매일 수백 명의 신규 유튜버가 등장하는 가운데, 이미 시장에는 나보다 더 열정적이고 타고난 재능을 지닌 이들이 넘쳐난다. 이러한 현실 속에서 성공을 꿈꾸는 이들은 상상 이상의 노력과 열정을 쏟아부어야만 한다. 이 과정에서 중요한 것은 자기 반성과 초심을 잃지 않는 것이다. 유튜브는 내가 성공할지 실패할지를 결정할 수 있는 기준이 내 손에 있는 것이 아니라, 알고리즘과 시청자들의 선택에 달려 있다. 근거 없는 자신감은 여기서는 금물이다. 필자도 처음 유튜브를 시작할 때, 나보다 못해 보이는 타인의 영상이 뜻밖의 성공을 거두는 걸 보며 좌절감을 느꼈다. "내 영상이 훨씬 낫잖아, 왜 안 통하지?"라며 유튜브 시스템에 대한 불만을 품었던 적이 있다. 하지만 시간이 흐르고 돌아보니, 그 모든 판단이 나만의 착각이었다는 걸 깨달았다.

모든 독자가 필자와 같은 경험을 하지 않길 바란다. 유튜브 초보자들이 같은 실수를 반복하지 않기 위해서는 주변 사람들의 피드백을 소중히 여기며, 그것이 내 마음을 위로하는 말인지, 아니면 실제로 내 콘텐츠의 부족함을 깨닫게 하는 말인지를 올바르게 판단해야 한다. "몸에 좋은 약은 입에 쓰다"고, 사람은 본능적으로 자신을 비판하는 말에 부정적으로 반응하기 쉽지만, 이런 자기 방어적 태도가 오히려 성장을 방해한다는 사실을 알아차리는 이들은 드물다. 남의 비판에 귀 기울이고, 부족한 부분을 개선하는 자세를 갖춘다면, 누구보다 빠르고 강력한 성장을 이룰 수 있다.

▶ 왜 많은 사람들이 유튜브에 뛰어들었다가 포기하나?

2016년을 전후로, 유튜브는 신선한 미디어 매체로 대중의 열광을 받았고, 2018년부터는 인기가 하늘을 찌를 듯한 속도로 치솟았다. 요즘은 어디를 가도 유튜버나 방송하는 이들을 만나는 것이 그리 어렵지 않다. 남녀노소를 막론하고, 아침 출근길부터 저녁 퇴근 후까지 유튜버들의 활동은 쉴 새 없이 이어진다. 이제 우리는 유튜버 전성시대를 맞이했다고 할 수 있다. 유명인들은 기존 팬들을 기반으로 손쉽게 구독자를 확보하며 유튜브에 진출하고 있고, 정치인부터 예술인, 재능 있는 일반인에 이르기까지 다양한 분야의 전문가들과 심지어 스마트폰을 다룰 줄 아는 어린이들까지 자신의 꿈에 도전하고 있다. 특히 일반인 유튜버들이 다수를 차지하며, 그들의 영역도 예능, 의학, 요리, 음식, 키즈 콘텐츠, 먹방, 기술 등으로 다양하다.

주부들 사이에서는 유튜브를 통해 요리, 청소, 살림의 다양한 지혜를 코칭 받는 것이 일상화되었다. 과거 정보를 텍스트와 사진으로 습득하던 시대는 지나가고, 이제는 검색만으로도 쉽게 이해할 수 있는 동영상이 제공되기 때문에 유튜브의 발전은 앞으로도 계속될 것이다. 또한, 인터랙티브 시대에 발맞추어 댓글이나 의견 제시와 같은 상호작용적 요소가 유튜브의 성장에 일조하고 있다. 다른 플랫폼을 압도하는 유튜브의 영향력은 앞으로도 계속될 것이며, 유튜버들이 창출하는 수익은 더 많은 사람들을 유튜브로 끌어들이는 기폭제 역할을 할 것이다. 동네에서 볼 법한 사람들이 억대의 수입을 얻는 것을 보며 "나도 유튜버에 도전해 볼까?"라는 생각을 하게 되지만, 이러한 목적의식 없는 도전은 대부분의 이들이 좌절하고 포기하게 만드는 현실이다.

유튜브에 처음 도전하는 이들이 실패하는 가장 큰 이유는 차별화된 기획력과 아이디어의 부재 때문이다. 단순히 유튜브가 돈을 많이 번다거나 지인의 성공담에 자극받아 시작하는 것은 패착이다. "그냥 운으로 성공하는 시대는 이미 끝났다." 국내 1세대 유튜버들이 이미 다른 플랫폼으로 옮겨가거나 유튜브를 연계한 다른 사업으로 전환한 상태를 보면 알 수 있다. 2024년 현재, 단발적인 행운으로 유튜브 시장에서 살아남기는 매우 어려운 것이 현실이다.

2020년 말 기준으로, 국내에서는 인구 529명당 1개꼴로 수익을 창출하는 유튜브 채널(구독자 1,000명 이상)이 존재한다고 한다. 이는 총 인구 5,178만 명 대비 9만 7934개의 채널이라는 인상적인 수치다. 유튜브의 발상지인 미국에서조차 인구 666명 당 1개 채널로, 대한민국의 밀도가 훨씬 높다는 사실을 알 수 있다. 2022년에는 싱가포르의 데이터 분석 기관인 데이터리포탈(DataReportal)에서 한국 소셜미디어 앱의 월간 사용 시간을 조사한 결과, 유튜브가 전체 사용률의 39.9%로 압도적인 1위를 차지했다는 리포트가 나왔다. 이어서 틱톡이 16.9%, 카카오톡이 11%, 페이스북이 7.8%, 다음이 7.7% 순이다. 특히 틱톡은 연간 22%의 가파른 증가율로 눈에 띄며, 유튜브 역시 5% 성장했다.

| 데이터리포탈의 2022년 국내 소셜미디어 앱 월 간 사용시간 |

이와 같은 데이터는 세계적인 추세를 따라 우리나라에서도 동영상 플랫폼의 성장세가 뚜렷하고, 반대로 텍스트 기반 플랫폼은 점점 하향세를 보이고 있음을 시사한다. 2022년 9월 현재, 유튜브의 월간 활성 사용자 수(MAU: Monthly Active Users)는 4,319만 명으로, 전체 인구의 83%가 유튜브를 이용하고 있으며, 월 평균 시청 시간은 30시간 34분에 달한다. 이는 세계 평균인 23시간 24분보다 훨씬 긴 수치다. 연령대별로 살펴보면, 10대가 월 평균 20일 동안 유튜브를 이용해 가장 높은 사용 일수를 기록했고, 20대는 19.1일, 30대

는 16.7일, 40대는 16.1일, 50대는 16.3일, 60대 이상은 15.8일 순이다. 사용 시간도 마찬가지로 10대가 가장 많은데, 10대 남성의 월평균 사용 시간은 48.1시간으로 전 연령대 중 가장 높다(10대 여성은 42.8시간). 세계적으로 보면, 2022년 기준으로 유튜브는 총 인구 80억 명 중 81%인 65억 명의 사용자를 확보하며 동영상 플랫폼의 "끝판왕"으로 군림하고 있다.

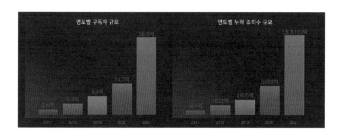

| 2021년 한국 유튜브 데이터 분석_출처: 소셜러스 (socialerus.com) |

2021년 한국 유튜브 데이터 분석 결과가 누적 조회수와 구독자 수가 전년 대비 2배 이상 증가했다. 이러한 폭발적 성장의 배경에는 세분화된 콘텐츠 주제와 소규모 채널의 약진이 있다. 2021년 한국 유튜브의 누적 조회수는 무려 1조 5103억 회에 달해, 2020년의 5,459억 회보다 176%나 증가했다. 이와 동시에 업로드된 총 영상은 2,000만 개를 넘어섰다. 구독자 및 이용자 규모 역시 급증했는데, 구독자 수는 2020년 14억 7,000만 명에서 2021년 36억 5,000만 명으로 148% 증가, 이는 2019년 · 2020년 증가율인 67%의 두 배를 훌쩍 넘는 수치다. 구글 플레이스토어 데이터 기준, 2021년 평균 유튜브 앱 사용 시간은 하루 121분으로 나타났다.

월 활성 사용자 수(MAU)는 3,466만 명으로, 서비스 개시 이래 최고치를 기록했다. 이 모든 객관적 지표들이 드러내는 진실은, 유튜브 시장에 막연히 도전하여 성공을 꿈꾸거나 기존 1세대 유튜버들의 선점 효과에 의지해 운에 맡길 시대는 이미 지나갔다는 것이다. 그럼에도 많은 이들이 유튜브를 호기심 가득한 마음으로 시작하지만, 2~3달 만에 포기하며 "이건 내 길이 아니야"라며 자기 위안을 삼곤 한다.

▶ 유튜브 성공의 비밀, 이것만 알면 당신도 인플루언서

현재 유튜브 시장에 아무 준비 없이 뛰어들면 실패할 확률이 매우 높다는 것은 불변의 진리다. 필자는 밀리터리 분야에서 국내 상위 0.1%의 위치를 4년째 지키고 있지만, 이 자리를 유지하기 위해 매년, 매분기, 매월, 매주 새롭고 다양한 시도를 멈추지 않고 있다. 현 트렌드에 뒤처지지 않기 위해 양적, 질적 투자에 아낌없이 시간과 자본을 투입하는 것이 필자의 비결이다.

"왜 많은 사람들이 유튜브에 뛰어들었다가 포기하나?"에서 언급했듯, 매일같이 더 창의적인 유튜버들이 등장하고 있기 때문이다. 이러한 환경에서 필자는 끊임없는 노력과 자본 투자로 매일을 치열하게 싸우며 생존하고 있다. 많은 이들이 필자가 유튜브를 시작하자마자 성공했다고 생각하지만, 실제로는 그 반대다. 필자는 밀리터리 콘텐츠에 국한되지 않고, 먹방, 브이로그, 리뷰성 콘텐츠, 영화/드라마 리뷰, 반려동물 콘텐츠, 버라이어티 예능, 웹드라마에 이르기까지 다양한 분야에서 활약하며 콘텐츠를 제작해 왔다. 이렇듯 다양한 경험 덕분에 필자는 유튜브 컨설팅을 누구보다 자신 있게 수행할 수 있다.

하지만, 아이러니하게도 필자가 모든 노하우를 전수해도 그대로 따라 하는 이들은 드물다. 실전 경험에서 얻은 지식을 나눠줘도, 많은 이들은 자신의 필터를 통해 정보를 걸러 듣는다. 이런 상황을 보며 필자는 때때로 혼란스러워한다. 아는 것 없이 자신의 직감이나 고집만으로 나아가려는 이들을 보면서, 왜 그들이 자신의 무지를 인정하고 전문가의 조언을 수용하지 않는지 이해할 수 없다. 유튜브를 시작하는 많은 초보자들의 공통적인 문제점은 바로 이러한 자기 객관화의 부재다. 이처럼 준비되지 않은 상태에서 만들어진 콘텐츠가 좋은 결과를 가져올 리 없으며, 이는 개인이나 기업형 유튜브 채널 모두에 해당한다.

유튜브 조회수가 제자리걸음을 하는 이유는 다양한 요인이 복합적으로 작용하기 때문이다. 이에 대한 자세한 분석은 유튜브 심화 과정에서 다뤄보도록 한다. 다음은 유튜브를 처음 시작할 때 가장 먼저 정하고 시작하면 좋은 7가지가 중요한 요소이다.

첫 번째: 콘텐츠 품질 앞서 언급한 것처럼 지금의 시청자들은 독창적이고 흥미로운 콘텐츠를 제공하지 않으면, 시청자들은 영상을 시청하거나 구독할 동기를 가지지 않는다. 이 때문에 더 높은 품질의 콘텐츠를 만들기 위해 꾸준히 연구하고 계속 기획해 자신의 채널을 성장시키고 개선하는 것이 필요하다.

두 번째: 타겟 시청자 결정 타겟 시청자 결정은 매우 중요하다. 특정 관심사나 취향을 가진 시청자를 목표로 설정하지 않으면, 대중의 큰 관심을 끌기 어렵다. 성공을 위해서는 채널의 주된 목표층을 정하고, 그들이 좋아하는 콘텐츠를 제공해야 한다. 유튜브 초보자들이 자주 범하는 실수는 콘텐츠 일관성의 부재다. 자신만의 콘텐츠를 만들어 다른 채널과 차별화를 도모해야 하는데, 한 가지가 안 풀리면 다른 것을 시도하다 보니, 인기있는 콘텐츠를 따라가며 자신과는 무관한 주제로 방향을 바꾼다. 이렇게 하다 보면, 자신의 주요 시청자층과 관련 없는 영상을 업로드하며 채널의 방향성을 스스로 모호하게 만들어 구독자들을 혼란스럽게 한다. 이 부분은 나중에 다시 언급하겠지만, 타겟 시청자를 결정할 때는 자신의 기술적 능력을 고려해야 한다.

세 번째: 업로드 빈도와 일관성 정기적인 업로드 일정 설정은 시청자들이 채널에 대한 기대를 갖게 만드는 핵심이다. 긴 업로드 공백은 시청자들의 급격한 관심 이탈로 이어질 위험이 있다. 현재 유튜브 시장에서는 아무리 인기가 높아도 일정 기간 새로운 콘텐츠를 업로드하지 않으면, 대중의 관심에서 쉽게 잊혀질 수 있다. 가끔 건강이나 개인적 사정으로 1~2달 간의 휴식을 취하고 돌아오는 인기 유튜버들도 있지만, 필자의 경험상 이전의 성공을 다시 이루기는 쉽지 않다. 이처럼, 일관된 콘텐츠 업로드는 시청자 및 구독자들의 지속적인 관심을 유지하는 데 필수적인 요소다. 요컨대, 유튜버는 시청자들과의 약속을 최선을 다해 지키려는 노력이 필요하다.

네 번째: 제목과 썸네일 시청자들의 관심을 사로잡기 위해 직관적이고 매력적인 제목과 썸네일의 사용은 필수적이다. 우리말의 복잡성 때문에, 어떤 제목이 직관적이고 흥미로운지 명확히 정의하기 어려운 것이 사실이다. 이러한 이유로 유튜브가 더욱 복잡하게 느껴지는 경우가 많다. 감성적인 요소는 사람마다 다르고 정보 수준도 다양하기 때문에, 연령이나 성별에 따라 크게 달라질 수 있다. 또한, 이를 표현하는 능력에 따라 차이가 나게 된다. 그러나, 광고성이 강하거나 부적절한 제목과 이미지는 오히려 해가 될 수 있다는 점은 분명하다. 어그로에만 치중하다가는 기존 시청자를 잃고, 너무 직설적인 썸네일은 새로운 시청자를 끌어들이지 못한다.

따라서, 제목과 썸네일 작성에는 많은 시간과 고민을 투자해야 하며, 트렌드를 반영한 키워드와 대중의 관심을 끌 수 있는 내용으로 구성해야 한다. 다른 요소들은 어느 정도 정량화가 가능하지만, 제목과 썸네일은 감성적인 부분으로, 구체적인 수치로 표현하기 어렵다는 점이 안타깝다.

다섯 번째: 검색 최적화 (SEO) 영상에 적합한 키워드와 설명을 포함시켜 지속적으로 유입 경로를 확대해야 한다는 점은 유튜브 교육에서 끊임없이 강조되는 부분이다. 이는 비록 반복적일 수 있으나, 그 중요성은 강조해도 지나치지 않다. 키워드는 주요 키워드와 보조 키워드로 구분될 수 있으며, 텍스트 기반의 경우 태그의 추가도 필수적이다. 현재 유튜브 알고리즘은 텍스트를 우선적으로 인식하며, 이어서 썸네일 이미지를 분석한다. 따라서, 영상을 업로드할 때 상위 포지션에 영상이 위치하도록 하기 위해 키워드 설정의 정확성은 매우 중요하다. 또한, 영상이 상위 검색 결과에 노출될 확률을 증가시키는 요소는 바로 텍스트 기반의 타겟팅 키워드이다.

여섯 번째: 유튜브 시장의 변화 현재 유튜브 시장은 엄청난 양의 다양한 콘텐츠로 넘쳐나고 있어, 단순히 공급과잉이라는 표현으로는 부족할 정도다. 과거의 1세대 유튜버들이 기록했던 조회수는 크게 감소했으며, 지상파 방송국들이 유튜브 형식의 콘텐츠로 시장을 잠식하고 있다. 또한, 유튜브 전문 프로덕션의 수도 대폭 증가했다. 이로 인해,

유튜브 콘텐츠의 공급이 더욱 과잉 상태가 되었다고 볼 수 있다. 이는 과거 유튜브 채널들의 조회수가 점차 줄어들고 성장 속도도 둔화되는 주된 이유 중 하나다.

새로운 유튜브 채널들의 증가로 인해 각 채널의 노출 및 확산이 줄어들었고, 이는 차별화된 콘텐츠가 아니면 시청자들의 관심을 끌기 어렵다는 것을 의미한다. 그래서 일부는 자극적이고 선정적인 콘텐츠나 소위 '주작'이라 불리는 가짜 콘텐츠로 잠시 주목을 받기도 한다. 하지만 유튜브 시장에서 장기적으로 생존하기 위해서는 이런 유형의 콘텐츠를 피해야 한다. 선한 영향력을 미칠 수 있는 콘텐츠는 항상 환영받지만, 이것만으로는 대중의 관심을 충분히 끌기 어렵다. 따라서 몰래카메라나 주식, 코인 리딩방과 같은 재테크 콘텐츠, 도박성 또는 성적 자극을 주는 콘텐츠가 등장하기도 하지만, 이런 콘텐츠는 지속 가능하지 않아 결국 채널이 사라지는 경우가 많다.

일곱 번째: 콘텐츠 품질의 문제 콘텐츠의 질을 향상시키고자 하는 열망은 유튜브를 꿈꾸는 모든 이들에게 마치 숙명과도 같은 과제다. 다음은 이를 위해 고려해야 할 네 가지 주요 사항이 있다.

1. **독창적인 콘텐츠 제작** 시청자의 기대를 충족시키는 핵심이다. 다른 이들과 구별되는 독특한 접근 방식을 개발하는 것이 중요하다. 만약 당신이 일반적인 문제를 자신만의 아이디어나 새로운 관점으로 다룰 수 있는 능력을 갖추고 있다면, 성공한 유튜버로서의 길을 이미 한 걸음 걷기 시작한 것이다.

2. **개인의 강점과 매력을 발전시키기** 유튜브는 자신만의 특징을 표현할 수 있는 훌륭한 방법이다. 모든 사람에게는 고유의 매력이 있으며, 이는 반드시 외모에 국한되지 않는다. 화술, 신체적 장점, 직업의 독특함과 전문성을 포함한 자신만의 장점을 잘 활용한다면, 시장에 이미 존재하는 유튜버들과 차별화된 콘텐츠를 제작할 수 있다. 중요한 것은 남들과 굳이 다른 것을 찾으려 하지 않아도 된다는 점이다. 기존에 성공적인 방식을 차용하되, 모두를 복제하는 것이 아니라 자신의 강점을 살려 차별성을 부여하는 것이다. 가장 평범해

보이는 주제라 할지라도, 어떻게 기획하느냐에 따라 대중의 놀라움을 자아낼 수 있다. 예를 들어, 파스타 요리를 생각해 보자. 파스타는 크게 보면 하나의 음식이지만, 소스나 종류에 따라 다양한 요리로 변모한다. 세상에는 이미 알려진 파스타가 많지만, 새로운 소스를 추가하거나 잘 알려지지 않은 파스타를 개발함으로써 신선한 콘텐츠를 창출할 수 있다. 즉, 전에 없던 혁신적인 아이템을 만들기보다는 기존의 것에 새로운 시각을 더해 신선한 콘텐츠를 제작하는 것이 현명하다.

3. 스타일 채널의 브랜드와 정체성을 형성한다. 유튜브에서 개성 있는 스타일을 개발하는 것은 필수적이다. 많은 채널들이 이미 자신만의 브랜드를 구축하고 있기에, 단순히 한 번 시청하고 잊히는 것이 아니라, 시청자가 당신의 채널을 기억하고 다시 찾게 만드는 뚜렷한 스타일이 필요하다. 이를 통해 자신을 표현하고, 시청자의 기억 속에 깊이 각인될 수 있는 채널을 만들어야 한다.

4. 시청자와의 커뮤니케이션 시청자와의 소통은 유튜브 활동에서 빼놓을 수 없는 중요한 요소이다. 활발한 소통은 다른 유튜버와 차별화될 수 있는 힘이 되지만, 지속적으로 이를 유지하는 것은 실제로 많은 시간과 노력을 요한다. 영상을 업로드한 후 댓글 관리에 상당한 시간을 할애해야 하기 때문이다. 이에 대한 해결책으로, 커뮤니티 기능을 활용하여 시청자와의 대화를 이어가고, 그들의 의견을 새로운 영상에 반영하는 것이 효과적일 수 있다. 이러한 방식을 통해, 당신의 채널은 다른 유튜버들과는 다른, 특별한 콘텐츠를 제작할 수 있으며, 올바른 지식과 노력이 있다면 채널의 성장을 가속화할 수 있다.

▶ 유튜브 시작 전, 자신의 위치 정확하게 진단하기

2022년의 소셜미디어 및 검색포털 트렌드 리포트에 의하면, 국내에서 네이버, 유튜브, 카카오톡이 가장 인기 있는 플랫폼으로 상위권에 위치해 있다. 일일 접속 횟수와 평균 이용 시간을 살펴보면, 네이버는 하루 평균 5.5회, 유튜브는 4.8회에 각각 50분을 사용하는 것으로 나타났다. 최근 검색 포털과 SNS 간의 경계가 모호해지는 가운데, 10대는 틱톡과 인스타그램을, 40대는 네이버 밴드와 카카오스토리를 선호하는 경향이 두드러진다.

	인스타그램	유튜브	TikTok	b	TALK	N
일 평균 접속 횟수 [단위:회]	4.0회	4.8회	2.6회	1.5회	8.6회	5.5회
1회 평균 이용 시간 [단위:분]	18분	50분	33분	15분	13분	25분

| 일일 접속 횟수와 평균 이용시간_출처: 구글 |

이 조사에 따르면, 유튜브와 같은 동영상 및 이미지 중심 플랫폼에서 사용자들이 보내는 시간이 상대적으로 긴 것으로 나타났다. 즉, 유튜브는 다른 플랫폼에 비해 사용자들이 더 오랜 시간 동안 머무른다는 의미다. 최근 한 달 동안 이용한 플랫폼에 대한 질문에, 네이버가 91.2%로 1위를 차지했고, 이어 유튜브(82.8%), 카카오톡(81.6%), 구글(65.2%), 인스타그램(53.4%) 순이었다. 성별에 따라 선호하는 플랫폼에도 차이가 있었다.

정보 검색 시 남성은 구글과 유튜브를, 여성은 네이버, 카카오톡, 인스타그램을 더 많이 사용하는 경향이 있었다. 특히 지역 및 공간 정보 검색 시 남성은 구글을, 여성은 인스타그램을 선호했다. 연령이 낮을수록 숏폼 콘텐츠의 소비 및 생산에 적극적인 것으로 나타났으며, 10대는 유튜브 숏츠, 인스타그램 릴스, 틱톡 등 숏폼 콘텐츠 시청 및 생산 경험이 가장 높은 비율을 보였다. 이러한 통계는 현재 디지털 콘텐츠 소비 및 생성 패턴에 대한 중요한 통찰을 제공한다.

쉽게 말해, 계획한 채널의 콘텐츠를 시청자의 관심과 요구에 맞추어 타겟팅한다면, 유튜버로서의 성공을 보다 빠르고 수월하게 이룰 수 있다는 뜻이다. 필자는 이순신 장군의 여러 명언 중 인생의 지침으로 삼고 있는 것이 있는데, 그 중 하나는 "기회가 주어지지 않는다고 불평하지 마라."이다.

이순신 장군의 명언 "기회가 주어지지 않는다고 불평하지 마라"는 어려운 시기에도 불구하고 뛰어난 리더십으로 위기를 기회로 바꾼 그의 삶에서 영감을 받아야 한다는 것을 강조한다. 이순신 장군이 47세의 나이에 전라좌도 수군절도사가 되어 조선을 지키고, 나아가 해군 역사상 가장 빛나는 제독으로 기록된 이야기는 현재 우리에게 중요한 교훈을 준다. 이는 불평 대신 준비와 노력으로 대응해야 한다는 의미이며, 현대 사회에서도 이러한 태도가 필요함을 상기시킨다.

과거 사업 실패의 경험을 바탕으로, 필자는 자신의 한계를 인정하고 다시 일어설 수 있는 중요성을 깨달았다. 이러한 교훈은 유튜버를 꿈꾸는 이들에게도 적용될 수 있다. 성공적인 유튜버가 되기 위해서는 타겟층의 특성을 명확히 이해하고, 이에 맞는 콘텐츠 전략을 세우는 것이 중요하다. 이는 연령대, 성별 등을 세분화하여 타겟층에 맞춤화된 콘텐츠를 제공함으로써 달성할 수 있다. 결국, 시장의 트렌드와 동향을 정확히 파악하는 것이 성공의 열쇠임을 이순신 장군의 사례와 필자의 경험을 통해 독자들에게 전달하고자 한다.

유튜브에 진출하기 전에는 자가 진단은 필수이다. 현재 열정이 있는 분야와 창조하고자 하는 콘텐츠 유형을 선정하는 것이 첫걸음이다. 더불어, 자신의 장점과 단점을 정확히 파악하고, 어떤 콘텐츠가 시청자의 마음을 사로잡을 수 있을지 고심해야 한다. 자기 위치를 알아보는 최적의 방법 중 하나는 관심 분야의 유튜버 분석에서 출발한다. 선호하는 유튜버들이 어떠한 콘텐츠를 제작하며, 어떤 방법으로 창작하는지 관찰한 뒤, 이를 바탕으로 나만의 차별점을 발견할 수 있다. 이 과정을 통해 현 트렌드에 맞는 인기 콘텐츠 유형을 쉽게 알 수 있다.

자신의 강점과 약점을 진단하는 것 또한 중요하다. 잘하는 것과 부족한 점을 인지하고, 이를 콘텐츠 제작에 어떻게 활용할 수 있을지 고민해 볼 필요가 있다. 앞서 언급한 것처럼 자신의 강점을 활용해 약점을 보완하는 콘텐츠를 창조하면, 시청자에게 긍정적인 인상을 빠르게 남길 수 있으며, 이는 채널의 신속한 성장으로 이어진다. 유튜브를 부업으로 고려한다면, 자신의 직업과 연계된 콘텐츠 제작이 더욱 수월할 것이며, 이는 전문성 강화로도 연결된다.

직업적 지식을 콘텐츠에 반영하면, 시청자에게 더욱 신뢰감을 줄 수 있으며, 전문적인 정보와 가치를 제공함으로써 시청자의 재방문을 유도할 수 있다. 초보 유튜버일지라도, 목표와 계획을 가지고 체계적으로 콘텐츠를 제작한다면, 시간을 효율적으로 사용하며, 퀄리티 있는 영상을 제작할 수 있다. 필자의 "밀리터리" 채널 운영 경험은 지속적인 정보 업데이트와 학습의 중요성을 일깨워주며, 올바른 정보 제공의 중요성을 강조한다. 질적인 콘텐츠 제공을 통해 시청자의 신뢰를 얻고, 채널을 성장시킬 수 있다는 것을 잊지 말아야 한다.

이렇듯 유튜브 시작 전 본인 위치 파악은 필수적이며, 관심 분야와 창조하려는 콘텐츠 유형을 먼저 고려해야 한다. 본인의 강점과 약점을 인지하고, 시청자에게 호소할 수 있는 콘텐츠 유형에 대해 심사숙고하는 것이 중요하다. 자신의 위치를 파악하는 데 있어, 관심 있는 분야의 유튜버 분석이 첫걸음이 될 수 있다. 선호하는 유튜버의 콘텐츠 제작 방식을 관찰하고 비교함으로써, 나만의 차별화된 경로를 발견할 수 있다. 이를 통해 현재 트렌드와 인기 있는 콘텐츠 유형을 쉽게 파악할 수 있다.

자신의 강점과 약점을 분석하는 것도 중요하다. 장단점을 명확히 파악하고, 이를 콘텐츠 제작에 어떻게 활용할 수 있을지에 대해 깊이 고민하는 것이 필요하다. 강점을 활용하고 약점을 보완하는 콘텐츠 제작은 시청자에게 더욱 빠르고 강력하게 어필할 수 있으며, 이는 채널의 신속한 성장으로 이어진다. 유튜브를 부업으로 시작할 경우, 본인의 직업과 연관된 콘텐츠 제작이 더욱 수월할 수 있으며, 이는 전문성 강화에도 도움이 된다.

직업적 지식을 콘텐츠에 반영하면, 시청자는 더욱 편안한 시청 경험을 할 수 있으며, 전문적 정보와 가치 제공을 통해 시청자의 재방문을 유도할 수 있다. 초보 유튜버라도, 명확한 목표와 계획을 가지고 콘텐츠를 제작한다면, 시간을 효율적으로 사용하며, 질 높은 영상을 제작할 수 있다.

▶ 처음부터 대박은 없다

유튜브를 시작하며 대박을 꿈꾸는 이들의 심리는 다양하다. 일부는 열정과 목표를 가지고, 자신만의 창의적인 아이디어나 특기를 세계적으로 인정받는 유튜버로서 공유되길 원한다. 그러나 현실은 종종 가혹하며, 이상과는 거리가 멀다는 것을 깨닫게 된다. 때때로, 빠르게 성장하여 대성공을 거둔 유튜버의 이야기를 접하고, 나도 할 수 있지 않을까 하는 생각에 이른다.

하지만, 성공한 그들만의 독특한 매력이 있다는 것을 인지해야 한다. 유튜브는 이제 많은 이가 동경하는 연예계와 유사한 경쟁의 장이 되었다. 유튜버로 성공할 경우, 지상파 프로그램 출연, 강연, 서적 출간 등 다양한 활동을 통해 엄청난 부와 영향력을 얻을 수 있다. 필자 역시, 동네 그저 평범한 아저씨에서 유튜브 강의 및 책 저자가 되었으니, 유튜브의 위상이 얼마나 변했는지 실감할 수 있다.

성공한 유튜버들은 콘텐츠를 통해 타인과 소통하고 영감을 주고받으며, 사회적으로 선한 영향력을 키워간다. 많은 초보 유튜버들은 이를 자신의 미래로 꿈꾼다. 그러나 유튜브에서 성공을 꿈꾸는 과정은 도전적인 환경, 시간과 노력의 투자, 지속적인 학습 필요성으로 인한 강한 압박감을 동반한다. 성공한 유튜버 대부분이 초기에 큰 성과 없이, 지속적인 노력과 시행착오를 겪으며 성장했다는 사실이 이를 증명한다.

유튜브를 시작하고 구독자 5만 명을 넘기며, 연예인도 겪을 악성 댓글로 인한 자존감 하락을 경험했다. 이런 부정적인 면은 유튜버 생활이 항상 화려하지만은 않음을 보여준다. 조회수 변동에 일희일비하며, 유튜브 알고리즘과 광고 수익 등 외부 요인에 의한 예측 불가능한 결과로 인해 좌절감을 느낄 수 있다.

따라서, 유튜브를 시작하며 대박을 꿈꾸는 이들은 열정과 동기를 가지되, 지속적인 노력, 학습, 스트레스 관리, 자기 동기 부여의 중요성을 인식해야 한다. 유튜버로서의 성공은 자신과의 장기전 싸움이며, 실패와 어려움을 극복하며 지속적으로 성장해 나가는 자세가 필요하다.

▶ 유튜브에서의 성공은 10,000개의 블록 쌓기와 같다

유튜브에 첫 발을 딛고 대성공의 꿈을 꾸는 이들이 많지만, 그 꿈만으로 성공을 보장받기는 어렵다. 빠른 성공을 꿈꾸는 사람들 대다수는 유튜브의 가혹한 현실 앞에서 오래 버티지 못한다. 오랜 시간 유튜브를 해오며, 필자는 비슷한 분야에서 활동하는 다양한 유튜버들과 교류하게 되었고, 그 중에는 짧은 시간 안에 성공을 거둔 이들도 있지만, 대부분은 끈기 있게 한 걸음씩 나아가 성공한 이들이다. 현재 주변에 남아 있는 소위 성공한 유튜버들은 대부분 자신의 힘으로 밑바닥에서부터 차근차근 블록을 쌓아 올린 이들이다.

많은 사람들이 어떤 일을 시작할 때 초심을 잃지 않아야 한다고 강조한다. 필자 역시 이러한 견해에 100% 동의한다. 유튜브에서 콘텐츠를 제작할 때 가장 중요한 것은 현재의 자신을 인정하고 출발하는 것이다. 즉, 현재의 나는 완벽한 콘텐츠를 만드는 과정에 있으며, 자신의 부족함을 받아들이고 배우며 성장하는 자세가 필요하다. 일부 유튜버는 자신의 재능에만 의존해 오만해지다가 대중의 비난을 받고 사라지는 경우가 많다.

유튜브라는 시장에서 성공한 유튜버들은 대중에게 상당한 영향력을 행사할 수 있다. 이는 필자가 주변을 둘러보며 느낀 바로, 나도 모르는 사이에 수많은 눈길이 나를 지켜보고 있다는 것을 의미한다. 따라서, 개인적인 행동에도 신중을 기해야 한다. 유튜브는 경쟁이 치열하고 성장이 불확실한 플랫폼이기 때문에, 일부 무분별한 유튜버는 자신의 이익을 위해 타인을 비방하기도 하며, 이로 인해 시청자들 사이에서 논란의 중심이 되기도 한다. 특히, 순식간에 성장한 유튜버들은 필요한 경험과 시간이 부족하다는 문제를 가지고 있으며, 어린 나이에 많은 돈을 벌게 되면서 잘못된 가치관을 갖게 되는 경우도 있다. 이러한 문제로 인해 선한 영향력을 전파하는 콘텐츠 대신 자극적이고 선정적인 콘텐츠로 변질되는 경우가 종종 있다.

유튜버로서 성공하려면 초심을 잃지 않고, 한 단계씩 차근차근 성장해가는 것이 중요하다. 이런 접근 방식을 통해 유튜브 운영 중 발생할 수 있는 다양한 문제들에 대한 위기 대응 능력도 키울 수 있다. 필자는 유튜브 채널을 운영하면서 저작권 문제, 법적 송사, 편집자 및 직원 문제 등 다양한 도전을 경험했다. 유튜버에게 위기 대응 능력이 중요한 이유는 대부분 혼자서 모든 문제를 해결해야 하기 때문이다. 국내에서 유튜버의 세무 문제나 저작권 같은 법률 문제를 전문적으로 다루는 전문가가 많지 않아, 문제가 발생하면 대부분 자신이 직접 해결책을 찾아야 한다. 필자의 경험에서도 이와 같은 상황이 여러 차례 발생했다.

유튜브의 세계에 발을 들이며 필자는 세무 문제와 직면했다. 처음 유튜버로 시작했을 때, 매출이 4,800만원을 초과하면 간이과세자에서 일반과세자로 전환되어야 했다. 지금은 연매출 기준이 8,000만원으로 조정되었지만, 당시 필자는 이 규정에 따라야만 했다. 수익이 기준을 넘자, 필자는 지역에서 유명한 세무사를 찾아 세무 상담을 받았다. 유튜버라고 밝힌 순간, 세무사는 처음으로 유튜버 관련 업무를 접하는 듯한 반응을 보였다. 이러한 경험은 유튜브 초보자들이 자주 마주치는 세무 및 저작권 문제의 예시다.

2019년 12월, 한 영상으로 라이선스 스트라이크를 4번 받으며, 필자는 큰 불안감을 겪었다. 당시의 경험은 유튜브와 관련된 문제를 해결하는 데 필요한 지식이 부족했음을 깨닫게 했다. 법률 전문가들조차 유튜브에 대한 경험이 없어 도움을 줄 수 없었다. 결국, 필자는 스스로 해결책을 찾아야 했다.

이 책을 읽는 독자라면, 필자와 비슷한 경험을 할 수도 있다. 유튜브 운영에 대한 충분한 경험과 노하우가 없다면, 작은 문제에도 쉽게 좌절할 수 있다. 유튜브를 1만 개의 레고 조각과 같이 쌓아가는 과정으로 비유할 수 있다. 외부에서 보기엔 간단해 보일지 몰라도, 실제로는 엄청난 노력과 시간이 필요하다. 주변 사람들조차 필자가 유튜브를 통해 겪는 어려움을 이해하지 못했다. 하지만 그들이 필자의 하루 작업량을 보고 영상 제작 과정을 목격한다면, 그 어려움을 이해할 것이다. 필자는 유튜브를 통해 많은 성공을 거두었지만, 그 과정은 결코 쉽지 않았다. 유튜브 성공은 대가 없이 얻어지는 것이 아니며, 끊임없는 노력과 자기 관리가 필요하다. 이 책을 통해 필자는 유튜브 운영에 필요한 경험과 지식을 공유하고자 한다.

필자는 현재도 하루에 16시간 이상을 데스크 앞에서 시간을 보내며, 스크립트 작성부터 영상 편집, 그리고 새로운 아이디어 구상에 이르기까지 끊임없이 창의력을 발휘하고 있다. 이러한 노력은 이미 6년째 이어오고 있으며, 공식적인 휴일은 오직 설날과 추석 당일뿐이다. 직원들이 여럿 있음에도 불구하고, 전문 영상 제작업체의 대표이자 유튜버로서 책임감 있는 역할은 결코 가볍지 않다.

유튜브를 통해 성공하면, 실제로 다른 업종에 비해 상당한 부를 축적할 수 있는 것은 사실이다. 하지만 '공짜 점심'은 없다는 말처럼, 쉽게 돈을 벌 수 있는 직업은 존재하지 않는다. 어떤 이들의 일상이 겉보기에는 편해 보일 수 있지만, 그들 또한 보이지 않는 곳에서 상상 이상의 노력을 기울이고 있다. 필자 역시 마찬가지로, 유튜브라는 열정적인 일에 몰두하며 살고 있다.

▶ 허황된 기대는 바다 위의 쌓아 놓은 모래성과 같다

유튜브에서 성공의 길은 가시밭길과 같으나, 그 성공의 정점에 선 이들은 일반 직장인과 비교할 수 없는 엄청난 수익과 사회적 명예라는 꽃길에 누울 수 있다. 이러한 사례들은 많은 이들에게 희망의 불씨를 지피게 한다. 그러나 실제로 유튜브에서 성공하기 위해서는 상상을 초월하는 시간과 노력이 요구되며, 이를 위해 개인의 열정과 목표를 담은 계획이 반드시 필요하다. 따라서, 허황된 꿈을 꾸기보다는 실현 가능한 목표에 기초한 체계적인 계획을 세우는 것이 중요하다.

필자 또한 유튜브를 시작한 초반, 타 채널이 자신의 영상보다 더 많은 조회수와 빠른 성장을 이루는 것을 보며 분노와 좌절을 경험했다. 당시 필자는 자신의 능력을 제대로 파악하지 못하고, 오로지 다른 이들에 대한 비판적인 시각에 사로잡혀 있었다. 시간이 흐르고 나서야, 이 모든 것이 자신의 부족한 역량 때문임을 깨달았다. 유튜브를 하며 얻은 경험은 필자의 시각을 넓혀주었다. 유튜브의 가장 큰 도전 중 하나는 자주 발생하는 멘탈 붕괴 현상이다. 자존감 하락은 비교에서 비롯되며, 유튜브는 매일 조회수를 정량적으로 확인할 수 있어 이 문제를 더욱 심화시킨다. 그러나 이를 긍정적으로 바라보고, 영상의 실적을 바탕으로 신속하게 대응한다면 성장의 원동력이 될 수 있다.

성공적인 유튜버들의 사례를 분석하고 자신만의 강점을 파악해 목표를 설정하고 계획을 수립하는 것이 성공의 열쇠다. 단기간에 성공할 것이라는 막연한 기대는 오히려 정신 건강에 해롭다. 유튜브 성공 뒤에는 보이지 않는 치열한 노력이 있다는 사실을 인지해야 한다. 소셜 미디어는 때때로 유튜버의 화려한 생활만을 조명하지만, 그 뒤에는 엄청난 노력이 동반된다는 점을 잊지 말아야 한다.

일반인이 대중 앞에 얼굴을 알리는 삶의 무게를 짐작하기 어려운 사람이 많다. 유튜브를 통해 필자가 경험한 것 중 하나는, 다양한 가치관을 가진 사람들 사이에서 발생하는 테러에 대한 압박감이다. 세상은 다양한 생각을 가진 사람들로 가득하며, 필자의 영상에 반대하는 이들도 존재한다. 이 중에는 과격한 반응을 보이는 사람들도 상당수 있다.

상황을 간단한 예로 들어보자. 우리가 길을 걷다가 낯선 사람에게 길을 물어본다면, 본능적으로 방어 모드로 전환된다. 이는 불과 1~2초 사이에 발생하는 일로, 다가오는 사람을 신속히 평가하고, 필요하다면 방어 자세를 취하게 된다. 이처럼, 일상에서조차 우리는 자신을 보호하기 위한 본능적인 반응을 보이는 것이다.

| 악성 댓글에 놀라는 모습_출처: 챗GPT에서 생성 |

일반인이 대중 앞에 서는 삶의 고단함을 진정으로 아는 이는 드물다. 필자가 유튜브를 하며 느낀 감정 중 하나는, 악성 댓글과 테러에 대한 압박이다. 세상엔 다양한 사람들이 있고, 이것은 필자의 영상과 반대되는 생각을 가진 이들의 존재를 의미한다. 이 중 일부는 과격한 행동을 선택한다. 상상해 보라, 길을 걷다 낯선 사람이 다가오면 우리는 본능적으로 방어 모드에 돌입한다. 이는 단 몇 초 만에 이루어지는 판단이며, 이처럼 예기치 않은 상황에 대처하는 것이다.

이러한 부담감을 극복하는 것은 성공한 유튜버가 되기 위한 필수 과정이다. 정신적인 준비는 매우 중요하며, 이는 유튜브뿐만 아니라 우리 사회 전반에 걸쳐 필요한 자질이다. 과도한 경쟁심과 도전 정신은 때로는 해가 될 수 있다. 유튜브를 시작할 때, 많은 이들은 경쟁자들을 보며 불필요한 경쟁심을 자극받는다. 이는 헛된 희망을 키우고, 쉽게 성공할 수 있다는 잘못된 기대를 하게 만든다.

유튜브에서 성공하기는 낙타가 바늘 구멍을 통과하는 것만큼 어렵다. 영상 제작은 신체적, 정신적으로 매우 많은 에너지를 쏟는 작업이며, 치열한 경쟁 속에서 독창적인 콘텐츠를 생산하기 위해 매일 고군분투한다. 그러나 성공한 유튜버들의 밝은 면만 보고 시작한다면, 차갑고 혹독한 현실에 직면했을 때 느끼는 실망과 좌절은 이루 말할 수 없을 것이다.

유튜브를 시작하는 초보자들은 경험과 과정에 초점을 맞추어야 한다. 유명해지기를 원하기보다는 자신의 관심사와 열정을 담은 콘텐츠를 만들고, 다른 사람들과의 소통을 통해 성장하는 즐거움을 발견하는 것이 중요하다. 유튜브는 창작과 소통의 장이자, 많은 기회를 제공하지만, 기대와 현실 사이에서 자존감을 지키며 성장하려는 의지를 유지하는 것이 중요하다.

▶ 유튜브로 성공하기 위한 마음가짐의 중요성

유튜브 성공을 꿈꾼다면, 목표 설정은 첫걸음에서 가장 중요한 요소이자 결심이 되어야 한다. 성공을 위해서는 목표 설정 방법을 정확히 아는 것이 핵심이다. 예를 들어, 채널이 어떤 콘텐츠를 제작할지, 대상은 무엇일지를 명확히 해야 한다. 목표는 영상 업로드 빈도부터 시작하여, 다른 직업이 있다면 유튜브에 할애할 시간까지 포함해야 한다.

사람은 본능적으로 편안함을 추구하며, 육체적인 피로가 정신적인 타격으로 이어진다. 일을 미루거나, 공부나 일이 힘들어지면 자기 자신을 위로하며 목표를 잊는 경우가 많다. 필자도 이런 경험이 많아, 처음이 어렵다는 말이 어려움을 극복하려는 긍정적인 의미에서 벗어나, 자신과의 타협으로 이어지지 않도록 주의해야 한다고 생각한다.

따라서, 유튜브를 시작할 때는 현실을 정확히 파악하고 너무 과하지 않은 목표를 설정하는 것이 중요하다. 유튜브 성공을 위해 필요한 마음가짐은, 정확한 자기 평가와 현실적인 목표 설정에서 시작된다. 다음은 6년 동안 유튜브를 전업으로 해온 필자의 경험에서 우러나오는 진심어린 조언이다.

인내심 (Patience) 유튜브 성공의 여정은 단기간에 완성되지 않는다. 성장과 발전을 위해 필요한 시간을 인식하고, 지속적인 노력을 통해 어려움에 직면했을 때조차 포기하지 않는 인내심이 필수적이다. 그리고 여기에는 3P 3C 전략이 필요하다

열정 (Passion) 동영상 제작에는 열정이 필수적이다. 관심 있는 주제를 선택하고, 그에 대한 열정을 바탕으로 지속적인 개선을 추구하는 노력 없이는 유튜브를 장기간 운영하는 것이 어렵다. 많은 초보 유튜버들이 공통적으로 영상 제작이 상상 이상으로 많은 시간과 에너지를 요구한다고 느낀다. 단순히 촬영한 뒤 바로 업로드하는 것이 아니라, 촬영 시간 대비 최소 5~10배의 편집 시간과 노력이 필요하다. 어설프게 찍은 영상도 탁월한 편

집으로 흥미로워질 수 있기 때문이다. 이를 편집의 매력이라 부르는 이유다. 그러나 이러한 과정은 직접 영상을 제작해본 사람만이 알 수 있는 부분으로, 많은 사람들이 영상 제작을 단순히 짜깁기로 인식하는 오해를 하고 있다.

긍정적 태도 (Positive Attitude) 모든 일에는 항상 긍정적인 태도가 수반되어야 한다. 삶이 버겁고 지칠지라도 긍정적인 태도를 유지하면 실패에 대한 두려움이 줄어들고, 새로운 아이디어와 해결책을 찾는 능력이 향상된다. 단순히 '유튜브에서 성공하겠다'는 생각만으로는 부족하다. 필자 역시 2016년 사업 실패 후, 직업과 관련된 콘텐츠를 기획했지만, 영상이 너무 어두워 사용할 수 없었다. 그때 깨달았다, 카메라는 찍는 이의 내면까지 담는다는 사실을. 이때, 억지로라도 긍정적인 태도를 보이면 자연스럽게 걱정이 사라지고 표정에서도 밝음을 발산할 수 있다. 이는 심리학의 아버지라고 불리는 '윌리엄 제임스' 박사에 의해 과학적으로도 입증된 바 있는데, 웃음을 지으면 뇌가 즐거움을 느끼는 호르몬을 분비한다는 연구 결과가 있다. 반대로 분노의 표정을 짓는다면, 그에 상응하는 부정적 호르몬이 분비된다. 이처럼 웃으면 기분이 좋아지고, 기분이 좋아지면 긍정적인 생각이 따라온다는 사실을 실천하는 것이 중요하다. 어렵게 느껴질 수 있지만, 웃음 연습을 통해 점차 자연스러운 웃음을 되찾을 수 있다. 웃음은 단순한 신체 반응이 아니라, 긍정적인 생각과 감정을 유도하는 강력한 도구임을 기억하자.

창의성 (Creativity) 유튜브 시작부터 지금까지 계속되는 큰 고민 중 하나는, 매일 새롭고 다양한 아이디어와 콘텐츠를 창출하는 것이다. 창의적 사고는 일반인이 상상하는 고통을 넘어서며, 처음엔 신선한 아이디어가 손쉽게 떠오르지만 시간이 지날수록 정신적 부담이 증가한다. 이후 진정한 콘텐츠 제작의 어려움이 시작되며, 다른 영상을 모니터링하거나 인기 있는 콘텐츠를 카피하는 방식으로 제작하게 되지만, 이는 결국 방문자 감소로 이어진다. 남의 콘텐츠를 참고하는 것은 나쁘지 않으나, 자신만의 독특한 접근 없이 남의 것을 답습한다면 채널의 지속 가능성은 떨어질 것이다. 따라서 유튜브에서 두각을 나타내려면, 전두엽을 지속적으로 자극하여 타인이 생각하지 못한 창의적인 아이디어를 발굴해야 한다.

추진력 (Creativity) 계획을 세우는 것을 넘어, 실천으로 옮기는 추진력이 필수적이다. 일정과 영상 컨셉트를 구체적으로 정립하고 실행에 옮겨 성장하는 과정이 중요하다. 통계에 따르면, 사람들은 대개 3개월 정도가 지나면 새로운 환경 변화에 적응한다고 한다. 즉, 처음엔 어렵고 힘든 일도 3개월 동안 꾸준히 지속하면 점차 익숙해진다는 의미이다. 그러므로 유튜버를 꿈꾸는 이라면, 처음 3개월은 전력을 다해 끊임없이 실행하는 자세가 필요하다.

자신감 (Confidence) 성공을 위해 자기 자신에 대한 자신감을 키워야 한다. 타인의 말에 흔들리지 않고 스스로 결정하며 책임을 지는 능력이 중요하다. 적절한 자신감은 목표 달성을 돕는데, 이는 도전을 용기 내고 목표 설정에 도움을 줄 뿐만 아니라 자기 신뢰와 자존감을 높이며, 새로운 도전에 더욱 열정적으로 임하게 한다. 이로 인해 성취감과 만족감을 느끼며 성공에 한 발짝 더 다가설 수 있다.

적당한 자신감은 삶의 도전을 극복하는 데 큰 도움이 된다. 우리의 일상은 끊임없는 도전으로 가득 차 있으며, 이는 크고 작은 도전의 연속이다. 예를 들어, 알려지지 않은 길을 찾아가거나 새로운 메뉴를 시도하는 것도 모두 도전에 속한다. 우리는 의식하지 못한 채 새로운 도전에 성공하고 실패를 반복한다. 자신감이 있다면, 어려운 상황에서도 긍정적으로 대처할 수 있으며, 문제를 해결하기 위해 자신의 능력과 자원을 활용할 수 있다. 자신감 있는 사람은 타인과의 소통과 인간관계에서도 긍정적인 영향을 미친다.

자신을 존중하고 가치를 알고 있는 사람은 타인에게도 존중과 신뢰를 받게 된다. 이는 업무 협업이나 사회생활에 긍정적인 영향을 준다. 유튜브에서도 이는 마찬가지로, 성공한 크리에이터들과의 협업이나 동등한 규모의 크리에이터들과의 협력은 노출을 늘리고 자신을 알릴 수 있는 기회를 증가시킨다.

▶ 어설픈 준비와 다짐은 절대 유튜브에서 통하지 않아

필자가 유튜버로서 인지도가 상승하자, 주변 지인들 중 약 10명 가량이 유튜브에 관심을 보였다. 특히, 백수 생활을 하던 가장 친한 친구는 유튜브를 통해 큰 돈을 벌고자 했다. 필자는 이들에게 유튜브의 A부터 Z까지, 총 3개월 동안 매일 4~6시간씩 통화하고, 수시로 만나면서 노하우를 전수했다. 그러나 결과적으로 모두 실패로 끝났다. 이는 많은 사람들이 유튜브를 통해 대성공하고 싶어 하지만, 실제로 성공까지 이르는 길은 생각보다 훨씬 험난함을 단적으로 보여준다.

필자는 지인들에게 유튜브를 시작하기 전, 성공을 위해선 일상의 많은 부분을 희생해야 한다고 수차례 강조했다. 특히, 수면 부족, 퇴근 후 영상 제작, 주말 없는 생활 등이 큰 도전이 될 것이라 예고했다. 필자가 코칭한 대부분의 지인들은 직장인으로, 여가 시간을 활용해 유튜브를 시작했다. 이 책을 읽는 독자라면, 유튜브를 부업으로 고려 중이라면, 필자의 경험에서 우러나온 조언에 주목해야 한다.

가장 친한 친구는 필자의 도움으로 2개월 만에 구독자 수 1만 명에 육박하고, 월 수익 4,000,000원을 넘겼다. 다른 지인들 역시 차이는 있었으나, 모두 수익 창출에 성공해 최소한의 월급에 준하는 수준까지 도달했다. 그럼에도 불구하고, 모든 사람이 유튜버로서 활동을 지속하지 않은 것은, 유튜브의 어려움이 그 이유였다. 그러므로 유튜브로 성공하기 위해서는 기존의 삶과는 다른 방식을 채택하고 많은 것을 포기해야 한다는 사실을 필자는 끊임없이 강조했다. 이는 유튜브가 낮은 진입 장벽을 가지고 있지만, 그 안에서 성장하고 인생의 터닝 포인트를 만들기까지는 엄청난 노력과 헌신이 요구된다는 것을 의미한다.

유튜브가 바늘 구멍을 통과하는 낙타처럼 불가능한 도전이 아니라 해도, 대다수 초보 유튜버들은 자신만의 독특한 경험과 다양한 미디어에서 얻은 지식으로 채널을 성장시킬 것이라 기대한다. 그러나 이러한 정보는 종종 제한적이거나 핵심이 빠진 경우가 대부분이다. 성공한 유튜버들이 쓴 책도 드물고, 필자처럼 다양한 콘텐츠를 시도하는 이들도 많지 않아, 필요한 정보를 찾는 것은 모래사장에서 바늘을 찾는 것만큼 어렵다. 필자가 유튜브를 시작한 이유는 간단했다. 당시 필자의 상황은 매우 비참했으며, 옆에서는 와이프가 쌀을 살 돈조차 없어 울고 있었다. 직장을 그만두고 시작한 사업이 실패하면서 한 푼도 없는 상황에 처했다. 그런 필자에게 10년 된 컴퓨터가 유튜브로 돈을 벌어보자는 유일한 희망이었다. 처음에는 단지 월 500,000원만 벌어도 현재보다 나을 것이라는 단순한 바람이었지만, 유튜브를 시작하면서 이마저도 희박해졌다. 유튜브의 어려움은 필자가 생각했던 것 이상이었다.

필자가 유튜브를 시작했을 때, 사업에 실패한 후 어렵게 구한 직장은 육체 노동이 많지 않아 부업으로 유튜브를 시작하기에 적합했다. 퇴근 후 저녁 7시가 되면, 필자는 컵라면으로 저녁을 간단히 해결했다. 돈을 아끼기 위해 외식을 하지 않았다. 이후 시나리오 및 스크립트 작성에 착수해 기본적인 편집과 다양한 이펙트를 적용한 영상을 제작하면, 보통 새벽 3~4시가 되었다. 고물 컴퓨터로 영상 렌더링을 완료하는 데, 최소 1~2시간이 필요하다. 이 시간 동안 필자는 잠깐 눈을 붙인다. 영상이 완성되고 유튜브에 업로드 준비를 마치면, 대개 새벽 6시가 된다. 이후 출근 준비를 하고, 씻고 나서 직장으로 향하는 일상이 반복된다. 이런 생활을 유지하며, 하루에 길어야 2~3시간 잠을 자는 것이 일상이 되었다. 주말에는 영상 제작에 더욱 집중할 수 있어, 토요일은 대부분 밤을 새우고, 일요일에는 5~6시간 잠을 자곤 했다. 이렇게 11개월 동안의 노력 끝에 꺼리튜브가 탄생했다. 이 과정에서 필자는 매일 현실에 부딪히며, 때로는 대리운전을 하는 것이 나을까 고민하기도 했다. 유튜브의 성공이 보장된 것이 아니었고, 당시에는 관련 교육 서적도 드물었다. 필자 역시 처음 유튜브 영상을 제작할 때, 많은 사람들처럼 영상이 크게 히트할 것이라 기대했지만, 현실은 그렇지 않았다. 이런 기대와 현실 사이에서, 필자의 자존감은 점점 더 낮아졌다. 주변 사람들의 비아냥에도 불구하고, 유튜브를 성공으로 이끌기 위해서는 나와의 싸움에서 결코 굴복하지 않아야 한다. 현재의 생활 패턴과 싸워, 편안한 주말과 깊은 잠을 포기해야 한다. 99.9% 대다수의 성공한 유튜버들은 필자와 같은 과정을 거쳐갔으며, 이러한 과정을 극복할 준비가 되어 있지 않다면 유튜브에서의 성공은 어려울 것이다.

이 책을 읽는 독자들에게 필자는 강력히 말하고 싶다. 유튜버로서 인생의 터닝 포인트를 꿈꾼다면, 현재의 생활 방식에 많은 것을 희생해야 한다는 점을 인지해야 한다. 유튜버로서의 여정을 통해 필자는 과거에 경험하지 못했던 다양한 삶의 질을 누리고 있다. 경제적 안정 덕분에 이제 어떤 음식점에서든 메뉴판의 가격을 걱정하지 않고 주문할 수 있으며, 지인들과의 식사 후 계산을 마다하지 않고, 친하지 않은 이의 생일에도 카톡으로 생일 케이크를 보낼 수 있는 여유가 생겼다. 명품 브랜드(구찌, 루이비통, 오메가)의 제품을 고민 없이 구매할 수 있게 되었고, 이로 인해 명품에 대한 욕망도 점차 사라졌다. 유튜브를 시작하기 전에는 평범한 사람들과 다름없었으나, 이제는 언제든 원하는 명품을 구입할 수 있는 능력이 생겼다. 이것이 필자의 현실이다. 만약 당신도 필자와 같은 삶을 원한다면, 이 책을 꼼꼼히 읽고 실천에 옮기기만 한다면, 현재의 불만족스러운 생활과 작별을 고할 수 있다. 지금까지 유튜브 시작 전의 마음가짐에 대해 많이 다뤘다면, 다음 챕터부터는 유튜버로서의 구체적인 지식과 기술을 알려 줄 것이다. 이 페이지를 읽기 전과 읽은 후의 자신이 달라질 것임을 진심으로 바란다.

03

유튜브를 시작하기 전
꼭 알아야 할 것들

▶ 유튜브의 발전과 그 중요성: 문화에서 교육까지

이번 장부터는 유튜버에게 필수적인 정보들을 본격적으로 다룰 것이다. 필자는 유튜브 컨설팅을 진행하며 항상 교육생들에게 유튜브의 역사를 이해하는 것의 중요성을 강조한다. "온고지신(溫故知新)", 즉 옛것을 배우고 이를 통해 새로운 것을 알아간다는 사자성어의 의미처럼, 유튜브의 과거를 알아야만 현재의 상황을 제대로 파악할 수 있다. 현대사회는 본론에 집중하는 경향이 강하지만, 이는 단기적인 해결책일 뿐, 모든 상황에 적용되지는 않는다. 유튜브 채널을 효율적으로 성장시키려는 노력이 기본 없이 이루어진다면, 걸음마도 떼지 못한 갓난아이가 우사인 볼트처럼 달리기를 시도하는 것과 마찬가지로 실패할 확률이 높다. 기본 지식 없이 유튜브를 운영하면, 채널이 단명하고 수많은 위기 상황에 제대로 대응하지 못해 채널이 삭제되는 위험에 직면할 수 있다. 유튜브로 안정적인 수익을 창출하려면, 튼튼한 기본기를 갖추어야 한다. 독자 여러분은 이제 '왜 유튜브의 역사를 알아야 하는가?'라는 중요한 질문을 할 수 있다. 이는 유튜브 운영의 기본 방향성과 밀접하게 연결되어 있기 때문이다.

유튜브가 세계적인 영상 미디어 플랫폼으로 자리잡은 현재, 구글이 모회사라는 사실은 중요하다. 구글은 최소의 투자로 최대의 이익을 추구하는 기업이다. 한 변호사는 "기업이 수익을 올리기 위해 사람 대신 침팬지를 사용할 수 있다면, 그렇게 할 것"이라고 말한 바 있다. 유튜브 역시 이익을 위해 어떤 일도 서슴지 않는다는 점을 우리는 주목해야 한다. 과거 유튜브 정책의 큰 변화를 예로 들 수 있는 '엘사 게이트' 사건이 이를 잘 보여준다.

2017년 11월, 유튜브는 전 세계적으로 큰 논란의 중심에 섰다. 이 논란의 핵심은 유튜브가 '소아성애적' 내용을 담은 영상을 필터링 없이 공개해, 어린이들이 그러한 콘텐츠에 무방비로 노출되었다는 것이었다. 유튜브는 보통 영상의 선정성, 폭력성, 나이 제한 등에 관한 자체적인 기준을 마련하여 운영한다. 그럼에도 불구하고, 일부 비양심적인 유튜버들이 어린이들이 좋아하는 '겨울왕국'의 엘사를 주인공으로 한 '소아성애'라는 부적절한 영상을 제작하여 큰 문제를 일으킨 것이다.

| 겨울왕국의 엘사를 주인공한 유튜브 영상_출처: 구글 |

유튜브 알고리즘이 엘사가 등장하는 영상을 어린이 대상 콘텐츠로 분류하여 전연령층에 노출시켰던 사건은 2017년 11월, 전 세계적으로 큰 파문을 일으켰다. 이 사건은 유튜브가 나이대에 맞지 않는 부적절한 영상을 유통시킨다는 비판을 받았을 뿐만 아니라, 많은 기업들이 유튜브에서 광고를 철회하는 사태로 이어졌다. 이 사건을 '엘사 게이트'라고 부르며, 당시 영국의 더 타임스는 "유튜브 광고가 소아성애적인 관행에 돈을 대고 있다"는 제목의 보도를 통해 이 문제를 대대적으로 다뤘다. 보도에 따르면, 아동이 나체에 가까운 상태로 등장하거나, 밧줄에 묶이고, 침대에서 구르는 장면 등을 담은 영상들이 수백만 조회수를 기록했으며, 유튜브의 알고리즘이 이와 유사한 콘텐츠를 추천한다고 지적했다.

이러한 상황은 구글이 자랑하는 AI 기술이 어린이들의 노출을 촉진시키며 소아성애자들의 관심을 끌고 있다는 비판을 받았다. 더타임스는 소아성애자들이 특정 키워드를 사용해 이런 영상을 찾아내고 있다고 전했으며, 아디다스, 이베이, 아마존, 도이치방크, 마즈, 리들 등 세계 유수의 기업들의 광고가 이러한 영상에 나타난다고 보도했다. 조회수와 광고 수익이 직결되는 유튜브의 시스템을 고려할 때, 이들 기업의 자금이 브랜드 이미지에 부적합한 영상에 사용된 것이다. 이 사건은 미국의 유력 언론사는 물론 BBC, 더

타임스 등에 의해 크게 다루어졌으며, 기업 광고가 아동학대의 재정적 원천이 되고 있다는 유튜브에 대한 비판의 목소리가 높아졌다. 하지만 문제는 여기서 그치지 않았다. 이러한 부적절한 영상들이 끊임없이 생산되면서, 구글의 AI 기술력에 대한 의문이 제기되었다. 이는 구글의 수익 기반을 위협했을 뿐만 아니라, 유튜브의 커뮤니티 가이드라인 및 영상 필터링 기술의 미흡함을 전 세계에 알리게 된 계기가 됐다. 결국 구글은 인간의 본능적인 욕구를 과소평가한 채, 수익을 창출할 수 있는 콘텐츠의 중요성을 너무 늦게 깨달았다.

| 무분별하게 배포된 유튜브 성인물_출처: 유튜브 |

유튜버들이 조회수를 통해 벌어들이는 광고수익은 광고주가 유튜브의 입찰 시스템을 통해 광고를 게재함으로써 발생한다. 이 과정에서 유튜버와 유튜브는 각각 55%, 45%의 수익을 분배하는 구조다. 그러나 '엘사 게이트' 사건 이후 소아성애 콘텐츠가 수익을 창출한다는 사실이 일부 유튜버들 사이에서 알려지면서, 전 세계적으로 수만 개의 계정을 통해 부적절한 영상들이 대량으로 생산되기 시작했다. 이로 인해 사회적으로 비판받던 유튜버들의 영상과 청소년들이 영향을 받아 올린 영상이 유튜브를 지배하게 되었다.

성적인 페티시즘, 스캇물, 폭행, 성기 노출 등을 다룬 동영상과 외설적인 댓글이 폭주하였고, 일부 시청자들은 성적인 의미를 내포한 댓글을 달거나 어린이들이 성적 행위를 하는 영상을 올리도록 유도하는 현상이 반복되었다. 이 사태로 인해 유튜브에 광고를 맡겼던 많은 기업들이 광고를 철회하였으며, 유튜브의 정책이 자신들의 브랜드 이미지를 손상시켰다고 판단한 일부 기업은 유튜브를 상대로 소송을 제기하기도 했다. 더욱이, 유튜브를 시청하던 많은 이용자들은 유튜브를 유해한 미디어로 인식하게 되어 자녀들이 유튜브 시청을 하지 못하게 하였다. 미국 내 언론은 "유튜브에는 동영상 신뢰 정책과 부적절한 성적 내용이나 폭력적인 댓글을 구별하는 알고리즘이 존재하지만, 이 기술이 제대로 기능하지 않고 있다"고 지적하며, 세계 최고의 슈퍼컴퓨터를 보유한 회사인 구글의 자존심에 큰 타격을 입혔다.

| 지나치게 폭력성이 높은 유튜브 영상_출처: 유튜브 |

상황이 심각해지자 유튜브 내부에서도 자성의 목소리가 커졌다. 이에 따라 유튜브는 사용자들이 부적절한 콘텐츠나 행위를 신고할 수 있는 시스템을 강화하는 계기를 마련했다. 유튜브는 성명을 통해 "이러한 영상을 차단하기 위한 조치를 강화하겠다. 이런 영상에는 어떠한 광고도 부착되어서는 안 되며, 긴급히 문제를 해결하기 위해 노력하고 있다"고 밝히며 여론을 진정시키려 애썼다. 그러나 미국 내 여론은 크게 변하지 않았고, '엘사게이트'로 인해 유튜브의 여러 문제점이 언론의 주목을 받았다. 2019년에는 구글과 유튜브가 13세 미만 아동의 개인정보를 불법 수집한 혐의로 2천억 원이 넘는 벌금을 부과받았다. 미 연방거래위원회(FTC)는 유튜브가 아동의 개인정보를 부모 동의 없이 수집한 책임을 물어 1억 7천만 달러(약 2천 50억 원)의 벌금을 부과하기로 합의했다고 발표했다.

미국에는 아동 온라인 사생활 보호법(COPPA)이 있어, 13세 미만 이용자들의 정보를 부모의 동의 없이 수집하거나 이들을 대상으로 한 마케팅 활동을 금지하고 있다. 이 법과 관련된 문제가 부각되면서 유튜브의 여러 위법 사항이 드러났다. 이 사건들을 계기로 구글은 유튜브의 커뮤니티 가이드를 더욱 엄격하게 관리하기 시작했으며, 어린이가 출연하는 영상에는 수익 창출을 제거하고 댓글 기능을 차단하는 등의 조치를 취했다. 이러한 변화는 유튜브에서 어린이 대상 콘텐츠의 문제 재발을 원천적으로 차단하는 데 도움을 주었다. 이처럼 '엘사 게이트' 이후 유튜브의 변화를 통해, 어떤 콘텐츠를 기획하고 나아갈지에 대한 방향성을 정립하는 데 유튜브 역사의 이해가 중요하다는 점을 알 수 있다.

▶ 디지털 문화에서 교육적 측면의 유튜브 역할론

디지털 미디어 교육은 시대의 변화와 함께 진화해 왔다. 현재, 이 분야는 디지털 기술과 미디어의 발전을 통합한 새로운 형태로 발전하고 있다. 특히, 유튜브라는 동영상 플랫폼의 등장으로 디지털 미디어 교육의 기준이 전환되었다. 유튜브는 사용자가 원하는 정보를 얻고 송출할 수 있는 플랫폼이다. 모바일 기기와 인터넷 연결만으로 다양한 주제의 영상 콘텐츠를 시청하고 방송할 수 있다. 이러한 접근성 덕분에 디지털 미디어 교육은 이전보다 더 개인화되고 유연해졌으며, 창의적인 미디어 제작과 공유가 활발해졌다. 많은 이들이 유튜브를 통해 자신의 능력을 향상시키고 있으며, 이 플랫폼은 다양한 창작자가 수익을 창출할 수 있는 환경을 제공한다.

유튜버는 영상을 제공하는 동시에 기업과 협업을 통해 광고와 홍보를 할 수 있으며, 커뮤니티를 통해 시청자들의 의견을 들을 수 있다. 이를 통해 유튜브는 시청자들의 경험과 아이디어를 바탕으로 새로운 창의적 콘텐츠를 생산할 수 있는 기회를 제공한다. 또한, 유튜브는 전문적인 지식을 공유하는 전문가들에게도 플랫폼을 제공하여 학생들이 과거에 접근하기 어려웠던 수준 높은 정보와 기술을 학습할 수 있게 해준다. 요약하자면, 유튜브는 디지털 미디어 교육에 새로운 변화를 가져온 플랫폼으로, 다양한 정보와 자료에 쉽게 접근할 수 있게 하며, 창의적 미디어 제작과 공유, 협업과 커뮤니티 형성을 가능하게 한다. 또한, 시청자들의 참여를 독려하여 디지털 미디어 교육을 개인화되고 참여적인 경험으로 변화시킨다. 이러한 변화는 학습자가 단 한 번의 클릭으로 전문화되고 지식이 풍부한 영상 콘텐츠를 통해 세계 최고 수준의 교육을 받을 수 있게 만들었다. 이는 실행하고자 하는 의지만 있다면, 우리 모두가 방대한 학습 경험을 누릴 수 있게 해주는 큰 전환점이 되었다.

디지털 미디어의 교육 환경이 변화한 것은 필자의 노력이 일반화될 수 있다는 점에서 중요하다. 쉽게 말해, 과거에 필자가 50의 노력을 기울여 성공할 수 있는 기준에 부합했다면, 지금은 과거의 이런 사회적 배경이 달라졌다는 뜻이다. 즉, 정보의 다양화와 접근성이 향상되면서 이 노력의 기준이 상승했으며, 필자가 알고 있는 정보는 다른 사람도 쉽게 알 수 있게 되어 정보의 희소성이 감소했다는 것이다. 따라서, 유튜버는 자신만의 차별화된 전략과 세부 전술을 마련하여 시청자에게 다가서야 한다. 유튜브에서 성공하기 위해서는 "정보", "재미", "힐링"이라는 세 가지 요소를 충족시켜야만 한다. 많은 시청자들이 자신이 원하는 영상을 보는 이유는 이 3가지 요소가 들어가 있기 때문에 가치가 있다고 판단해서이다. 그래서 무지성적인 영상을 제작하는게 아니라 시청자들의 가치에 부합하는 영상을 제작해야하고 이 3가지 요소를 충족해야 하는 것이다.

2022년을 기준으로, 국내를 포함한 전세계 유튜브 시장은 '레드 오션'이라고 표현되곤 한다. 단순 지표로만 본다면 현재의 유튜브 시장은 경쟁이 치열해 보일 수 있다. 특히, 국내 유튜브 시장은 다른 나라와 비교했을 때 높은 수준을 자랑한다. 작은 국토에 비해 IT 기술이 발달하고 초고속 인터넷과 스마트폰이 널리 보급되어 정보를 더 빠르고 고도화하여 습득할 수 있다는 점에서 그렇다. 대한민국 국민의 특유의 집요함은 유튜브가 이미 기업화되고 있는 현 상황에서도 두드러진다. 그렇다면 이와 같이 포화된 레드 오션에서 어떻게 성공할 수 있을까? 그 성공의 열쇠는 유튜브에서 성공할 수 있는 방법을 미리 알고 있는 것이다. 우선, 한국 시장부터 자세히 살펴보자.

전세계 수익창출 유튜브 채널 수 비교 (단위: 명)

▶ YouTube	광고수입 유튜버	인구 N명당 구독자 1000명 이상 채널수	해당 국가 인구
미국	49만6379	666개	3억3052만
인도	37만9899	3633개	13억8000만
브라질	23만6839	892개	2억1134만
인도네시아	19만2965	1422개	2억7442만
일본	15만4599	815개	1억2596만
러시아	13만1104	1119개	1억4674만
대한민국	9만7934	529개	5178만
영국	9만1517	730개	6683만
프랑스	6만5583	1002개	6571만
멕시코	6만5001	1942개	1억2620만

| 전세계 유튜브 채널 수 비교_출처: 머니투데이 |

한국의 인구수 대비 수익 창출이 된 유튜브 채널의 개수가 미국, 인도 보다 많은 것으로 확인됐다. 인구가 몇 만명 수준인 일부 섬나라와 도시국가를 제외하면 사실상 대한민국은 세계1위이다.

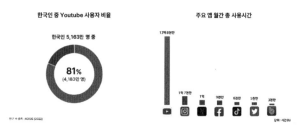

| 한국인 유튜브 사용자 비율_출처: KOSIS |

2022년 통계청 자료에 따르면, 대한민국의 81%에 해당하는 4,183만 명이 매월 총 13억 시간을 유튜브 시청에 할애하고 있다고 한다. 이는 다른 미디어 매체나 플랫폼과 비교해도 유튜브의 사용 시간이 압도적임을 보여준다. 또한, 1인당 월평균 시청 시간은 32.9시간으로, 여성보다는 남성이 유튜브를 더 많이 시청하며, 특히 일요일에 가장 많이 사용하는 경향이 있다. 그 중에서도 10대 남성이 가장 오랜 시간 동안 유튜브를 시청한다.

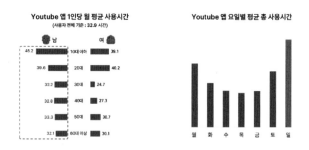

| 1인당 월 평균 유튜브 사용시간_출처: KOSIS |

유튜브는 다른 플랫폼들을 압도하는 생태계의 최상위 포식자로 자리 잡고 있다. 주요

매체 앱 중에서 유튜브의 이탈률은 6.6%로, 다른 플랫폼들에 비해 가장 낮으며, 사용률은 98.7%로 최고치를 기록하고 있다. 이는 유튜브에 대한 충성도가 타 플랫폼에 비해 월등히 높고, 이탈률이 매우 낮다는 것을 의미한다. 다시 말해, 유튜브는 지속적으로 사람들의 관심사를 정확히 파악하고 있으며, 이에 빠르게 대응하고 있다는 것을 나타낸다.

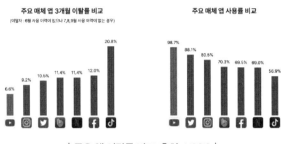

| 주요 앱 이탈률 비교_출처: KOSIS |

유튜브가 대중에게 광범위하게 사용되는 이유는 다양하지만, 몇 가지 주요 요인을 들수 있다. 첫째, 유튜브는 취미부터 업무, 학습, 엔터테인먼트에 이르기까지 모든 주제에 대한 방대한 동영상 콘텐츠를 제공한다. 이를 통해 사용자들은 새로운 지식을 습득하고 자신의 관심사를 탐구할 수 있다. 예를 들어, 원하는 음악, 영화, 공연 등을 쉽게 찾아볼수 있다.

둘째, 유튜브는 사용자 친화적인 인터페이스를 제공한다. 상세한 검색 옵션을 통해 사용자는 자신에게 맞는 콘텐츠를 쉽게 찾을 수 있으며, 모바일 앱이나 웹브라우저를 통해 언제 어디서나 동영상을 시청할 수 있다.

셋째, 유튜브는 활발한 대화형 커뮤니티를 형성한다. 댓글 기능을 통해 사용자들은 다른 사람들과 연결되고 의견을 교환할 수 있으며, 자신의 콘텐츠에 대한 피드백을 받을수 있다.

넷째, 유튜브는 기본적으로 무료로 이용할 수 있다. 프리미엄 서비스가 존재하긴 하지만, 이는 주로 광고 유무의 차이일 뿐, 콘텐츠의 질이나 양에는 영향을 주지 않는다. 이로 인해 많은 이들이 유튜브를 선호한다. 광고를 시청함으로써, 시청자는 자신의 시간을 투자해 다양한 업체들의 홍보성 광고를 접하게 되며, 이를 통해 유튜브는 유튜버에게 광고 수익을 제공하고, 영상 제작자에게 더 나은 콘텐츠 제작을 위한 동기를 부여한다.

또한, 유튜브의 독특한 시스템 중 하나는 시청자가 유튜버로 전환할 수 있다는 점이다. 반대로, 유튜버가 다시 시청자가 될 수도 있다. 전문적인 학위나 자격증 없이도, 대중이 원하는 정보의 다양성과 전문성, 또는 인간의 본능을 자극하는 콘텐츠를 제작하기만 하면 된다. 이처럼 유튜브는 다양한 사용자가 소비자가 될 수 있는 상호 교환적 원리를 통해 무제한적인 순환 고리를 형성함으로써, 유튜브라는 플랫폼은 끊임없이 발전하고 많은 사람들의 열광을 불러일으키고 있다.

▶ 이 책의 목표와 구조를 통해 독자들이 얻을 수 있는 것

서론이 다소 길어진 이유는 현재 유튜버를 꿈꾸는 이들의 성공을 진심으로 바라기 때문이다. 유튜브 채널은 단순히 핸드폰만 있으면 누구나 시작할 수 있지만, 이 책이 단순한 지식 전달에 그치지 않고, 실질적인 도움을 주는 유튜브 가이드가 되길 원한다. 필자 역시 유튜브를 시작할 때 많은 서적과 교육 채널을 통해 정보를 얻었지만, 결국 중요한 노하우를 제대로 알려주는 곳은 없었다.

이 책을 통해 독자들이 필자가 겪었던 어려움과 좌절을 경험하지 않기를 바란다. 필자의 목표는 경제적, 환경적 제약에도 불구하고 유튜브라는 기회의 장에서 성공하여 자신만의 길을 개척하는 것이다. 이 책에는 자신이 이미 알고 있을 내용도 있겠지만, 그럼에도 불구하고 유튜버로서 성공하기 위해서는 그 정보를 알고 있어야 한다. 미디어 매체가 급변하는 현재, 특히 동영상 플랫폼의 변화가 신속하게 진행되고 있는 상황에서, 우리는 유튜브의 롱폼과 숏폼이라는 새로운 변화를 맞이하고 있다. 따라서, 목표를 구체적이고 세부적으로 설정하는 것이 중요하다. 필자가 유튜브를 시작했을 때는 오직 롱폼 콘텐츠만 존재했던 시절과는 달리, 지금은 다양한 형식의 콘텐츠가 존재한다.

유튜브는 15초 이상의 영상 업로드와 수익 창출이 가능한 플랫폼이다. 그러나 최근 유튜브는 최대 효율을 추구하며 유튜버들에게 더 많은 노력을 요구하고 있다. "마른 오징어도 비틀면 물이 나온다"는 말처럼, 현재의 유튜브 시장은 유튜버들을 쥐어짜고 있다. 유튜브 알고리즘을 정확히 아는 것이 성공의 열쇠라지만, 알고리즘의 변화는 예측할 수 없는 영역이다. 심지어 유튜브 내에서도 알고리즘에 대해 정확히 아는 이는 극히 제한적이다. 2021년에만 180번의 알고리즘 개선이 이루어졌으며, 이는 매달 약 15회의 변경이 있었음을 의미한다. 이러한 변화의 속도를 볼 때, 심지어 정보 수집에 능한 미국 CIA조차 유튜브 알고리즘의 정확한 성격을 파악하기 어려울 것이다. 더욱 놀라운 사실은 유튜브가 계속해서 새로운 정책과 맞춤형 알고리즘을 개발하고 있다는 점이다. 이처럼 방대한 정보 속에서 유튜브 초보자들이 어떻게 필요한 정보를 찾아내고 자신에게 맞는 것만을 선택할지는 큰 고민거리이다. 그러나 이 책을 읽는 독자라면, 알고리즘 변경에 대해 과도하게 걱정하지 않아도 된다. 유튜브와 구글은 자신들에게 손해되는 방식으로 알고리즘을 변경하지 않기 때문이다. 그들이 추구하는 바를 명확히 이해하고 있다면, 유튜브의 알고리즘 변경에도 불구하고 다음의 설명처럼 방향성을 잃지 않을 것이다.

첫 번째는 유튜브 알고리즘은 동영상 추천 방식의 기준이며, 사용자의 시청 기록, 선호도, 반응 등 다양한 요소를 고려하여 추천한다. 이 과정에서 유튜브는 적합한 광고를 시청자에게 제공하려 하며, 이는 유튜브의 수익성과 직결된다. 유튜브가 일일 수백 회 알고리즘을 변경하더라도, 구글 및 유튜브에 손해가 되는 방식으로는 수정하지 않는다는 뜻이다. 이는 그들이 추구하는 목표가 무엇인지를 명확히 이해하고 있다면, 알고리즘의 변화에도 불구하고 그 방향성을 잃지 않을 것임을 의미한다. 다시 말해, 우리는 단지 기업이 원하는 바를 정확히 파악하기만 하면 된다. 유튜브 알고리즘이 무엇인지 정확히 아는 사람은 드물다. 유튜브 알고리즘은 동영상을 추천하는 방식을 결정하는 기준으로, 사용자의 시청 기록, 선호도, 반응 등 다양한 요소를 분석하여 관련성 높은 동영상을 추천한다. 이 과정에서 유튜브는 적절한 광고를 시청자에게 제공하려 하며, 이는 유튜브 및 구글의 수익성과 직접적인 연관이 있다.

두 번째는 동영상의 관련성을 평가한다 유튜브 알고리즘은 동영상 제목, 설명, 태그, 카테고리 등의 정보를 활용하여 동영상의 내용과 사용자의 선호도를 분석한다. 이를 토대로 유사한 내용을 가진 동영상을 추천하는 데, 이를 추천동영상이라고 한다. 마지막 세 번째로 유튜브는 하루에 수백 번 알고리즘을 변경할 수 있지만, 이러한 변경은 구글과 유튜브에 손해를 주지 않는 방향으로 이루어진다. 그들이 추구하는 목표를 명확히 이해한다면, 유튜브 알고리즘의 변경에도 불구하고 그 방향성을 잃지 않게 된다. 결국 중요한 것은 기업이 원하는 바를 정확히 파악하는 것이다. 유튜브 알고리즘에 대해 간혹 듣기는 하지만, 그것이 정확히 무엇인지를 아는 사람은 많지 않다.

2023년 기준으로, 2022년 대비 기업체의 광고 의뢰 건수가 약 30% 줄었다는 비공식적인 정보가 있다. 이 감소는 팬데믹의 여파와 미국 연준의 영향력 때문이다. 미국은 금리를 2022년 5월 1.00%에서 2023년 6월 5.25%까지 인상했다. 이 금리 인상은 전 세계 금융시장에 영향을 미쳤으며, 경제 상황에 따라 미국 중앙은행은 경기 과열과 인플레이션을 방지하거나 경기 부양을 위해 금리 조정 정책을 추진한다. 팬데믹으로 인해 전 세계가 경제 부양을 위해 시장에 자금을 대규모로 투입했으며, 이는 인플레이션을 초래했다. 베네수엘라의 사례처럼, 한 국가의 통화 정책은 그 국가의 운명을 좌우할 수 있다. 코로나-19 팬데믹은 전 세계 기업의 이익 감소로 이어졌으며, 이는 궁극적으로 유튜브 광고 의뢰 건수의 감소로 연결되었다. 이러한 경제적 현상은 유튜브 알고리즘의 이해와 적응을 필요로 한다.

이러한 금리 인상은 전 세계 경제에 큰 영향을 미쳤으며, 경제 상황에 따라 미국 중앙은행은 금리를 조정하여 경제를 안정시키려 한다. 이렇듯 팬데믹 동안 전 세계는 경제 부양을 위해 대규모 자금을 시장에 투입했고, 이는 인플레이션을 초래했다. 베네수엘라의 예는 한 국가의 통화 정책이 얼마나 중요한지를 보여준다. 팬데믹으로 인해 전 세계 기업들의 수익이 감소하면서, 이는 유튜브 광고 의뢰 감소로 이어졌다. 이러한 경제 상황은 유튜브 알고리즘의 이해와 적응이 필수적임을 의미한다.

결론적으로, 유튜브 알고리즘은 시청자들이 양질의 콘텐츠를 발견하도록 돕는 동시에, 광고주들에게는 그들의 광고가 많은 관심을 받을 수 있는 영상들을 선별해 제공한다. 이 과정에서 알고리즘은 다양한 데이터 포인트를 분석하여, 어떤 영상이 시청자들의 관심을 끌고, 더 긴 시청 시간을 유도하며, 더 많은 상호작용(좋아요, 댓글, 공유 등)을 이끌어낼 수 있는지를 예측한다. 따라서, 콘텐츠 크리에이터들은 알고리즘에 유리하게 작용할 수 있는, 즉 광고주 친화적이면서도 시청자들에게 긍정적인 반응을 유도할 수 있는 콘텐츠 제작에 노력을 기울여야 한다.

정리하자면, 유튜브 알고리즘은 광고주와 시청자 모두에게 이익이 되는 콘텐츠를 발굴하고 홍보하는 복잡한 시스템이다. 즉, 광고주에게는 그들의 광고가 효과적으로 노출될 수 있는 콘텐츠를 찾아내고, 시청자에게는 그들이 관심 있어 할 만한 고품질의 영상을 추천하여, 플랫폼 내에서 더 많은 시간을 보내게 하는 것이 목표이다. 이를 통해 유튜브는 콘텐츠 크리에이터, 시청자, 그리고 광고주 모두에게 만족스러운 결과를 제공하려 한다는 것이다.

▶ 유튜브 성공, 결국 기획과 연출로 판가름 난다

유튜브에서 기획의 중요성을 터득하기까지, 필자의 여정은 한마디로 '삽질의 연속'이었다. 초창기에는 유튜브 영상 제작이 누구나 쉽게 접근할 수 있는 영역이라 생각했다. 마치 남들이 하는 것을 보고 따라 하기만 하면 되는, 그런 간단한 작업이라 여겼다. 먹방, 브이로그, 심지어는 타인의 콘텐츠를 무단으로 가져와 짜깁기하는 그런 방식으로 말이다. 하지만 이러한 안일한 접근은 결국 실패로 돌아갔다. 현재의 유튜브는 단순한 1인 크리에이터의 놀이터가 아닌, 지상파 방송 못지않은 고퀄리티의 콘텐츠가 넘쳐나는 경쟁의 장이다. 나만의 색깔과 창의성이 없는 콘텐츠로는 도저히 생존할 수 없는 현실이다.

유튜브에서 성공하기 위해서는 사회생활에서의 기본적인 원칙과 다르지 않다고 필자는 깨달았다. 상대방의 관심사나 필요를 충족시켜야만 관계를 구축하고 성공적인 협상을 이끌어낼 수 있는 것처럼, 유튜브 역시 그러하다. 성공의 열쇠는 바로 정보, 힐링, 재미이 세 가지 요소다. 이 중 최소 두 가지는 반드시 자신이 만들려는 영상에 녹아 있어야 한다. 그래야만 대중의 공감을 얻고, 사랑받는 콘텐츠로 자리매김할 수 있다. 이처럼 유튜브 성공의 길은 결코 우연히 얻어지는 것이 아니다. 철저한 기획과 연출이 바탕이 되어야 하며, 창의성과 독창성을 갖춘 콘텐츠 제작에 집중해야 한다. 필자의 이야기가 누군가에게는 깨달음을, 또 다른 누군가에게는 경각심을 줄 수 있기를 바란다.

사람들이 좋아하는 영상을 제작하기 위해서는, 기획과 연출이 필수불가결하다. 영상 제작 전 기획 단계에서는 주제에 대한 체계적인 이해를 바탕으로, 가장 효율적인 성과를 달성할 수 있는 방법을 모색한다. 이 과정에는 스크립트나 원고 작성을 통한 세밀한 설계가 포함되며, 필요한 장비와 세트 준비를 통해 영상의 전반적인 내용을 사전에 구성한다. 기획 단계에서의 사전 계획이 완비되면, 이어서 영상의 구체적인 장면들을 언제, 어떻게 촬영할지에 대한 계획 수립과 효율적인 촬영 스케줄 작성이 이루어진다. 혼자 촬영하는 경우에는 시간 관리가 상대적으로 수월하지만, 다른 참여자들이 함께할 경우에는 더욱 세밀한 시간 배정과 기본적인 시나리오 준비가 요구된다.

경험 많은 유튜버들과의 협업이 이루어질 때는, 노하우 공유를 통해 짧은 미팅만으로도 영상의 대략적인 구도를 잡을 수 있지만, 대부분의 초보 유튜버들에게는 카메라 앞에 서는 것 자체가 큰 도전이 될 수 있다. 이들은 종종 긴장으로 인해 어색하고 딱딱한 모습을 보이게 되는데, 사전에 시나리오를 잘 구성해 두면 보다 자연스럽고 유익한 영상을 제작할 수 있는 기회가 마련된다. 이는 단순한 장점을 넘어, 영상 제작의 주요 목표를 설정하고, 해당 목표 달성을 위한 명확한 방향성을 제시한다는 이점이 있다. 발표자가 주제에서 벗어나 중구난방으로 이야기할 때처럼, 목적 없는 영상은 관객의 관심을 끌지 못한다. 하지만, 발표자가 자신 있게, 그리고 체계적으로 내용을 전달할 때, 관객은 자신도 모르는 사이에 그 내용에 귀를 기울이게 된다. 이처럼 영상 제작에 앞서 명확한 목표를 설정하고 철저한 사전 기획을 통해 시청자의 관심을 높일 수 있다. 유튜브 영상 제작 전 사전 기획이 잘 이루어졌다면, 촬영 후 편집 과정까지도 원활하게 진행될 수 있다. 대부분의 제작자들은 촬영 단계에서 편집을 어떻게 할지를 고려하며, 이러한 접근은 영상의 품질을 향상시키고 차별화된 콘텐츠를 만들어낼 수 있는 기반을 마련한다. 세부적인 계획을 통해 촬영 전에 계획되지 않았던 새로운 아이디어나 촬영 기법을 추가할 수 있는 여지가 생긴다.

다음의 차트는 2023년도 유튜브 최고 인기 영상들에 대한 순위이다. 이들 영상들은 특별한 공통점을 가지고 있는데, 기존에 존재하는 콘텐츠를 단순 모방한 것이 아니라, 각자의 분야에서 새로운 차별성을 창출하여 대중의 사랑을 받은 사례들이다. 즉, 창의적인 영상 퀄리티가 대중으로부터 인정받았다는 명백한 증거이다. 유튜브에서의 차별성은 성공을 위한 매우 중요한 요소임을 이 사실이 입증한다. 그러므로 남들과 다른 차별성을 만들기 위해서는 끊임없이 고뇌해야하고 더 나은 콘텐츠를 만들기 위한 노력이 뒷받침되어야만 가능한 것이다.

| 2023년 올해의 유튜브 차트_출처: 구글 |

이제 유튜브 연출이 가능할지에 대한 의문을 가질 시점이다. 유튜브 초심자들에게 필수적인 요소는 큰 틀을 유지하면서도 다채로운 콘텐츠를 지속적으로 생산하는 것이다. 대다수는 영상 제작에 관한 체계적인 교육을 받지 않았으며, 단순히 유튜브에 대한 애정이나 부업으로서의 소소한 수익 창출을 목적으로 시작한다. 촬영의 기본조차 모르는 이들에게 유튜브 제작과 연출을 요구하는 것은 분명 당혹스러울 수 있다. 하지만 중요한 점은, 대중이 내 영상을 시청해야만 유튜브 알고리즘에 의해 선택되고, 그 결과 영상의 노출이 증가하여 부업으로서의 목적을 달성할 수 있다는 사실이다. 여기서 언급하는 연출은 드라마나 영화와 같은 고난도의 연출이 아니다.

반려동물 콘텐츠를 예로 들어보자. 필자도 반려견 채널을 운영한 경험이 있다. 모든 반려견 콘텐츠가 필자와 같다고는 할 수 없지만, 대부분 비슷한 맥락을 공유한다. 특히, 기획력이 뛰어난 몇몇 국내 대형 반려동물 채널들이 있는데, 이들 채널의 성공은 스토리텔링, 기획력, 연출 능력에 좌우된다고 해도 과언이 아니다. 예를 들어, '루퐁이네'라는 국내 대표 반려견 채널이 있다. 이 채널은 구독자 수 214만 명을 자랑하는 대규모 유튜브 채널로, 루디와 퐁키라는 반려견의 일상을 담은 영상들로 구성되어 있다. 영상 내에서는 사람들 간의 대화를 최소화하며, 다국어 자막을 제공해 전 세계의 시청자들이 즐길 수 있도록 했다. 기본적으로 영어와 일본어 자막을 포함해 최대 28개 국어의 자막을 추가함으로써, 10여 개 국가 이상의 언어로 자막을 제작해 다양한 국가의 시청자들을 유입시키고 있다. 이 영상들은 반려견의 극도의 귀여움을 전면에 내세워, 동물을 사랑하는 사람이라면 누구나 매료될 수밖에 없는 내용으로 제작되었다.

[THE SOY]루퐁이네 ✔
@rupong 구독자 214만명 동영상 557개
안녕하세요 ⟩

썸네일 또한 남다르다. 어떠한 설명이나 부연 설명을 강조하기보다는 메인 키워드인 제목으로만 시청자들의 클릭을 유도한다. 또 해당 채널의 댓글을 보면 국내외 많은 사람의 긍정적인 의견이 계속해서 달리고 있다.

깊은 물에 빠뜨리는 척! 강아지 속이기ㅋㅋㅋ

| 루퐁이네 유튜브 채널의 썸네일_출처: 루퐁이네 |

루퐁이네 채널은 단 하나의 영상으로만 1.3억 뷰라는 엄청난 조회수를 달성했는데, 이는 해외 시청자까지 고려한 타겟층 확장 덕분이다. 2020년 당시에는 루퐁이네와 같은 컨셉트의 반려견 영상이 많지 않아 신선함을 제공했다. 특히, 루퐁이네는 사람이 사용하는 수조를 구입하여 이를 활용한 새로운 콘텐츠를 창출했다. 이처럼 유튜브에서의 연출은

새로운 방식이나 사람들의 흥미를 이끌어내는 전환을 의미한다. 그렇다고 엄청난 투자를 요구하는 것이 아니라, 기본적인 반려견 콘텐츠에서 한 걸음 더 나아가 시청자들에게 예상치 못한 경험을 제공하는 것이 중요하다. 이는 단순한 반려견 콘텐츠를 넘어서 사람들의 관심을 끌고 사랑을 받는 영상으로 거듭나게 한다. 연출과 편집에 조금 더 힘을 실으면 더욱 돋보이는 영상을 제작할 수 있다.

반려동물 채널은 체력적인 어려움도 상당하다. 새로운 영상을 위해 자주 산책을 나가고, 내가 기획한 장면을 촬영하기 위해 반려동물을 수없이 찍어야 했다. 집에서는 반려견의 귀여운 모습을 포착하기 위해 여러 카메라를 설치하고 노력했지만, 이 과정이 생각보다 쉽지 않다는 것을 알게 되었다. 반려견들은 항상 내가 원하는 대로 행동하지 않으며, 그들의 정신 건강도 고려해야 한다. 애견 카페에서 반려견 콘텐츠를 제작했을 때의 경험은 잊을 수 없다. 보더콜리, 보리와 함께 원반던지기 등의 활동을 하며 체력이 극한까지 소모되는 것을 체감했다. 보더콜리의 활동성과 지능이 높음에도 불구하고, 카메라 앞에서는 예상치 못한 행동을 많이 해 영상 촬영에 어려움이 있었다. 이로 인해 보리에게 불필요하게 화를 내는 일이 잦아졌고, 이러한 모습이 영상에도 그대로 반영되어 사용할 수 없는 경우가 많았다.

편집 과정에서 보리에게 느낀 미안함은 말로 표현할 수 없을 정도였다. 반려견 채널을 접은 결정은 채널 성과와 무관하게, 반려동물에 대한 나의 잘못된 태도를 깨달았기 때문이다. 반려동물 채널을 운영하며 느낀 점은, 진정으로 동물을 사랑하는 마음이 없다면 채널을 성공적으로 운영하기 어렵다는 것이다. 성공한 반려동물 채널의 운영자들은 반려동물을 단순한 수익 창출 수단으로 보지 않는다.

필자가 애정하는 또 다른 반려견 채널 중 하나는 '부꾸'라는 채널이다. 이 채널은 다른 반려견 채널들과 비슷한 큰 틀을 가지고 있지만, 허스키인 '부꾸'의 귀여운 행동과 예기치 않은 모습을 주로 다룬다. '부꾸' 영상들의 독특한 점은, 허스키가 실제로 매우 귀여우며 쌍커풀이 있다는 것이다. 더욱이, 채널 운영자가 전하는 스토리텔링은 우리나라 사람들이 선호하는 감동적인 스타일로, 반려견을 입양해 사랑과 정성으로 키우는 과정을 담고 있다. 대부분의 시베리안 허스키가 강하고 무서운 이미지를 가지고 있는 것과 달리, '부꾸'는 이러한 이미지의 정반대를 보여준다.

| 부꾸 유튜브 채널의 배너와 콘텐츠_출처: 부꾸 유튜브 채널 |

부꾸는 대형견의 이미지를 반전시킨 귀엽고 애교 많으며, 약간의 백치미가 있는 모습으로 많은 사랑을 받고 있다. 이 채널의 성공은 기존의 상식을 뒤엎고 새로운 시청자들의 기대를 충족시키는 데에서 비롯됐다. 이는 바로 "연출의 힘"을 보여주는 예시다. 중요한 것은, 작위적인 연출은 피해야 한다는 점이다. 필자가 이전에 언급했듯이, 나의 분노가 편집 과정에서 드러났던 것처럼, 작위적인 연출도 결국 시청자들에게 투명하게 드러난다. 이러한 연출 방식은 장기적으로 지속되기 어렵고, 시청자들의 관심을 잃게 만든다.

결론적으로, 기획과 연출의 핵심은 창의적인 콘텐츠를 자연스럽게 제작하는 것이다. 유튜브 채널을 성공적으로 운영하려면, 콘텐츠 제작에 있어서 때때로 아이디어 고갈에 직면할 수 있다. 그러나 이를 인생의 새로운 전환점으로 삼아 계속해서 고민하고 시도한다면, 많은 사람들에게 즐거움과 유익함을 주는 콘텐츠를 만들어낼 수 있을 것이다.

▶ 당신이 하고자 하는 유튜브 컨셉은 이미 포화 상태이다

유튜브를 시작했다는 소식이 주변에 퍼지자, 다양한 아이디어를 제안해 주는 이들이 많았다. 그들의 제안은 분명 좋은 의도에서 출발했지만, 대부분이 이미 시장에 존재하는 아이디어거나 실현 불가능한 것들이었다. 국내에만 약 30만 명의 유튜버가 있다는 사실을 감안하면, 필자가 구상한 콘텐츠가 이미 존재할 가능성은 매우 높다. 이런 현실 속에서 유튜브 제작에 있어 기획과 연출의 중요성이 더욱 부각된다. 예를 들어, 2018년 필자의 밀리터리 채널은 기존의 단순 리뷰 형식에서 벗어나 나만의 창의적인 접근으로 밀리터리 분야에서 혁신을 이끌어냈다. 이후 많은 채널들이 나를 따라 했지만, 아직 필자만의 독창성을 따라올 채널은 없다고 자부한다.

저음 꺼리튜브를 기획했을 때 3달 이상을 고민했던 것으로 기억한다. 유튜브 노트에 구상한 것들을 하나씩채워 나가면서 내가 할 수 있들 것들과 할 수 없는 것들로 구분하면서 나의 경쟁력을 쌓았다. 먼저 필자가 할 수 있는 것들부터 방향을 잡았으며, 여기에는 필자의 지식과 스크립트를 작성할 수 있는 능력 배양과 영상 제작에 필요한 요소들이다. 예를 들어, 편집과 내레이션 녹음, 그리고 꾸준히 제작 가능한 소재인지를 찾았다. 이런 고민에 고민을 거듭해서 탄생한 것이 바로 '꺼리튜브'이다. 채널을 기획할 때 고려해야 할 중요한 5가지 포인트를 반드시 유념해야 한다.

첫째, '시청자가 내 영상을 왜 봐야 하는지'에 대한 명확한 이유를 제시하는 것이다. 이는 정보 홍수 시대 속에서 내 채널이 돋보일 수 있게 만들며, 시청자들로 하여금 채널에 더 오래 머물게 하고 다른 영상도 탐색하게 하는 열쇠가 된다.

둘째, 유튜브를 시작한 이후, 주변에서 다양한 아이디어를 제안해 왔다. 이들은 필자를 돕고자 하는 마음에서 출발했지만, 대부분의 아이디어는 이미 시장에 나와 있거나 필자가 실행하기 어려운 것들이었다. 이미 국내에는 약 30만 명의 유튜버가 활동 중이며, 자신이 구상한 아이디어가 독창적일 확률은 낮다. 이러한 상황에서 기획과 연출의 중요성이 드러난다. 2018년 시작한 필자의 밀리터리 채널도 기존의 리뷰 형식에서 벗어나 필자만의 창의적인 접근으로 주목받았다.

'우마'라는 채널은 유튜브 3대 요소(정보, 힐링, 재미)를 모두 충족하는 대표적인 예이다. 이 채널은 유해조수 포획, 벌레 먹방, 극강의 캡사이신 도전 등 독특한 아이디어로 구성되어 있다. 우마 채널의 모든 영상은 유익하고 유쾌한 내용으로, 많은 고민과 획기적인 연출 방식을 통해 제작되었다. 비록 영상 업로드 주기가 길지만, 각 영상이 대중들의 사랑을 받으며 100만 조회수를 넘는 성공을 거두었다. 이처럼 유튜브 3대 요소를 충실히 반영하며 제작된 영상은 시청자들의 사랑을 받을 확률을 크게 높인다.

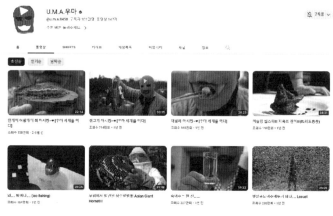

| 우마 유튜브 채널의 배너와 콘텐츠_출처: 우마 유튜브 채널 |

셋째, 필자는 콘텐츠(영상)에서 돈 냄새가 나선 안 된다는 원칙을 지키고자 한다. 이는 영상이 지나치게 상업적이거나 특정 방향으로 치우쳐서는 안 된다는 것을 의미한다. 꺼리튜브를 운영하며 정치적 상황을 다루다 보니, 불가피하게 국내외 정세와 연결될 수밖에 없었다. 이 과정에서 특정 정당을 비판하는 내용이 포함되어 시청자들의 비판을 받기도 했다. 이러한 상황은 필자를 특정 정치 성향의 유튜버로 오인하게 만들기도 했으나, 나

는 항상 중립적인 입장에서 객관적으로 정보를 제공하려 노력했다. 필자가 정치 유튜버라면 소신대로 믿고 있는 신념의 정당을 지지하겠지만, 현재 밀리터리 채널은 단지 정치와 일부 엮여 있을 뿐 정치 채널이 아니기 때문에 방향성을 잃지 않고, 채널의 본래 방향성을 유지하기 위해 노력하며, 작성한 원고를 되돌아보고 초심을 잃지 않으려 애쓰고 있다.

넷째, 자신만의 매력이 기존의 채널과 어떻게 다른지는 중요한 질문이다. 초보 유튜버들이 초보라는 티를 내는 것은 자연스러운 일이다. 이것이 나쁜 것은 아니지만, 채널의 성향에 맞는 캐릭터 설정은 필수적이다. 얼마 전, 필자의 지인이 유튜브 컨설팅을 위해 찾아왔다. 그는 3~4년 전부터 채널을 운영하고 있었으나, 성장이 더디다고 느꼈다. 채널의 영상을 분석한 결과, "OOO연구소"라는 이름으로 유익한 정보를 제공하는 채널이었지만, 채널 주인이 자주 초보임을 언급하며, 진행 방식이 순간적인 생각에 의존하고 있었다는 사실에 필자는 충격을 받았다. 이는 분명 큰 문제다. 4~5년 전, 유튜버들이 급속도로 성장하기 시작하기 전까지는 초보, 왕초보, 쌩초보라는 용어가 일정 부분 통용되었다. 이는 시청자들이 초보라는 단어에 거부감이 없었고, 당시 성장 중이던 대형 유튜버들에게도 큰 문제가 되지 않았기 때문이다. 하지만, 지금은 어떠한가? 유튜브 시장은 각종 전문가와 전문직 종사자로 넘쳐나며, 지상파 방송국마저 유명인들을 섭외해 고품질의 영상을 제작하고 있다.

또한, 홍보 목적으로 개인이나 회사가 유튜브 시장에 진출하는 사례가 많아졌다. 이러한 변화는 시청자들에게 고품질 정보를 더 쉽게 접할 기회를 제공하지만, 자신을 초보라고 여기는 이들에게서 양질의 정보를 기대하기 어렵게 만든다. 현재와 같이 전문가들의 시장 진입이 포화 상태에 이른 상황에서는 차별화된 전략과 기획력이 필수적이다. 호감 가는 외모, 재치 있는 말솜씨, 일반인이 잘 모르는 독특한 직업 등 개인의 매력을 통해 차별성을 구축해야 한다.

다섯째, 상황에 맞는 투자의 중요성을 강조하고 싶다. 유튜브를 시작할 때, 필자의 장비는 단지 2만원 짜리 마이크와 중고로 구입한 50만원짜리 캐논 M50 카메라뿐이었다. 당시 필자는 현재와 다르게 유튜브로 큰 수익을 창출할 것이라고는 생각지도 않았다. 단지 가정에 조금이나마 보탬이 되기를 바라는 막연한 바람이 있었을 뿐이다. 그래서 최소한의 장비만 갖추고, '가성비'라고 불리는 제품들만 선택해 약 70만원으로 모든 영상 장비를 구성했다. 이 장비들로 약 3개월 동안 50개 이상의 영상을 제작했으나, 편집 과정에서 만족스러운 결과물이 나오지 않았다. 특히, 조명이 마음에 들지 않았다.

| 필자가 사용했던 유튜브 판조명 |

흔히 '판조명'이라 불리는 조명은 많은 초보 유튜버들이 선호하는 장비였지만, 그 범용성에도 불구하고 더 높은 수준의 영상 제작에는 제약이 따랐다. 이러한 한계를 극복하기 위해 필자는 점차 전문적인 조명 장비를 도입하기 시작했다. 또한, 처음 사용했던 M50 미러리스 카메라는 30분 촬영 제한이라는 큰 단점으로 인해 여러 번 어려움을 겪었다. "영상은 장비빨"이라는 말이 있듯, 우수한 장비는 전문적인 퍼포먼스 구현을 가능하게 한다.

이 글을 읽는 독자라면, 필자의 주장이 전통적인 유튜브 지식과 다를 수 있다고 생각할 수 있다. 하지만 세상은 변했다. 과거에는 전문적인 장비로 시작하는 유튜버가 거의 없었지만, 현재는 영화나 드라마를 능가하는 영상미와 음향으로 영상이 제작되고 있다. 초보적인 장비로 이러한 시장에 도전하는 것은 현실적이지 않다. 과거 일부 유튜브 교육 채널에서는 좋은 장비 없이 시작하라고 조언했지만, 필자는 수익이 발생한 이후의 상황을 말하고 있다. 고여 있는 물은 썩고, 정체된 것은 굳는다. 따라서, 수익이 발생하고 나면 가능한 최상의 장비를 구입하는 것이 중복 투자를 방지하는 길이다. 유튜브가 예상대로 성공하지 않을 경우, 중고로 판매하여 투자금의 70~50%를 회수할 수 있다는 점도 기억할 만하다.

음성의 중요성을 깊이 인식하는 한 사람으로서, 필자는 마이크 구입에만 500만원이 넘는 비용을 지출했다. 전문 녹음실에서 사용할 법한 오디오 인터페이스도 사용하고 있다. 이렇게 고급 장비를 사용하는 이유는 단순히 장비병을 피하기 위함이 아니라, 원하는 품질의 결과물을 얻기 위해서이다. 사람은 자신의 실패를 외부 요인, 예를 들어 장비 탓으로 돌리려는 경향이 있다. 과거의 필자도 마찬가지였다. 그래서 채널 수익이 감소하고 조회수가 떨어질 때 장비 탓을 하며 장비를 업그레이드하기 시작했다. 결국, 최상의 장비를 보유함으로써 장비병을 극복했다. 필자가 전달하고자 하는 핵심은, 자신의 능력 부족을 외부 요인이 아닌 자기 자신의 부족함으로 인식해야 하며, 좋은 장비를 구축함으로써 더 우수한 영상 제작 환경을 마련할 수 있다는 것이다.

▶ 대형 콘텐츠 기업과 경쟁하여 이기는 유일한 방법

상상해 보자, 자신이 알려지지 않은 회사의 사장이라고. 시장에는 자신이 제작한 제품과 동일하거나 유사한 제품들이 이미 유통되고 있다. 이 상황에서 시장에서 살아남기 위한 당신의 전략은 무엇일까? 이 문제를 어떻게 그리고 얼마나 기민하게 해결할 수 있는지에 따라 당신의 유튜브 경력이 달라질 것이다. 필자는 30명의 직원을 둔 영상 전문 회사의 대표로서 항상 직원들에게 이 질문을 던진다. 중소기업이 대기업과 경쟁하여 성공하기 위한 전략은 무엇일까? 이해를 돕기 위해 한 가지 예를 들어보자. 시중에서 4,500원 상당의 아메리카노를 구매한다고 할 때, 대부분의 사람들은 스타벅스 커피를 선택할 것이다. 왜냐하면 스타벅스라는 브랜드에는 단순한 이름 이상의 가치가 있기 때문이다. 스타벅스는 브랜드 가치, 인지도 및 신뢰도를 모두 갖추고 있다. 따라서 유튜브를 시작할 때도 기존 채널들과 차별화를 확보하는 것이 성공의 열쇠다. 비록 초보자에게는 일정한 단점이 있을 수 있지만, 독특한 장점도 있다.

이제 유튜브를 시작하는 사람을 중소기업으로, 메가 유튜버나 해당 분야에서 높은 인지도를 가진 그룹을 대기업으로 치환해보자. 중소기업이 대기업과 비교할 때 가질 수 있는 장점은 무엇일까? 다음의 몇 가지는 아주 중요한 요소이다.

첫째, 중소기업은 특화된 시장 탐색에 유리하다. 일반적으로 중소기업은 대기업에 비해 규모가 작고 구조가 유연하기 때문에 특정 시장이나 고객 세그먼트에 집중하는 전략이 효과적이다. 이는 다른 기업들이 주목하지 않는 선구적인 시장 또는 니치 마켓(틈새시장)을 발굴하여 그 공간에서 경쟁 우위를 확보할 수 있음을 의미한다.

둘째, 창의적인 마케팅 전략은 예산 제한이 있더라도 가능하다. 대형 메가 유튜버들이 상상을 초월하는 제작비를 투자해 영상을 제작하는 것과 달리, 초보 유튜버나 소규모 유튜버들은 비용을 절감하면서도 창의적인 콘텐츠를 제작하려는 동일한 목표를 공유한다.

예를 들어, 쯔양은 식대만으로 월 2,000만원을 초과하는 반면, Mr Beast와 같은 해외 유튜버는 단 한 편의 영상 제작에 평균 40억원 이상을 투자한다. 이러한 대규모 투자에도 불구하고, 이들은 시청자들의 기대를 충족시키기 위해 손실을 감수하며 영상을 제작한다. 이는 돈보다 중요한 사명감에서 비롯된 결정이다.

반대로 초보 유튜버들은 이런 관점에서 대형 유튜버들보다 자유롭다. 실례로 "띠예"가 좋은 예시이다. 띠예는 초보 유튜버로 바다포도나 집밥 같은 일상적인 음식을 먹으면서 엄청난 성공을 이루었다. 그런데 쯔양이 띠예가 먹는 음식을 그대로 먹었다고 가정하면, 아무리 쯔양이라도 시청자들의 비난을 받을 수 있다. 이처럼 대중들은 유튜버의 고착화된 이미지에 따라 그 기대치가 다르다. 그래서 처음 유튜브를 시작하는 비기너들은 시청자들의 이런 고정관념을 자신에게 유리한 방법으로 사용해야 한다.

필자 역시 '꺼리튜브' 제작 과정에서 경남 사천의 KF-X 시제기 출고식에 초청받아 차량으로 편도 5시간 거리를 이동하고 촬영 스태프를 대동해 영상을 제작했다. 이 과정에서 발생한 비용은 수익을 넘어 손실을 기록했지만, 해당 분야에 대한 사명감을 가지고 제작을 결정했다. 반면, 초보 유튜버들은 소셜 미디어를 적극 활용하거나 독특하고 직관적인 마케팅 캠페인을 개발함으로써 독보적인 가치를 제시할 수 있다. 이러한 유연한 접근 방식으로 기존 유튜버들보다 차별화된 경쟁력을 확보할 수 있다. 바로 이러한 이유들 때문에 초보 유튜버들이나 중소기업 유튜버들이 성공할 수 있는 가능성이 있는 것이다.

셋째, 민첩한 의사 결정과 실행은 중소기업의 또 다른 장점이다. 대기업과 비교해 중소기업은 조직 구조가 간소하며, 빠른 의사 결정을 통해 시장 변화에 신속하게 대응할 수 있다. 이는 경쟁자보다 우위를 점하는 데 결정적인 역할을 한다. 필자 역시 빠른 결정과 실행력을 지닌다고 자부하지만, 직원 수가 늘어나고 다양한 스케줄과 협의가 필요해지면서 즉각적인 대응은 어려움을 겪게 된다. 이는 초보 유튜버들이 처음에는 대중에게 전문가로 인식되지 않을 수 있지만, 구독자 수가 10만 명을 넘어서면 그 분야에서 일정 수준의 전문성이 있다고 인정받게 된다는 것을 의미한다. 따라서, 같은 정보를 영상으로 제작할 때도, 정보의 정확성을 다시 검증하고 기존 영상과의 차별성을 위해 보다 고도화된 정보로 노력한다. 앞서 언급한 바와 같이, 다른 영상 제작 스케줄을 조율하며 진행해야 하기 때문에 일반 시청자들이 생각하는 것처럼 즉시 영상이 제공되기는 어렵다.

넷째, 협력과 파트너십 구축의 용이성은 중소기업에게 중요한 장점이다. 필자가 유튜브를 시작할 때, 다른 중소기업이나 관련 산업의 유튜버들과의 공동 프로젝트나 상호 혜택을 추구하는 협력을 통해 경제적 규모와 기술적 역량을 보완할 수 있었다. 유튜브 초기, 1만 명 미만의 구독자를 가질 때는 여러 커뮤니티, 카페, 모임을 통해 정보 공유가 활발했다. 그러나 구독자 수가 7만 명을 넘어서면서, 다른 유튜버들이 필자를 경쟁상대로 보기 시작하고 이전과 달리 정보 공유가 어려워졌다. 이렇듯 경험은 유튜브 생태계 내에서의 관계 변화와 협력의 중요성을 잘 보여준다.

▶ 시장을 꿰뚫어 보는 눈이 필요하다

유튜버로서 트렌드를 읽는 능력은 시장에서 생존하는 데 있어 필수적이다. 트렌드는 유튜브 채널의 성장에 결정적인 역할을 하며, 현재 트렌드를 정확히 파악하고 따라갈 수 있다면 많은 사람들의 관심을 끌어 채널 성장으로 이어질 수 있다. 반대로 트렌드를 잘못 해석하면 채널 성장에 장애가 될 수 있다.

첫 번째 전략은 트렌드에 대한 지속적인 관심이다. 변화하는 트렌드를 파악하기 위해서는 다양한 매체를 통해 정보를 수집해야 한다. 단, 정보 수집은 균형 잡힌 시각으로 이루어져야 하며, 다양한 관점에서 정보를 검토하여 영상의 오류를 최소화하고, 예상치 못한 반응까지 고려해야 한다. 성공적인 유튜버는 트렌드 분석을 소홀히 하지 않는다.

두 번째는 트렌드에 부합하는 콘텐츠 제작이다. 트렌드를 이해하고 그 핵심을 파악한 후에는 해당 트렌드에 맞는 콘텐츠를 제작해야 한다. 유튜버들이 트렌드를 분석하는 데에는 네이버 키워드 플래너, 구글 트렌드, 유튜브 트렌드, 그들의 관심사(2024년 6월 출시 예정) 등 다양한 무료 도구를 활용할 수 있다. 고가의 유료 도구보다는 이러한 무료 도구를 통해 충분한 정보를 얻는 것이 효과적이다. 이러한 방법을 통해 트렌드에 기민하게 반응하고, 관련된 콘텐츠를 제작함으로써 유튜버는 경쟁자들과 차별화되며, 자신의 채널을 지속적으로 성장시킬 수 있는 동력을 얻을 수 있다.

트렌드를 효과적으로 활용하기 위해서는 먼저 그 흐름을 이해하는 것이 필수적이다. 모든 분야에서 그러하듯, 이해가 선행되어야 활용이 가능해진다. 트렌드 파악의 첫 걸음으로, 필자는 유튜브 활동을 시작하며 구글 트렌드를 활용했다. 구글 트렌드를 선택한 이유는 여러 가지다. 무료이면서 사용법이 간단하고 제공되는 지표가 신뢰도가 높기 때문에 현재까지도 이 플랫폼을 사용하고 있다.

트렌드 시작하기

트렌드가 처음이신가요? 리소스를 살펴보고 트렌드의 작동 방식과 활용법에 관해 알아보세요.

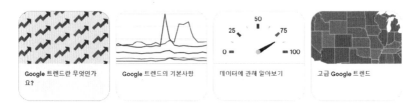

| 구글 트렌드 화면_출처: 구글 |

사용 방법은 검색창에 원하는 키워드를 사용하면 기간별, 카테고리별, 지역별로 파악이 가능하기 때문에 내가 앞으로 어떤 영상을 제작하기전에 대중들의 관심도를 미리 파악힐 수 있는 척도가 된다. 어기에서는 인간의 욕구중 가장 참기 어려운게 식욕이므로 "먹방"이라는 키워드로 지난 12개월 동안의 기간을 설정해 보자.

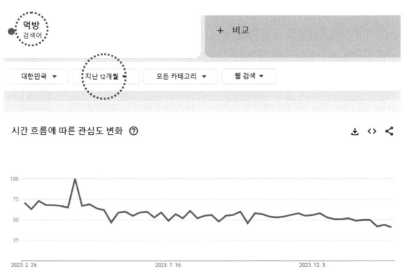

| 구글 트렌드에서 먹방으로 검색한 모습_출처: 구글 |

검색 결과를 통해 "먹방"이라는 단어에 대한 관심도가 점차 감소하고 있음을 확인할 수 있다. 이는 대중의 관심에서 먹방 콘텐츠가 줄어들고 있다는 의미다. 따라서 먹방 콘텐츠를 계획 중이라면, 이러한 환경적 변화에 대응할 전략이 필요하다. 단순히 '먹방'만을 키워드로 검색하는 것이 아니라, 더 세분화된 접근이 중요하다. 예를 들어, 여름철에 많은 사람들이 검색할 법한 휴가철 음식이나 여름 제철 과일과 같은 계절별 인기 키워드로 검색을 확장한다면, 더 세부적인 계획을 수립할 수 있다.

다음의 그래프는 "수박"이라는 단어로 검색을 한 것인데, 보는 것과 같이 추운 계절에는 검색 빈도가 낮다가 여름이 다가오면서 급격하게 늘어나는 것을 알 수 있다. 또 지역별로 키워드의 관심도도 알 수 있으며, 강원도에서의 관심도가 100으로 다른 지역보다 높은 것을 볼 수 있다. 이는 같은 단어라도 지역별로 관심도가 다를 수 있음을 의미한다. 따라서, 가능한 여러 지역에서 관심도가 높은 주제를 찾는 것이 중요하다.

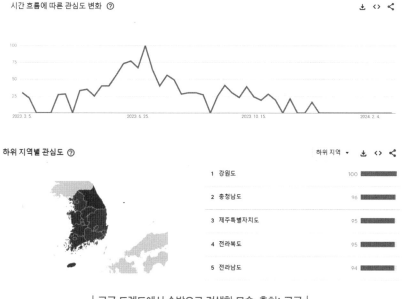

| 구글 트렌드에서 수박으로 검색한 모습_출처: 구글 |

구글 트렌드는 실시간 및 기간별로 원하는 키워드의 결괏값을 확인할 수 있어, 유튜브 활동을 시작하는 이들에게 매우 유용하다. 또한, 소셜 미디어 분석을 통해 트위터, 인스타그램, 페이스북 등에서도 트렌드를 분석할 수 있다. 해시태그 검색이나 일주일 동안의 인기 게시물 분석을 통해 트렌드를 파악하는 것은 다른 플랫폼과 채널을 주의 깊게 관찰하는 데 도움이 된다.

"물 들어올 때 노 저으라"는 말처럼, 트렌드에 편승해 나아가는 것이 중요하다. 예를 들어, 현재 큰 이슈가 되고 있는 피프티피프티 사태와 관련하여, 중요한 것은 처음으로 사태를 언급한 사람이 아니라, 사건에 대한 시청자들의 관심이다. 이와 관련된 유튜버들의 활동이 사건을 확산시키고, 이슈가 '그것이 알고싶다'와 같은 공중파 프로그램에 소개될 정도로 관심을 모은다. 이처럼 전국민의 관심사에 주목하여 콘텐츠를 제작하는 것이 유튜버로서 바람직한 접근 방식이다.

이슈성 채널이 아닌 경우, 관련 없는 이슈를 다루는 것은 오히려 채널의 신뢰도를 떨어뜨릴 수 있다. 따라서, 트렌드를 검색하고 내 채널에 적용할 때는 채널의 주제와 연관된 키워드나 사건들을 선별하는 것이 중요하다. 예를 들어, 브이로그를 주제로 하는 유튜버가 갑작스럽게 이슈성 콘텐츠를 업로드할 경우, 시청자들은 그 채널의 신뢰성과 전문성을 의심하게 된다. 짜장면을 주 메뉴로 하는 유명 맛집이 갑자기 크림 파스타를 판매하는 것과 유사하다. 중국집에서 파스타를 주문하는 사람도 있을 수 있지만, 그 파스타가 맛이 없다면 기존에 잘 판매하던 짜장면의 맛까지 의심받을 수 있다. 유튜버도 같은 원칙이 적용된다. 자신이 가진 재능을 소비자에게 제공한다는 마음가짐으로 일관성 있게 채널을 운영해야 한다. 트렌드가 바뀌었다고 해서 관련성이 없는 콘텐츠를 마구잡이로 제작하면, 결국 이맛도 제맛도 아닌 잡탕찌개 같은 채널이 될 위험이 있다.

마지막 세 번째는 자신과 타 채널을 분석하여 트렌드를 파악하는 것이 중요하다. 여러 유튜브 채널을 분석함으로써 어떤 주제가 인기를 얻고 있으며, 어떤 유형의 콘텐츠가 시청자들에게 호응을 얻고 있는지를 알 수 있다. 이를 통해 채널 통계 데이터, 콘텐츠 분석,

구독자 및 시청자 상호작용 분석 등을 활용하여 유용한 결과를 도출할 수 있다. 또한, 구독자와 시청자의 니즈를 분석하여 어떤 유형의 콘텐츠가 더 인기 있는지 파악할 수 있다. 유튜브의 인사이트 기능과 시청자의 피드백을 활용하면 보다 직관적인 분석이 가능하며, 이를 검색 엔진 최적화(SEO)에 적용하면 단기간 내에 검색 엔진에서 높은 검색 가능성을 가진 키워드 및 콘텐츠를 도출할 수 있다.

그러나 가장 효율적인 분석 방법을 결정하는 것은 쉽지 않다. 유튜버들은 다양한 분석 방법을 조합적으로 사용해야 하며, 각 방법의 장단점을 고려해야 한다. 키워드 분석, 소셜 미디어 분석, 채널 분석, 구독자 및 시청자 분석, 검색 엔진 최적화 등 다양한 방법을 조합하면 보다 정확한 트렌드 분석이 가능하다.

트렌드 분석 시, 필자는 키워드 분석으로 인기 있는 키워드를 발견하고 소셜 미디어 분석으로 관련 게시물의 존재를 확인한다. 이후 채널 분석으로 관련 채널을 찾아내고, 구독자 및 시청자 분석을 통해 수요를 파악한 뒤, 검색 엔진 최적화(SEO)를 활용하여 해당 주제와 관련된 검색어로 잘 노출되는지 확인한다. 이러한 접근 방식을 통해 트렌드를 놓치지 않고 정확한 분석으로 효과적인 콘텐츠를 제작할 수 있다.

▶ 스스로 모든 것을 해야만 유튜브 시장을 이해할 수 있다

성공한 유튜버들의 공통점은 모두 자신들이 밑바닥부터 시작했다는 점이다. 성공의 기준은 사람마다 다를 수 있으나, 연 수익 5억 정도를 기준으로 할 때, '2022년 자료에 따르면 연 수익 7억이 되어야 국내 상위 1%에 속한다고 하니, 이 기준은 충분히 성공한 그룹에 속한다고 할 수 있다. 상위 10%는 먹고살만하지만, 상위 1%에 속하는 이들은 많은 사람들의 선망의 대상이 된다. 필자가 알고 있는 유튜버들 중에는 이 범주에 속하는 사람들이 꽤 있다. 그들과의 대화에서 공통적으로 들을 수 있는 것은 영상 제작의 모든 과정(기획, 스크립트, 촬영, 편집)을 직접 손댔다는 점이다. 주제 선정에서 가장 많은 시간을 투자하며, 이는 정신적으로 가장 큰 스트레스를 받는 시간이기도 하다.

초기 유튜브 시작 단계에서 주제 선정은 매우 어려운 일 중 하나다. 때로는 주제 선정만으로 이틀을 보내며 해당 정보를 수집하기도 한다. 주제를 선정한 후에는 스크립트 작성에 20시간이 넘는 시간을 투자한다. 혼자 유튜브 채널을 운영할 때는 2일에 하나의 영상을 업로드했으며, 이는 작업 시간만 40시간이 넘었다. 스크립트 작성 및 편집 과정에서 심지어 마지막 렌더링 단계에서도, 키보드 위에 손을 올려놓고 잠시 졸거나 짧게 수면을 취하는 등, 필자는 작업에 몰두하며 짧은 휴식을 취했다. 당시에는 현재보다 건강 상태도 좋았고, 열정 또한 매우 뜨거워 이런 작업 방식이 가능했다. 그러나 지금 그 시절의 작업량을 소화하라고 한다면, 과로로 인해 심각한 건강 문제에 직면할 것 같다.

유튜버로서 성공하기 위해 가장 중요한 요소는 독창성이다. 유튜브는 수많은 콘텐츠와 크리에이터가 있는 플랫폼이기 때문에 독창적이고 참신한 아이디어로 콘텐츠를 제작하여 시청자들의 관심을 끌어야 한다. 고품질의 영상, 깔끔한 음향, 탄탄한 편집 등은 시청자들에게 질 높은 콘텐츠를 제공하는 데 중요하다. 하지만 이런 조건들은 초보 유튜버에게는 도전적일 수 있으며, 불확실한 유튜브 시장에 처음부터 큰 투자를 하는 것은 쉽지 않다. 유튜버로서 자리매김하게 되면, 가장 먼저 할 일은 작업 부담을 줄여줄 팀원을 찾는 것이다. 첫 번째로 구하는 팀원은 보통 편집자이며, 이어서 촬영 PD나 작가를 찾게 된다. 필자 역시 편집자를 먼저 구한 후 다음 단계로 진행했다. 여러 전문가를 채용하는 것이 영상 품질 향상에 도움이 되지만, 채널의 방향성을 잃을 위험도 있다. 따라서, 성공적인 채널 운영을 위해서는 주제 선정부터 스크립트 작성, 촬영, 편집까지 모든 작업 과정을 이해하고 수행할 수 있어야 한다.

처음 편집자를 구인할 때 필자는 '편집몬'에서 시작했다. 당시 초보적인 편집 기술을 가지고 있었지만, 프리랜서 편집자들의 현란한 템플릿과 트랜지션 사용 예시를 보고 영상 품질이 크게 향상될 것으로 기대했다. 그러나 현실은 달랐다. 프리랜서 편집자들은 각자의 편집 스킬과 스타일이 있어, 이들의 방식대로 편집하면 기존 채널 영상과는 다른 스타일의 영상이 나오게 된다. 편집몬을 통해 프리랜서 편집자를 고용했던 경험은, 많은 이들이 겪게 되는 상황으로, "기존의 영상보다 품질을 높일 수 있다"는 말에 현혹되어 영상을 망치는 경우가 있다. 모든 편집자가 책임 없이 일하는 것은 아니지만, 영상 편집의 기본을 모르면 쉽게 속아 넘어갈 수 있다. 프리랜서 편집자를 구인할 때는 항상 검증을 하고 신뢰할 수 있는지 확인하는 것이 중요하다. 그렇지 않으면 소중한 시간과 돈을 낭비할 수 있다. 또한, 필자가 처음 편집을 제대로 모르고 만난 프리랜서 편집자에게 받은 영상은 상상 이하의 품질이었고, 컴플레인을 제기해도 연락이 잘 되지 않는 등 여러 문제에 직면했다. 이러한 경험을 통해, 중간중간 필자 스스로 새로운 영상을 밤새 편집해야 했던 적도 많았다.

스크립트나 원고를 작성하는 작가들의 상황도 프리랜서 편집자와 크게 다르지 않다. 이는 유튜브 시장에서 공급과 수요가 서로 넘쳐나는 현상 때문이다. 프리랜서 시장은 내가 하고 싶으면 하고, 하기 싫으면 말면 되는 자유로운 환경이다. 따라서, 프리랜서 입장에서는 까다로운 유튜버를 만나면 골치 아픈 상황을 피해 중간에 일을 그만두고 다른 일을 찾는 경우가 잦다. 편집 몬스터에게는 할 수 있는 일이 넘쳐나기 때문이다. 이 모든 것은 필자의 경험에서 우러나온 사실이다. 사람이 살아가면서 경험은 매우 중요하다. 경험을 통해 우리는 새로운 지식과 기술을 습득하고, 어떠한 상황에 대처하는 방법을 배운다. 직접적이든 간접적이든 경험을 해보지 않고서는 이론만으로는 완벽한 이해와 능력을 갖추기 어렵다. 그래서 누군가를 가르치려면 최소한의 자격이 필요하다고 필자는 생각한다. 경험을 통해 실패와 성공을 겪으며 배우고, 더 나은 결정을 내릴 수 있게 된다. 유튜브 분야에서도 필자가 이전에 강조한 바와 같이, 경험하지 못한 사람이 유튜브를 강의하거나 교육하는 것에 대해 필자는 진정성을 의심한다. 필자는 현재 구독자만 50만 명의 채널을 운영하며, 우리 회사에서는 총 10개가 넘는 채널을 운영해 구독자 수가 약 150만명에 이르고 있다. 6년 동안 다양한 방식의 콘텐츠와 채널을 운영하면서 시청자들과 소통해왔다. 이런 경험도 없이 '유튜브 전문가'라고 자칭하는 사람들이 다른 이들을 가르치는 것이 올바른지 의문이다. 간접적인 경험으로 교육할 수는 있겠지만, 그것은 더 전문적이고 고도화된 경험을 한 사람과는 본질적으로 경쟁할 수 없다.

필자가 이 책에서 언급하는 내용은 모두 직접적인 경험을 바탕으로 한다. 그 경험은 대부분의 유튜버들이 겪지 못한 것들이며, 맨땅에 헤딩하며 얻은 소중한 것들이다. 이 경험을 토대로 유튜브 전문 지식과 결합해 데이터화하고 정량화하여 이 책을 읽는 독자에게 전달한다. 경험은 개인의 성장과 발전을 이끄는 촉매제가 된다. 새로운 경험을 통해 우리는 자신의 한계를 뛰어넘고 새로운 능력과 자신감을 발견할 수 있다. 어려운 상황에서 스스로 문제를 해결하고 책임을 지는 과정을 경험함으로써 더 강인해지고 성장할 수 있다. 또한, 경험은 다른 사람과의 연결과 이해를 돕는다. 다양한 사고방식과 문화를 경험하면서 서로를 이해하고 존중하는 관계를 형성하며 협력과 협업의 중요성을 깨닫게 된다. 새로운 경험을 통해 재미와 흥미를 발견하며, 자아실현과 행복을 느낄 수 있다. 우리는 경험을 통해 인생에 대한 깊은 의미를 발견하고, 삶의 가치를 높일 수 있다. 이러한 이유로 경험은 사람에게 매우 중요하다.

유튜브는 정보를 명확하게 제공하지 않아 사용자에게 다소 불친절하다고 느껴질 수 있다. 이 때문에 유튜브에서는 경험이 매우 중요하다. 유튜브 조회수의 70%는 썸네일, 즉 클릭율에 의해 결정된다고 할 수 있다. 하지만 영상이 노출되고 확산되는 것은 시청 지속 시간(조회율)에 의해 좌우된다. 이 두 가지를 극대화하기 위해서는 어떻게 해야 할까? 답은 기본부터 차근차근 시작하는 것이다. 아무리 좋은 영상을 만들더라도 사람들이 클릭하지 않으면 그 가치를 알 수 없다. 반대로 썸네일을 훌륭하게 제작했어도 영상의 품질이 떨어진다면 그 영상은 확산되지 못한다. 이러한 이유로 유튜브 운영은 어려울 수 있다.

유튜브 노출 알고리즘은 여러 조건을 모두 충족시켜야만 한다. 유튜브 노출 알고리즘은 모든 조건이 "AND" 연산처럼 작동한다. 여러 조건 중 하나라도 충족되지 않으면 노출이 줄어드는 방식이다. 이를 쉽게 이해하기 위해 곱셈으로 비유할 수 있다. 예를 들어, $1 \times 2 \times 3 = 6$인 경우, 모든 조건이 충족되어야 결과가 나오지만, 중간에 0이 하나라도 포함되면 결과는 0이 된다. 즉, $1 \times 0 \times 3 = 0$과 같은 계산식으로 이해할 수 있다. 따라서, 유튜브에서는 여러 조건 중 하나라도 충족되지 않으면 점차 노출이 줄어든다. 만약, 하나라도 충족되지 않는다면, 결과적으로 노출은 일어나지 않게 된다.

또한, 이 노출의 문을 처음 여는 것이 썸네일이다. 썸네일은 이러한 노출의 문을 여는 열쇠이다. 그래서 유튜브 채널을 처음 운영하고 1~2년 동안은 스스로 썸네일을 제작하는 것이 중요하다. 필자 역시 불과 작년까지 모든 썸네일에 사용할 제목(메인키워드, 서브키워드)과 이미지 그리고 배치 구도까지 모든 것을 관여했으며, 썸네일 제작은 수년 간 교육에 집중한 덕분에 가능했다. 썸네일 제작은 주로 MS사의 파워포인트와 어도비의 포토샵(최근엔 AI 디자인 도구인 캔바나 미리캔버스 등을 활용)이 많이 사용된다. 포토샵은 다양한 기능을 제공하지만 배울 것이 많다는 단점이 있다. 반면, 파워포인트는 기능이 간소화되어 있어 초보 유튜버들에게 적합하다. 파워포인트를 사용하는 이유는 포토샵 사용에 어려움을 겪는 이들을 위한 것이다. 포토샵을 원활히 사용할 수 있다면, 다음의 내용은 필요하지 않을 수 있다.

파워 포인트 열기 먼저 파워 포인트를 열고 빈 슬라이드를 선택한다.

배경 설정 슬라이드의 배경을 원하는 색상 또는 이미지로 설정한다. 이는 썸네일의 시각적인 요소 중 하나로서 주목을 끌기 위해 중요하다.

텍스트 추가 썸네일에 분명하고 간결한 텍스트를 추가해 썸네일의 주제를 간단히 표현하고 시청자의 관심을 한 단어로 끌어야 한다. 텍스트를 추가할 때에는 가독성 있게 폰트, 크기, 색상 등을 선택하여 가독성을 높이도록 한다.

이미지 삽입 원하는 이미지를 썸네일에 삽입한다. 이미지는 주제와 관련성이 있고 시각적으로 매력적인 것을 선택하는 것이 좋은데, PNG 형식의 이미지를 사용하면 배경에 맞게 투명하게 삽입할 수도 있고, PNG가 같은 그림이라도 JPG보다 파일 크기가 크기 때문에 화질이 더 좋다.

요소들 정렬 텍스트와 이미지를 적절히 배치하여 시각적인 조화를 이루도록 한다. 요소들이 균형 있게 배치되도록 조정하고, 시각적인 효과와 강조를 위해 크기, 위치, 투명도 등을 조절한다.

추가 디자인 요소 필요에 따라 추가적인 디자인 요소를 썸네일에 추가할 수 있다. 예를들어, 도형, 아이콘, 배경 이미지의 필터 효과 등을 사용하여 썸네일을 더욱 독특하게 꾸밀 수 있다.

저장 및 응용 작업이 완료되면 썸네일을 저장한다. 이후에는 유튜브 영상 편집 도구나 그래픽 디자인 프로그램을 사용하여 썸네일을 유튜브 영상에 적용하면 된다. 위의 단계를 따라가면서 파워 포인트를 통해 다양한 디자인 요소를 활용하여 독특하고 효과적인 유튜브 썸네일을 만들 수 있다.

반면 포토샵은 정말 기능이 많기 때문에 전문 서적을 구입해 공부하는 걸 추전한다. 유튜브에서 가장 중요한 것은 경험이기 때문에 완전하지 않더라도 본인이 모든 것을 조금씩이라도 경험하는 것을 강력히 권장한다.

▶ 꾸준히 노력해야만 성공이란 빛이 바늘구멍 정도 들어온다

필자가 유튜브를 운영하며 가장 큰 도전은 바로 자신과의 싸움이었다. 하루에도 수십 번씩 찾아오는 '현타', 즉 현실 자각의 순간이 문제였다. "과연 유튜브로 돈을 벌 수 있을까?"부터 시작해서 "이러다 괜히 시간만 버리는 것 아닌가?"와 같은 생각과 더불어 주변인들의 무시하는 듯한 발언들이 정신적인 부담으로 다가왔다. 이러한 경험은 사람마다 다르겠지만, 크게 보아 유튜브를 포기하는 주된 이유 중 하나로 다양하게 나타난다. 이는 개인의 상황과 경험에 따라 달라질 수 있는데, 유튜브 통계를 통해 알아보자.

1. 부족한 성과

부족한 성과는 유튜버에게 큰 시련이다. 기대한 만큼의 결과를 얻지 못하거나 성장 속도가 느린 경우, 긍정적인 동기 부여를 유지하기 어려워진다. 장기적인 노력과 인내가 필요한 유튜브 활동에서 성과가 충분치 않다고 느껴지면, 포기로 이어질 수 있다. 이는 금전적인 부분과 인지도 향상, 조회수 같은 정량화된 수치에서의 성과를 포함한다. 유튜브는 업로드가 된 시점부터 실시간으로 성과를 확인할 수 있으며, 이로 인해 다른 것들과의 비교가 더욱 부각된다.

2. 시간과 에너지 부담

시간과 에너지 부담 역시 유튜브 활동을 어렵게 만드는 요소다. 홍보, 동영상 제작, 편집, 소셜 미디어 관리 등 다양한 작업이 필요하며, 이로 인해 일상 생활의 균형을 유지하기 어려울 수 있다. 초심을 유지하기 어려워지며, 시간이 지나면 포기하는 마음이 커질 수 있다. 유튜브 영상 제작을 위해 최소 8시간 이상의 편집 및 작업 시간이 필요하고, 이를 위해 하루에 3~4시간씩 꾸준히 준비하는 것은 많은 희생을 요구한다.

3. 창조적인 제약

유튜브를 하면서 6개월차부터 계속 나를 따라오는 숙제가 바로 이 부분이다. 지금이야 여러 방면으로 콘텐츠를 제작할 수 있지만, 처음 유튜브를 시작하는 사람들이 처음으로 당면하는 과제중 하나다. 이전과 다른 영상을 제작하고 다른 주제로 또 다른 영상을 제작해야 하며, 때로는 시청자의 요구에 맞춰 콘텐츠를 제작하면서 스트레스를 받을 수 있다. 이는 유튜버에게는 숙명과도 같은 것이다.

4. 외모를 노출에 대한 정서적 부담

주로 브이로그 형식의 콘텐츠를 제작하는 유튜버들이 직면해야 하는 과제이다. 얼굴 노출에 따른 부정적인 평가와 비판은 양날의 검이 될 수 있다. 영상의 퀄리티가 높고 반응이 좋을 경우 대중의 사랑을 받을 수 있지만, 반대로 외모나 영상 품질이 기대에 못 미칠 경우, 일반인이 상상하지 못하는 수준의 비판과 악성 댓글에 시달릴 수 있다. 이러한 정서적인 부담은 유튜브를 포기하는 이유일 뿐만 아니라, 극단적인 선택을 고려하게 만드는 사회적인 요인이기도 하다. 이에 대처하기 위해 일부 유튜버들은 가면이나 탈을 쓰거나, 상반신만 보이게 하고 자신의 목소리만 들리도록 하는 콘텐츠를 제작하기도 한다. 이 방법에는 장단점이 있으며, 해당 내용에 대해서는 추후 자세히 설명할 것이다.

5. 다른 관심사로의 전환

다른 관심사로의 전환 역시 유튜브 활동을 포기하는 이유가 될 수 있다. 처음에는 열정적이었던 유튜브 활동이 다른 관심사나 가치관의 변화로 인해 중요도가 낮아질 수 있다. 사람들은 변화하고 성장하며, 이 과정에서 유튜브 활동에 대한 관심이 감소할 수 있다.

이처럼 유튜브를 접고 다른 일에 전념하는 경우를 크게 다섯 가지로 설명할 수 있다. 그렇다면, 유튜브에 '1만 시간의 법칙'을 적용해 보면 어떤 변화가 일어날까? '1만 시간의 법칙'은 심리학자 앤더슨 에릭슨(Anders Ericsson)이 제시한 개념으로, 어떤 분야에서도 전문가 수준의 성과를 달성하기 위해 약 1만 시간의 훈련이 필요하다는 주장이다. 에릭슨은 1993년 음악 분야의 전문 연주자들을 조사하며 이 법칙을 제시했는데, 이들은 평균적으로 약 1만 시간의 연습을 통해 유의미한 성과를 얻는다고 밝혔다. 이후, 이 개념은 다양한 분야로 확장되어 널리 알려졌다. 중요한 점은, 1만 시간의 법칙이 단순한 시간 투자를 넘어 "의식적이고 의도적인 효과적인 훈련"을 강조한다는 것이다.

개개인의 환경적 요인이 다르기 때문에 필요한 훈련 시간이 조건에 따라 달라질 수 있지만, 1만 시간의 법칙을 따른다면 성공적인 인생을 위한 첫발을 딛을 수 있다고 본다. 유튜브 영역에서 이 법칙은 단순히 시간적 투자와 훈련의 중요성을 강조하는 것 이상의 의미를 가질 수 있다. 개인의 열정과 목표에 부합하는 전략적인 훈련이 지속될 때, 노하우가 축적되며 이는 변하지 않는 사실이다. 유튜브뿐만 아니라 성공을 이루는 데는 다양한 요인이 작용하며, 이로 인한 복잡성과 다양성을 고려해야 한다.

단순한 시간 투자만으로는 충분하지 않을 뿐만 아니라, 적극적인 노력이 필수적인 경우도 있다. 그러나 '1만 시간의 법칙'은 노력과 훈련, 그리고 목표를 달성하기 위한 의도와 결심이 확고할 경우, 100% 만족하는 성과를 내지 못하더라도 새로운 분야에 도전하고 그 과정에서 끝까지 노력을 지속한 것만으로도 자신의 도전 의식을 실현할 수 있는 성취감과 자신감을 얻을 수 있을 것이다. 따라서, '1만 시간의 법칙'은 단순히 시간적인 측면에서의 기준을 넘어, 노력, 훈련, 목표 설정, 의도와 같은 다양한 적극적인 요소들을 종합적으로 고려해야 하는 개념이다. 우리는 '1만 시간의 법칙'을 적용하여 다양한 분야에서 성공한 사람들의 사례를 롤모델로 삼아, 자신의 의지를 더욱 강화할 수 있다. 다음의 여러 대표적인 예시들을 통해 이를 살펴볼 수 있다.

비틀즈 (The Beatles) 전설적인 음악 그룹 The Beatles는 탁월한 음악적 재능을 개발하기 위해 많은 시간을 투자했다. 그들은 팀으로서 함께 노력하며 성장했으며, 대략 10,000시간의 연습을 통해 세계적으로 유명한 뮤지션으로 자리매김했다.

빌 게이츠 (Bill Gates) 마이크로소프트의 창업자 빌 게이츠는 14세 이후 컴퓨터 프로그래밍에 1만 시간 이상을 투자한 것으로 알려져 있다. 그의 끊임없는 노력 덕분에 대학 입학 전에 이미 인공지능 기술의 대부분을 마스터했고, 세계에서 가장 부유한 사람들 중 하나가 되었다.

마이클 조던 (Michael Jordan) NBA의 전설적인 선수 마이클 조던은 농구 연습에 엄청난 시간을 할애했다. 대학 농구 리그와 NBA에서 활동하며 미국 선수권 및 NBA 우승을 차지했는데, 이는 10,000시간 이상의 연습 끝에 얻은 결과였다. 그의 뛰어난 기여로 인해 시카고 불스는 그의 등번호를 영구 결번 처리할 만큼, 조던은 농구계뿐만 아니라 팀 내에서도 역사적인 인물로 남아있다.

이처럼 다양한 분야에서 '1만 시간의 법칙'을 적용하여 성공한 사례가 많다는 것은 주목할 만하다. 유튜브 분야 역시 예외는 아니다. 자신의 탤런트만으로 일약 스타가 되는 이들을 제외하고, 일반적으로 직장 생활을 하거나 일상을 영위하던 사람들이 유튜브를 시작해 갑자기 성공하기는 쉽지 않다. '1만 시간의 법칙'을 통해 성공을 이룬 이들의 예에서 볼 수 있듯, 자신의 역량을 차근차근 키워나간다면 대중이 사랑하는 유튜브 채널을 운영하며 상당한 부를 축적할 수 있는 가능성이 있다.

▶ 유튜브 알고리즘을 반드시 알아야 하는 이유

시청 지속 시간(Audience Retention)은 유튜브에서 중요한 지표로, 시청자가 영상을 얼마나 오래 보는지를 나타낸다. 이 지표는 영상의 품질과 시청자의 관심도를 반영하며, 높은 시청 지속 시간은 영상이 시청자에게 가치 있고 흥미롭다는 신호로, 유튜브 알고리즘에 의해 선호되어 검색 결과와 추천에서 영상 노출이 증가할 수 있다.

시청 지속 시간의 중요성은 유튜브 알고리즘의 중요한 지표로 활용해 사용자에게 추천하는 콘텐츠를 결정한다. 높은 시청 지속 시간을 가진 영상은 더 많은 추천을 받을 가능성이 높으며, 시청 지속 시간이 긴 영상은 채널의 전체 시청 시간을 증가시켜 채널 성장에 기여한다. 이는 유튜브 파트너 프로그램과 같은 수익화 기회에 중요한 역할을 한다. 또한, 시청 지속 시간은 시청자의 참여도와 직접적으로 관련이 있어, 시청자가 영상에 오래 머무른다는 것은 콘텐츠에 대한 관심과 만족도가 높다는 것을 의미한다.

클릭율(Click-Through Rate: CTR)은 디지털 마케팅, 온라인 광고, 그리고 콘텐츠 제작 분야에서 중요한 지표 중 하나다. 유튜브에서 클릭율은 특히 콘텐츠 제작자들에게 중요하며, 특정 영상의 썸네일이나 제목이 얼마나 매력적으로 작용해 실제로 시청자가 영상을 클릭하게 하는지를 나타내는 비율이다. 즉, 클릭율(CTR)의 정의는 특정 링크나 광고가 노출된 횟수 대비 실제로 클릭된 횟수의 비율로 계산되며, 일반적으로 다음과 같은 백분율로 표현된다.

$$CTR = \left(\frac{클릭수}{노출수} \right) \times 100$$

- 클릭 수는 사용자가 링크나 광고를 클릭한 실제 횟수
- 노출 수는 해당 링크나 광고가 사용자에게 보여진 총 횟수

유튜브에서 클릭율(CTR)은 영상의 썸네일이나 제목이 사용자의 관심을 어떻게 효과적으로 끌어들이는지를 나타내는 중요한 지표다. 이는 영상이 노출된 횟수 대비 실제 클릭되어 시청된 횟수의 비율로 계산된다. 클릭율은 콘텐츠의 첫인상이 얼마나 매력적인지와 검색 결과나 추천에서의 눈에 띄는 정도를 평가하는 데 중요하며, 유튜브 알고리즘이 영상을 어떻게 평가하고 순위를 매기는지에도 큰 영향을 미친다. 높은 클릭율을 달성하기 위해서는 썸네일과 제목을 포함한 영상의 메타데이터 최적화가 필수적이다. 이는 명확하고 강렬한 첫인상을 제공하고, 시청자의 호기심을 자극하여 클릭으로 이어지게 만든다. 클릭율 개선은 알고리즘에 의한 노출 증가뿐만 아니라 광고 수익 증대와 같은 직접적인 재정적 이익으로도 연결되므로, 콘텐츠 제작자에게 매우 중요한 목표다. 따라서 매력적인 썸네일 디자인과 키워드를 고려한 제목 작성, 그리고 콘텐츠의 질을 높여 사용자가 클릭한 후에도 만족할 수 있도록 하는 것이 중요하다. 이 모든 조치를 통해 클릭율을 개선하고 채널의 성장을 촉진할 수 있다.

유튜브를 시작하면서 필자가 항상 갖고 있던 불만 중 하나는 바로 유튜브 알고리즘이다. 유튜브 알고리즘은 명확한 정보가 거의 없고, 유튜브의 의도대로만 따라야 한다는 점에서 불만이 생길 수밖에 없다. 하지만 필자가 유튜브 알고리즘을 대략적으로 파악한 이후로는 이를 이용하는 방법을 알게 되었다. 시중에는 유튜브 알고리즘에 대한 많은 정보가 있지만, 그중에서도 명확하게 정량화해서 알려주는 곳은 없다. 이는 유튜브 강의를 하는 사람도 알고리즘의 전부를 파악하기 어렵기 때문이며, 일반화된 내용과 유튜브에서 제공하는 가이드라인 안에서 정보를 취합한 결과일 것이다. 그렇다면 대중이 일반적으로 알고 있는 유튜브 알고리즘은 무엇일까?

유튜브 알고리즘은 플랫폼에서 어떤 동영상을 어떤 순서로 사용자에게 제안할지를 결정하는 방식이다. 이 알고리즘은 사용자의 관심사, 시청 이력, 시청 시간, 좋아요 및 싫어요 수, 공유 및 댓글 수, 검색 키워드 등 다양한 요소를 고려하여 동작한다. 즉, 사용자가 유튜브 시청 중 행하는 모든 리액션을 데이터로 구축한다. 여기서 중요한 요인 중 하나는 사용자의 관심사와 선호도이다. 유튜브는 사용자의 시청 이력 및 피드백을 기반으로 유사한 주제의 동영상을 추천한다. 이는 인기 있는 동영상, 트렌드, 구독한 채널, 추천된 동영상 등을 통해 이루어진다. 사용자는 자신도 모르는 사이에 유튜브 알고리즘의 영향을 받는다. 또한, 유튜브는 사용자의 시청 시간을 중요하게 고려한다. 사용자가 특정 동영상을 오랜 시간 시청하는 경우, 해당 동영상의 주제와 내용이 사용자에게 적합하다고 판단하여 유사한 동영상을 제안한다. 이처럼 일반화된 내용이 많은 대중들이 알고 있는 알고리즘이다. 하지만 핵심은 바로 유튜브의 맞춤 영상 지원은 모두 기업 광고 때문이다. 유튜브는 세계 최대의 동영상 플랫폼이며, 사기업으로서 이윤 극대화를 추구한다는 것을 명심행 한다.

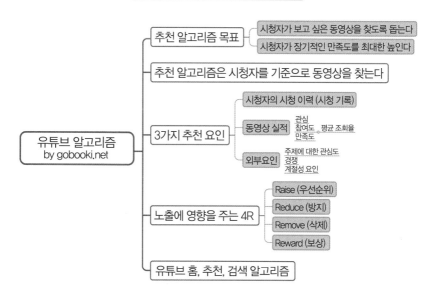

유튜브는 사용자에게 관심 있는 콘텐츠를 소개함으로써, 시간을 절약하고 다양한 분야의 콘텐츠에 쉽게 접근할 수 있도록 하는 목적을 가지고 있다. 그러나 이와 동시에, 유튜브의 의뢰사인 광고업체의 광고가 사용자의 관심사와 최대한 일치하도록 하여 광고 노출을 극대화하고, 이를 통해 시청자의 구매욕을 자극해 광고업체의 매출을 극대화하는

것도 중요한 목표다. 다시 말해, 공급자가 원하는 곳에 최적의 수요를 창출하여 극대화된 효과를 노리는 것이다. 이로 인해 시청자는 자신이 원하거나 관심 있는 상품에 대해 추가적인 시간적 소모 없이 빠르게 접근할 수 있다. 단순히 알고리즘의 원리만을 파악한다면 정보의 오류가 발생할 수 있으며, 이로 인해 나온 데이터 값은 양질의 결과로 볼 수 없다. 즉, 더 정확한 사용자 프로필을 바탕으로 깔끔한 맞춤 광고를 제공함으로써 광고주와 사용자 모두에게 이익을 가져다준다. 이후에는 비슷한 관심사를 가진 사용자에게 노출을 확대하고, 동영상의 질을 향상시키는 것이 그 다음 순위다. 그렇기 때문에 유튜브 알고리즘을 이해하기 위해서는 광고주 친화적인 역발상으로 접근하는 것이 효과적이다. 댓글, 공유, 검색 키워드 등도 알고리즘에 영향을 줄 수 있는 요소다. 유튜브 알고리즘은 이러한 요소들을 종합적으로 분석하여 사용자의 관심사와 선호도에 맞는 동영상을 제안한다. 하지만 유튜브는 알고리즘의 정확한 동작 방식을 공개하지 않기 때문에, 알고리즘의 세부 사항이나 가중치 등에 대해서는 정확한 설명을 제공하기 어렵다. 그럼에도 불구하고, 이 알고리즘은 유튜브 사용자들이 다양한 콘텐츠를 탐색하고 발견할 수 있도록 설계되었기 때문에, 필자의 유튜브 채널 홈피드 창에 나타나는 영상들은 1차적으로 유튜브의 알고리즘에 의해 선택된 좋은 콘텐츠라고 할 수 있다. 좀 더 구체적으로 유튜브 알고리즘을 정리해 보면 다음과 같다.

사용자의 관심사 제공 사용자가 관심 있는 콘텐츠를 쉽게 발견할 수 있도록 하여 시간을 절약하고, 다양한 분야의 콘텐츠에 손쉽게 접근하게 한다.

콘텐츠 사용자에게 노출 확대 크리에이터들의 동영상이 그들의 구독자뿐만 아니라 유사한 관심사를 가진 사용자들에게도 노출되어, 채널의 구독자 수와 평판을 증가시킨다.

사용자 유지와 플랫폼 성장 적절한 추천 알고리즘을 통해 사용자에게 지속적으로 새로운 관심사를 발견할 기회를 제공하며, 이를 통해 사용자의 만족도와 충성도가 증가하여 유튜브 플랫폼의 성장을 도모한다.

광고 매칭 효율 증대 더 정확한 사용자 프로필을 바탕으로 한 맞춤 광고를 제공함으로써, 광고주와 사용자 모두가 만족하는 결과를 이끌어낸다.

동영상 추천 질 향상 기계학습 알고리즘의 지속적인 발전으로, 추천 알고리즘의 정확도가 향상되어 사용자에게 더 적합한 동영상과 광고를 제안하는 기회가 증가한다.

컨텐츠 제작의 첫 번째 원칙은 시청자의 입장에서 제작하는 것이다. "이 영상을 누가 보면 좋을까?"라는 질문을 끊임없이 생각하면서 창의적인 아이디어를 더하는 것이 중요하다. 유튜브에서 수익을 극대화하는 한 방법은 제작한 영상을 시청자들이 더 오래 볼 수 있게 하는 것이다. 예를 들어, 조회수 50만 회를 기록한 두 영상이 있다고 가정해 보자. ❶하나는 시청 지속 시간이 5분을 넘는 반면, 다른 ❷하나는 시청 지속 시간이 2분대에 불과하다. 시청 지속 시간이 2배 이상 차이 나는 이 두 영상은 거의 같은 조회수를 기록했음에도 불구하고 수익은 천지 차이가 된다. 이러한 차이는 영상의 길이와 시청 지속 시간에 따라 달라지는 광고 단가 때문이다. 따라서, 영상을 제작할 때는 철저히 시청자의 입장에서 흥미로우며 반드시 시청하게 만드는 콘텐츠를 만드는 것이 중요하다.

두 번째는 유튜브 알고리즘을 고려한 키워드 및 제목 작성이다. 사용자가 원하는 정보를 쉽게 찾을 수 있도록, 정확하고 다양한 키워드 선택을 통해 제목과 동영상 설명을 최적화하는 것이 중요하다. 유튜브 초보자에게는 추천 영상으로 자신의 콘텐츠가 노출되는 것이 매우 어려운 일이다. 대부분의 초보 크리에이터가 자신의 영상이 '떡상'하기를 바라지만, 실제로 그런 기회가 오는 것은 매우 드문 일이다. 따라서, 정신 건강을 위해 처음부터 큰 기대를 하지 않는 것이 좋다. 채널을 시작할 때 가장 효과적인 전략은 메인 키워드, 서브 키워드, 태그를 트렌드에 맞게 조합해 검색량을 증가시키는 것이다.

세 번째는 유튜브 알고리즘이 선호하는 맞춤형 요소를 따르며, 시청 시간과 시청률을 향상시키기 위한 훌륭한 콘텐츠 제작이다. 이는 권장 사항이 아닌 필수다. 7분에서 15분 이하의 동영상 길이가 유튜브 초보자에게 가장 효과적이다. 영상을 길게 만드는 것이 좋긴 하지만, 내용이 풍부하고 재미있어야 하며, 단순히 길이만 긴 영상은 피해야 한다. 영상이 재미없다면 시청자는 쉽게 이탈하기 때문에, 엑기스만 집약된 짧은 영상이 초보자에게 더 유리할 수 있다. 요약하자면 초보 유튜버는 시청자의 이탈 없이 재미있는 짧은 영상 제작을 목표로 하고, 점차적으로 7분 이상 15분 미만의 영상 길이로 확장해 가며, 마지막으로 1분마다 흥미를 자극하는 내용으로 가득 찬 15분 이상의 영상 제작을 목표로 하는 것이 최선이다.

네 번째는 시청자의 피드백을 반영하기이다. 코멘트, 좋아요 및 싫어요를 통해 다음 동영상 제작 시 고려해야 할 요소들을 파악하는 것은 컨텐츠 제작에 있어 필수적이다. 가끔 시청자들이 댓글로 특정 내용의 영상 제작을 요청하는 경우가 있는데, 한 사람의 의견에만 기울어 제작하기보다는 다수의 의견이 같은 방향을 가리킬 때 해당 주제의 영상 제작을 고려하는 것이 현명하다. 이 방법으로 영상을 제작하면 댓글을 남긴 시청자는 자신의 요구가 반영되었다고 느끼며, 채널에 대한 충성도가 높아져 찐팬이 될 확률이 크게 증가한다. 따라서, 여러 사람이 같은 주제를 원한다면 시청자들의 의견을 따르는 것도 좋은 전략이 될 수 있다.

다섯 번째는 인기 동영상 분석하기이다. 유튜브에서 인기 있는 채널과 동영상을 살펴보는 것은 시청자들이 어떤 콘텐츠에 관심을 가지는지 이해하는 데 도움이 된다. 인기 동영상은 유튜브 트렌드의 지표로 볼 수 있으며, 동영상이 공유되거나 재생목록에 추가될 때 인기도가 증가하는 중요한 요소로 작용한다. 또한, 동영상에 대한 상호작용(좋아요, 싫어요, 댓글)과 시청 지속 시간은 해당 동영상의 인기를 결정짓는 요소이다. 인기 동영상 탭에 오른 영상들은 대중의 공감대를 이끌어내고 감동을 준 콘텐츠로, 시청자로 하여금 어떤 행동을 취하게 만들 정도로 감정적인 영향을 미쳤기 때문에 유튜브 알고리즘에 의해 양질의 영상으로 판단되어 인기 동영상 탭에 올라가는 것이다.

여섯 번째는 서로 비슷한 카테고리 내 채널들과의 협업을 통해 노출 극대화하기이다. 유튜버 간의 합방은 상호 시청층 확장에 효과적이며, 이를 통해 두 채널의 시청자 수를 증가시킬 수 있다. 합방을 활용하면 키워드 검색에서의 노출 증가와 함께 다른 채널의 시청자 유입을 통해 구독자 수를 빠르게 늘릴 수 있다.

마지막 일곱 번째는 자주 영상을 업데이트하는 것이다. 정기적인 콘텐츠 업데이트는 시청률 증가와 유튜브 알고리즘의 이점을 활용할 수 있는 기회를 제공한다. 유튜브는 주기적으로 새로운 콘텐츠를 제공하는 유튜버를 선호하며, 이는 광고주와의 협력 기회를 증가시킨다. 필자의 경험을 바탕으로 한, 유튜브는 일일 최대 롱폼 3개, 최소 4시간 간격으로의 업로드를 권장한다. 유튜버는 새로운 아이디어를 지속적으로 창출하고, 다른 이들과의 상호작용을 통해 지속적으로 경쟁하고 개선함으로써 유튜브 알고리즘을 최대한 활용할 수 있다.

▶ 자신이 만든 동영상이 떡상하지 않는 이유

"내가 만든 영상은 왜 떡상하지 않는 걸까?" 유튜브를 시작한 지 2~3개월 차 필자의 생각이었다. 객관적으로 봤을 때, 영상 퀄리티가 떨어지는 다른 영상들조차 수만에서 수십만 회의 조회수를 기록하는데, 왜 내 영상은 유튜브 알고리즘에 선택받지 못하는가에 대한 불만이 있었다. 이로 인해 유튜브 알고리즘에 대해 깊게 파고들게 되었고, 약 2,000개의 영상을 제작한 후에야 유튜브가 선호하는 떡상 조건을 찾을 수 있었다.

"자신의 영상은 왜 떡상하지 않을까?"라는 질문에 대한 답은 영상이 재미없기 때문이다. 수년 간 수천 개의 영상 업로드 데이터를 기반으로 할 때, 떡상하기 위해서는 기준에 명확하게 부합해야 한다. 클릭율은 최소 15% 이상이어야 하며, 시청 지속 시간은 다음과 같은 비율로 나타난다. 3분 미만 영상은 55%, 5분 미만은 50%, 8분 이상은 시청 지속 시간이 40% 또는 4분 이상이어야 한다. 물론 이 조건에 부합한다고 해서 모든 영상이 떡상하는 것은 아니지만, 경험적으로 이 범위 안에 들어가면 노출 수가 증가하는 것은 확실하다. 시청 지속 시간과 클릭율은 "AND"의 관계로, 두 조건이 모두 충족되어야 한다.

실시간
● 실시간 업데이트 중

21,150
조회수 · 지난 60분 ▼

상위 트래픽 소스	조회수	
탐색 기능	84.3%	
기타 YouTube 기능	6.1%	
추천 동영상	5.7%	
알림	2.3%	
YouTube 검색	0.8%	

앞의 그래프는 클릭율과 시청 지속 시간의 상관관계가 "AND" 조건일 때 가능한 시나리오를 보여준다. 즉, 클릭율이 15% 이상이며 시청 지속 시간이 8분 이상인 영상의 경우, 시청률은 영상 길이의 40% 이상이거나 4분 이상일 때만 노출이 증대되어 영상이 확산된다. 이 조건 중 하나라도 충족되지 않으면, 영상은 확산되지 않는다.

다음의 그래프는 필자가 운영하는 채널 중 하나인 '꺼리튜브'의 데이터를 바탕으로, 채널들은 통상적으로 ❶20~30% 사이의 클릭율을 보이며, 시청 지속 시간은 채널마다 다르지만 대체로 ❷5분 중후반에서 7분 대까지 다양하다. 유튜브 초보자들은 이 부분을 해결하는 것이 첫 번째 과제임에도 종종 간과한다. 클릭율을 높이는 것은 적절한 고민을 통해 자극적이지만, 사실에 기반한 썸네일을 제작함으로써 충분히 가능하다. 시청자의 관심을 끌 수 있는 썸네일 제작에 많은 시간을 투자할 것을 권장한 이유도 여기에 있다. 사람을 끌어당길 수 있는 능력, 즉 '후크'를 개발하는 것이 궁극적인 목표이며, 이 후크는 영상 제작 과정 중 여러 지점에 위치해야 한다.

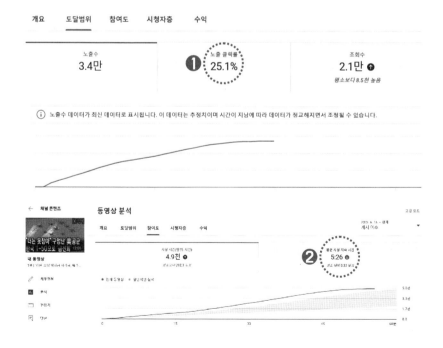

후크라는 개념은 우리 사회의 여러 방면에서 활용되고 있으며, 대표적인 예로 K-POP이 있다. K-POP 장르가 전 세계 여러 나라에서 성공할 수 있었던 주요 이유 중 하나는 바로 후크송 때문이다. 후크송, 또는 훅(Hook)은 음악 작업에서 매우 중요한 구성 요소로, 매력적이고 중요한 멜로디 라인 또는 리듬 패턴으로 구성된다. 이는 주로 가사나 멜로디의 반복, 중복, 또는 강조를 통해 듣는 이들에게 강한 인상을 남기며, 곡을 반복적으로 기억하게 만드는 역할을 한다. 후크송은 흥미로운 멜로디, 중요한 가사, 리듬 패턴 등으로 구성되어 듣는 이들에게 긍정적인 영향을 주며, 곡의 인기도와 상업적인 성공을 도모한다.

유튜브에서도 이와 유사한 역할을 하는 요소들을 적절히 배치해야 한다. 시청자들의 무의식 속에 영상이 자리 잡도록 만들어, 내용을 의도대로 전달할 수 있어야 한다. 후크의 배치는 콘텐츠의 성향에 따라 다르지만, 통상적으로는 1분에서 1분 30초 내에 기존 영상의 흐름에 변곡점을 추가해야 한다. 2022년 평균 시청 지속 시간이 1분 21초이며, 숏폼 콘텐츠의 증가로 평균 시청 지속 시간이 빠르게 줄어들고 있다는 사실은 이러한 전략의 중요성을 더욱 강조한다. 데이터만을 기준으로 할 때, 사람들이 영상의 지루함을 견딜 수 있는 최대 시간은 1분 21초라는 사실이 드러난다. 필자는 100만 뷰 이상의 조회수를 기록하는 영상이 사람의 심리를 깊이 이해했다고 생각한다. 사람의 감정이 고조되는 단계는 개인의 다양한 감정 경험에 따라 달라질 수 있으나 일반적으로 다음과 같은 특정 단계로 설명할 수 있다.

1. 사건의 발생

사건의 발생은 감정이 일상적인 상태에서 시작되는 지점이다. 유튜브에서 특정 영상을 접했을 때, 예상치 못한 자극이나 사건에 대한 첫 반응은 중립적일 수 있다. 만약 관심 있는 분야라면, 인지 단계로 넘어간다.

2. 인지

인지 단계에서는 해당 자극이 개인에게 중요하거나 관련이 있는 것으로 인식되며, 자극에 대한 정보를 받아들이고 해석하면서 감정적인 응답이 형성된다.

3. 반응

반응 단계에서는 자극에 대한 감정적인 반응이 발생한다. 이 반응은 긍정적이거나 부정적일 수 있으며, 기쁨, 분노, 슬픔 등 다양한 감정을 경험할 수 있다.

4. 고조

고조 단계에서는 감정의 집중과 강도가 높아진다. 예를 들어, 분노가 격앙되어 격리나 공격적인 행동으로 나타날 수 있다.

5. 정점

정점에 이르러 감정은 최고점에 도달한다. 감정의 강도와 표출이 최대로 증가하며, 이 단계에서는 감정이 극단적으로 표출될 수 있다. 예를 들어, 큰 기쁨이나 절망을 통해 시청자들의 감정 변화 폭을 크게 움직일 수 있다.

6. 해소

해소 단계에서는 감정의 최고점 이후 정서적인 안정이 찾아오며, 감정의 강도가 감소하고 조용한 상태로 돌아간다. 이 단계에서는 지난 감정의 여운이 남아있으며, 이후 일상적인 상태로 회복된다.

감정의 고조 단계는 개인마다 다르며, 상황과 감정 유형에 따라 변화할 수 있다. 자신이 시청자의 입장에서 생각해 본다면, 이러한 감정의 진행 단계를 이해하고 영상에 접목시키는 것은 채널 관리에 큰 도움을 줄 수 있다. 만약 자신의 영상이 사람의 감정 단계를 잘 조절하여 제작된다면, 항상 재미있고 유익한 콘텐츠를 제공할 수 있을 뿐만 아니라 유튜브 노출의 한계를 넘어서 무한한 노출 확대의 가능성을 열 수 있다. 하지만 실제로 이러한 이상적인 경우는 거의 불가능하며, 대부분의 영상은 특정 과정을 거친 후 점차 시청자의 관심에서 멀어지게 된다.

이와 같은 데이터가 나타나는 이유는 지역적 요소와 운영하는 채널의 섹션 영향이 크기 때문이다. 대한민국에서 한국어를 사용하고 한글 자막을 제공한다면, 유튜브는 해당 영상을 우선적으로 대한민국에 노출시킨다. 대한민국 내에서 반응이 좋으면, 그 다음으로 다른 나라에도 영상을 노출시키는데, 이때 유튜브 알고리즘은 제작한 영상의 품질을 검증하게 된다. 간단히 말해, 한국어로 된 영상이 미국에서도 노출되기 시작하지만, 대부분의 미국 시청자들은 해당 영상을 클릭하지 않거나, 클릭한다 해도 알아듣지 못하는 외국어로 인해 시청 지속 시간이 짧게 나올 수 있다.

대부분의 영상들은 자국 내에서 주로 소비되며 그 생명주기를 맞이한다. 하지만 대화가 필요 없는 콘텐츠, 예를 들어 K-POP 뮤직비디오, 먹방, ASMR, 반려동물 콘텐츠, 제조 과정을 보여주는 영상들은 해외 시청자들의 댓글도 많이 달리는 예외가 있다. 반면, 대한민국에서 유튜브를 운영하는 크리에이터들은 일정 기간 상승세를 보이다가 어느 정도 유지 기간을 거친 후 점차 감소하는 경향을 보인다. 이러한 감소 현상은 유튜브가 아무리 많은 노출을 제공해도 모든 사람이 클릭하는 것은 아니기 때문이다.

유튜브 조회수가 점차 하향 곡선을 그리는 현상은 여러 요인에 기인한다. 개인의 관심사가 다양하고, 일부 시청자는 이미 영상을 시청했으며, 영상이 업로드된 후 지속적으로 새로운 영상이 늘어나 시청자들의 관심이 감소하기 때문이다. 이러한 다양한 요소들이 결합되어, 시간이 지남에 따라 유튜브 조회수의 상승 폭이 줄어들게 되는 것이다.

앞의 그래프는 클릭율과 시청 지속 시간이 특정 조건을 충족하지 않을 때 나타나는 상황을 보여준다. 유튜버를 꿈꾸는 사람이라면, 매일이 성장하는 희망에 부푼 상태일 것이지만, 필자가 언급한 핵심 요소들이 충족되지 않는다면, 영상을 업로드한 후 지속적인 하향 곡선을 경험할 수밖에 없다.

이러한 상황에서는 시청 지속 시간이 문제인지 아니면 클릭률이 문제인지를 신속하게 파악하고 문제를 해결하는 것이 중요하다. 클릭률이 문제라면 썸네일을 수정하여 교체하는 것만으로도 클릭률을 어느 정도 높일 수 있다. 그러나 시청 지속 시간이 문제인 경우, 당장 해결할 방법이 제한적이다. 영상을 수정한 후 재업로드하는 방법도 있지만, 이 경우 기존에 영상을 본 시청자들이 이탈할 확률이 높아, 조회수가 만 단위 이상인 경우 재업로드는 현명한 선택이 아니다. 영상을 업로드한 후 조회수가 꾸준히 늘어나지 않거나 하향 곡선을 그릴 경우, 시청자의 이탈이 언제 가장 크게 일어났는지를 분석하고 다음 영상에서는 문제가 됐던 부분을 보완하여 제작하는 것이 바람직하다.

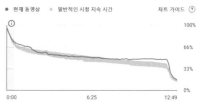

유튜브를 운영하는 사람이라면 유튜브 스튜디오를 잘 알고 있을 것이다. 유튜브 스튜디오는 다양한 분석 지표를 제공하는데, 그 중에서도 참여도와 시청 지속 시간을 확인할 수 있는 탭을 통해 자신이 만든 영상의 시청 지속 시간을 파악할 수 있다. 초반 30초의 이탈률부터 시작하여 전체 영상의 시청 지속 시간까지 확인 가능하며, 그래프가 완만한 하향 곡선을 그리고 있다면 이는 양호한 상태로 판단될 수 있다. 반대로 다음의 그래프처럼 급격한 하향곡선과 바닥에서 왔다갔다하는 그래프를 보인다면 대중들의 관심사를 제대로 파악하지 못한 영상이라고 할 수 있다. 그래서 이 책을 읽고 있는 독자가 유튜브 채널을 운영한다면 사람의 감정을 고려해 영상을 제작해야하고 클릭율 "AND" 시청 지속시간의 조건이 충족해야만 떡상 영상이라는 행운을 맞이할 수 있다는 것을 유념해야한다.

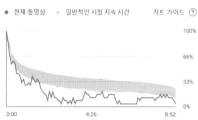

그리고 유튜브 알고리즘은 운영 중인 채널이 양질의 콘텐츠를 제공하는지 검증하는 과정에서 시간이 상당히 소요된다. 이 과정을 효과적으로 관리하는 유일한 방법은 높은 클릭율을 자랑하는 썸네일과 꾸준한 시청 지속 시간을 확보하는 것이다. 따라서, 떡상하는 영상에 필수적인 조건은 바로 다음의 세 가지 요소라 할 수 있다.

1. 클릭율 15%이상

2. 영상 길이에 충족하는 시청 지속 시간

3. 유튜브 알고리즘이 내 채널을 양질의 채널이라고 인식한다면 유튜브는 그 때부터 자신의 채널에 있는 영상을 우수하다고 판단하여 떡상 조건에 들어오는 영상들에 대해서는 노출을 극대화 함

반대로 클릭률, 시청 지속 시간, 그리고 채널의 양질화 조건 중 하나라도 충족되지 않으면, 영상이 떡상하는 것을 기대하기 어렵다. 심지어 이 조건들 중 하나만 충족되어도, 단기간의 노출 증대에 그치며, 이내 상승세는 하향곡선으로 전환된다. 만약 두 가지 조건이 충족되었다가 둘 중 하나가 이행되지 않는 경우, 영상의 인기는 최고점을 찍은 후 급격히 하락하는 삼각형 모양의 그래프를 그리게 될 것이다. 따라서, 제작한 영상이 떡상하기를 바란다면, 앞서 언급한 최소 조건들이 충족되었는지 점검하고, 이 조건들에 부합하지 않는다면 부족한 부분을 개선하여 역량을 키워야 한다. 일반적으로 사람들은 유튜브 영상의 떡상을 단순히 운의 문제로 여기지만, 실제로 유튜브는 0과 1로 계산하는 알파고와 같은 슈퍼 컴퓨터에 의한 기계적이고 정량화된 알고리즘으로 운영되며, 이 기준은 시대에 따라 약간의 변화는 있을 수 있으나 크게 변하지 않는다.

▶ 유튜브에 필요한 저작권 제대로 알기

저작권은 정말 중요한 대목이다. 지금까지 살펴본 내용들은 그냥 이해하기만 하면 되는 부분이라고 한다면, 저작권 관련 사항은 그냥 모두 숙지해야 한다고 보아도 과언이 아니다. 저작권 부분은 그냥 통으로 외우는 것이 좋다. 먼저 유튜브 저작권이란 개념부터 알아보자. 유튜브 저작권 관련 문제는 각 국가에서 다르게 해석되고 적용되며, 전 세계 적으로 여러 가지 법적 문제에 적용될 수 있다. 하지만 대부분의 국가에서는 저작권법과 국제 저작권 협약을 기반으로 유튜브 저작권 침해에 대한 대처를 다루고 있다. 그래서 유튜브는 해외 저작권법뿐만 아니라 국내 저작권법을 모두 이해해야 한다. 많은 빈도수로 발생하는 것은 아니지만, 간혹 필자가 만든 영상이 국내 저작권법은 이상 없는데 해외 저작권법에 위배되어 영상이 삭제되는 경우가 있다. 이런 것은 유튜브 자체 커뮤니티 가이드를 위반하여 사전에 유튜브에서 경고나 주의를 주는 경우가 있다.

예를 들어, 미국에서는 디지털 밀레니엄 저작권법(DMCA)이라는 법률이 적용된다. DMCA는 인터넷 서비스 업체(ISP)가 제3자의 저작권 침해를 방지하기 위한 절차 및 책임을 규정한다. 그래서 유튜브는 DMCA에 따라 저작권 침해 신고를 받으면 해당 동영상을 검토하고, 조치를 취할 수 있다. DMCA의 적용 범위는 전 세계적으로 확대되어 있기 때문에 한국이라고 예외일 수 없다. 한국에서는 저작권법과 저작권 관리 단체인 한국음악저작권협회(KOMCA), 한국소리바다저작권협회(KOSOUND) 등의 조직이 유튜브 저작권 침해 문제를 해결하기 위한 노력을 기울이고 있다.

유튜브 저작권은 온라인 영상 플랫폼에서 동영상을 업로드하거나 시청할 때 발생할 수 있는 저작권 관련 문제를 다룬다. 유튜브에는 국내 민/형사상의 처벌을 받을 수 있는 지적재산권인 저작권법이 있으며, 유튜브 자체적으로 운영하는 커뮤니티 가이드라인도 있다. 커뮤니티 가이드에 따르면 저작권법 및 유튜브의 자체 규정에 어긋나는 영상을 업로드하면 경고 또는 채널을 영구 삭제 처리할 수 있다. 그러므로 초보 유튜버라면 저작권뿐만 아니라 국내외 저작권법과 유튜브의 커뮤니티 가이드라인도 명확히 알아야 한다. 우리가 저작권을 제대로 알아야 하는 이유는 다른 사람의 창작물에 대한 법적 보호를 의미하는 것뿐만 아니라 자신이 만든 영상에 대한 정당한 권리도 보호받을 수 있기 때문이다.

음악, 동영상, 사진, 문자 등 다양한 형태의 창작물에 적용되며, 즉 자신이 직접 만든 것이 아니라면 자신이 접하는 모든 미디어는 저작권의 보호를 받는다고 생각하는 것이 이해하기 쉽다. 유튜브에서 저작권은 주로 두 가지 측면에서 중요하다.

1. 동영상 업로드

동영상 업로드 시, 유튜버는 자신의 영상이 다른 사람의 창작물을 도용하지 않았는지 감시하고 검토할 수 있다. 이는 앞서 언급한 바와 같이 음악, 소리, 영상 클립, 이미지, 그래픽 등을 사용할 경우 해당 창작물의 저작권 여부를 확인하는 과정을 포함한다. 만약 저작권에 위배되는 영상을 본의 아니게 제작했다면, 영상을 수정하여 재업로드하거나 필요한 경우 저작권자의 허락을 받아야 한다는 점을 염두에 둘 수 있다. 따라서, 초보 유튜버들은 영상을 제작한 후 바로 업로드하기보다는 일부 공개로 설정해 두고 저작권이나 기타 문제가 없는지 시간적 여유를 두고 업로드하는 습관을 들여야 한다.

2. 커뮤니티 가이드라인

모든 유튜버는 유튜브 커뮤니티 가이드라인을 준수해야 한다. 이 규제는 지적재산권과 별개이며, 유튜브 내에서만 유튜버들에게 적용된다는 의미다. 다시 강조하지만, 국내 저작권법과는 별개다. 유튜브가 저작권을 침해하는 동영상을 발견하면, 해당 동영상에 대한 저작권 신고를 제출할 수 있다. 유튜브는 저작권 침해 신고를 검토하고 적절한 조치를 취할 수 있다. 이를 통해 저작권자는 동영상을 삭제하거나 광고 수익의 일부 또는 전액을 받을 권리가 있다. 하지만 이러한 결정은 원저작권자의 선택에 달려 있다. 만약 자신의 영상이 저작권자에 의해 라이선스 스트라이크(저작권 침해)로 간주되면, 채널에 경고가 주어진다.

저작권 침해에 대한 제재는 유튜브 정책에 의해 결정되며, 원저작권자는 유튜브의 구체적인 절차와 정책을 확인할 수 있다. 이에 따라 유튜버는 저작권법과 유튜브 정책에 대해 자세히 이해하고 준수하는 것이 중요하다. 개인적으로 저작물을 만들고 업로드하거나 시청할 때 해당 저작물의 저작권을 존중하고 다른 사람의 명시적인 허락을 받는 것이 바람직하다. 저작권 문제는 상황에 따라 달라질 수 있으므로, 직접 제작한 것이 아니라면 언제든지 저작권법에 위배될 수 있다고 생각해야 한다. 직접 촬영한 영상에도 저작권법이 적용될 수 있다는 사실을 알아야 한다.

초상권은 개인의 신체나 얼굴에 대한 권리를 의미한다. 이는 타인의 얼굴이나 식별 가능한 신체적 특징을 영리 목적으로 함부로 사용하지 않을 권리를 포함한다. 따라서, 브이로그나 사람이 많이 출연하는 영상에서는 초상권 문제가 발생할 수 있으며, 허가 없이 타인을 촬영하는 것은 피해야 한다. 또한, 자신이 직접 촬영한 영상이라 하더라도 저작권법이 적용될 수 있다는 사실을 알아야 한다.

계속해서 초보 유튜버들이 자주 마주치는 저작권 침해 사례에 대해 알아보자. 유튜브는 유튜버가 업로드하는 모든 영상에 대해 Content ID라는 시스템을 활용한다. 이 시스템은 저작권이 명시된 콘텐츠를 분류하여 유튜브에 업로드된 영상과 비교하는 기능을 한다. 간단히 말해, 영상의 고유 식별번호와 같다고 할 수 있다. 유튜브는 영상이나 음악 등에 고유한 식별자를 부여하는 이 알고리즘 기술을 도입하기 위해 2007년에 무려 1억 달러를 투자했다고 한다. 이 시스템을 통해 유튜브는 다음 그림의 "저작권" 메뉴를 통해 수많은 영상과 미디어를 효과적으로 검열할 수 있다. 또한, 이와는 별개로 "유튜브 스튜디오"를 사용하면 저작권 탭이 있는데, 자신이 알고 싶지 않아도 저작권 탭에 가면 아주 친절히 내 영상을 도용하는 채널들을 알 수 있다.

일치하는 동영상	총 조회수	날짜	채널	일치율	프레임
	20.9만	2022. 3. 5.		일치 동영상의 40%	
	20.7만	2021. 7. 2.		일치 동영상의 100%	
	16.9만	2022. 8. 10.		일치 동영상의 100%	
	11.3만	2022. 5. 28.		일치 동영상의 100%	
	6.2만	2022. 5. 30.		일치 동영상의 90%	
	2.9만	2022. 12. 1.		일치 동영상의 100%	
	2.8만	2023. 1. 11.		일치 동영상의 100%	

| 저작권 메뉴(좌)와 유튜브 스튜디오(우)의 모습 |

그러므로 타인의 영상을 사용하여 자신의 콘텐츠를 제작하는 것은 절대로 피해야 한다. 단순히 지금까지 적발되지 않았다는 이유로 안심해서는 안 되며, 현재 조용한 것은 원저작권자가 아직 유튜브에 저작권 침해를 제기하지 않았기 때문일 수 있다. 실제로 필자의 경험에서도, 어떤 유튜버가 필자의 채널 영상과 원고를 무단으로 사용한 적이 있다. 그때 필자는 두 가지 조치를 취했었다. 무단으로 사용한 영상을 삭제하고, 사과 영상을 제작하라고 요구하라는 것이었다. 하지만 그 유튜버가 이를 받아들이지 않았을 때, 필자는 해당 채널을 삭제시킬 수 있었다. 대부분의 경우, 채널에 먼저 연락하여 무단 도용 사실을 확인하면 대부분 사과하는 상황이다. 그러나 파렴치한 사람들에게는 유튜브의 커뮤니티 가이드라인을 활용하여 저작권 침해에 강력하게 대응한다. 저작권 침해 제기를 받은 상대방에게는 해명할 시간으로 약 2주가 주어지지만, 원저작권자의 동의 없이 수 초에서 수 분까지 영상을 사용했다면, 유튜브는 대부분 원저작권자의 의견을 따른다. 필자가 저작권에 대해 자세히 다룬다면 책 한 권을 쓸 수 있을 정도이지만, 유튜브를 시작하는 사람들에게 주는 핵심 조언은 자신이 직접 제작하거나 촬영하지 않은 모든 영상물이 저작권법의 보호를 받는다고 생각하는 것이다. 공정 이용에 대한 질문도 자주 받는데, 공정 이용이 적용되기 위해서는 4가지 조건이 충족되어야 한다.

제35조의3(저작물의 공정한 이용) ① 제23조부터 제35조의2까지, 제101조의3부터 제
101조의5까지의 경우 외에 저작물의 통상적인 이용 방법과 충돌하지 아니하고 저작
자의 정당한 이익을 부당하게 해치지 아니하는 경우에는 보도 · 비평 · 교육 · 연구 등
을 위하여 저작물을 이용할 수 있다.

② 저작물 이용 행위가 제1항에 해당하는지를 판단할 때에는 다음 각 호의 사항등을
고려하여야 한다.

1. 영리성 또는 비영리성 등 이용의 목적 및 성격

2. 저작물의 종류 및 용도

3. 이용된 부분이 저작물 전체에서 차지하는 비중과 그 중요성

4. 저작물의 이용이 그 저작물의 현재 시장 또는 가치나 잠재적인 시장 또는 가치에 미
치는 영향

| 유튜브 저작권 핵심 조항 |

공정한 이용에 대한 법리적 해석은 다양할 수 있지만, 저작권법 제28조에 명시된 공정
이용이 가능한 경우를 요약하면 ❶비영리 목적, ❷교육의 목적, ❸공익의 목적, ❹보도
· 비평 · 교육 · 연구 목적으로 한정된다. 이는 수익 창출 목적을 가진 유튜버가 이 네 가
지 조건 중 하나라도 충족하지 않는 경우, 공정이용이 아닌 저작권법 위반으로 간주될
수 있다는 것을 의미한다. 결과적으로, 심각한 경우 원저작권자에 의한 소송을 당할 위
험이 있으며, 이로 인한 소송비용 및 손해배상청구 등 국내 저작권법 위반에 따른 형사
처벌 및 민사 소송의 부담을 짊어져야 한다.

유튜브 내에서 채널 삭제는 플랫폼 내의 조치이며, 이와 별도로 원저작권자와의 법적 처
분도 준비해야 한다는 점을 명심해야 한다. 외부 강의 중 받은 질문 중 하나는 "유튜브에

서 저작권 신고를 받았을 때 채널이 반드시 삭제되는가?"였다. 여기서 중요한 것은 신고 인지 아니면 경고인지의 구분이다. 유튜브에서 저작권 침해와 경고 사이의 차이는, 저작권의 중요성을 아는 이들에게도 명확하지 않은 경우가 많다. 유튜브에서 저작권에 걸리지 않는 방법에 대한 정보는 대부분 사실과 다르다. 남의 저작물을 무단으로 사용하고 저작권 침해 제기를 받지 않았다면, 그것은 단지 저작권자가 아직 알지 못하거나 소송을 제기하지 않았기 때문일 뿐, 저작권법을 회피한 것이 아니다. 결론적으로, 원작자의 허락 없이는 저작권물을 사용해서는 안 된다는 것이다. 유튜브 저작권의 핵심은 콘텐츠 ID이다. 이는 콘텐츠의 고유 식별자로, 유튜브는 이를 통해 업로드된 콘텐츠를 원본과 비교하여 일치 여부를 판별하는 시스템을 갖추고 있다. 이 시스템 덕분에, 심지어 시끄러운 카페에서 잠깐 들려오는 음악조차도 현대의 AI 시스템을 통해 정확히 식별할 수 있다. 유튜브는 이와 유사한 방식으로 작동하여, 음악뿐만 아니라 영상 콘텐츠에 대해서도 콘텐츠 ID를 통해 관리하고 있다.

이번에는 콘텐츠 아이디 소유권 주장과 저작권 경고에 대해 알아보자. 먼저 저작권 침해 신고는 채널에 어떠한 악영향을 미치지 않는다. 단지 자신이 만든 영상에 대한 수익만 원저작권자에게 갈 뿐이다.

유튜브 스튜디오에서 저작권 침해 신고가 나타날 경우, 유튜브 계정의 메일 주소로 다음과 같은 관련 메일이 발송된다. 이때 당황하지 말고, 저작권 침해가 지적된 부분을 우선

확인한 후, 영상을 재편집하여 업로드하면 문제를 해결할 수 있다. 콘텐츠 ID 주장이 제기되었다는 것은 유튜브의 저작권 알고리즘 필터에 의해 식별되었다고 생각하면 된다. 대부분의 경우, 타인의 음악을 사용하면서 저작권 침해가 발생하는 것이 가장 흔한 원인이다.

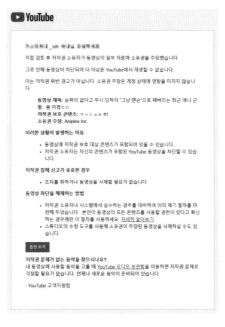

| 유튜브 저작권 침해 신고 메일 |

유튜브에서 음원의 콘텐츠 ID는 영상보다 신속하게 판단할 수 있으므로 콘텐츠 소유권을 곧바로 확인할 수 있다. 이는 우리가 타인의 영상에서 몇 초 분량의 짧은 음원을 사용했을 때 유튜브에 걸리는 주된 이유다. 따라서, 이러한 메일을 받았다고 해서 너무 두려워하지 말고, 해당 영상을 확인한 후 저작권 침해로 지적된 부분만 삭제하고 다시 업로드하면 문제를 해결할 수 있다. 다음으로 주의해야 할 부분은 바로 저작권 위반 경고다. 이는 유튜브 사용에 있어서 매우 신중하게 다뤄야 할 중요한 사항이다.

| 유튜브 저작권 위반 경고 메시지 |

유튜브 커뮤니티에서 "저작권 신고를 받았어요"라는 글이 자주 올라오는 것을 보면, 많은 사람들이 이 문제에 직면해 있다는 것을 알 수 있다. 저작권 위반 경고를 받게 되면, 대처 방법은 크게 두 가지로 한정된다. 첫 번째 방법은 저작권 위반 경고 페이지에서 원저작권자에게 연락하여 문제를 원만히 해결하는 것이고, 두 번째 방법은 자신의 영상이 저작권을 위반했다는 주장이 부당하다고 판단될 때 국내 법원을 통해 소송을 제기하는 것이다. 전자의 해결 방안에 대해 설명하자면, 원저작권자에게 사과의 메일을 보내거나 합의(합의금을 포함할 수 있음)를 통해 문제를 해결할 수 있다.

원저작권자와의 합의는 2주 이내에 완료해야 하며, 이 기간을 넘기면 저작권 위반 경고는 철회되지 않는다. 첫 번째 방법은 원저작권자에게 저작권 위반 경고를 철회해 달라고 요청하는 것이고, 두 번째 방법은 국내 변호사를 통해 소송 절차를 밟는 것이다. 남의 저작물을 사용했다면, 소송에서 지는 확률이 높으므로, 소송은 자신의 영상이나 음원을 직접 제작했다고 확신할 때만 선택해야 한다. 국내 소송에서 저작권 위반이 아니라고 판결나면, 해당 경고는 삭제된다. 그러나 소송에서 패소한다면 상황은 매우 심각해진다. 국내 저작권법 위반에 대한 소송을 진행해야 하며, 피해 보상금은 일반인이 감당하기 어려운 금액으로 치솟을 수 있다. 소송은 금전적, 시간적 부담이 크기 때문에, 가능하면 원저작권자와의 사과와 합의를 통해 문제를 해결하는 것이 바람직하다. 필자의 영상을 무단 도용한 유튜버 사례에서, 국내 소송 비용과 손해배상금만도 수천만 원에 달했으며, 이로 인해 해당 유튜버가 중간에 합의를 제안한 적이 있다. 그러므로 저작권을 무시하고 오기나 만용을 부리는 것은 절대로 피해야 한다.

유튜브에서 익명성이 보장되는 것처럼 느껴질 수 있지만, 국내에서 수사가 개시되면 해당 유튜버의 인적사항은 반드시 드러나게 된다. 유튜브에는 철칙이 있는데, 아무리 익명을 주장하는 유튜버라 할지라도, 국내 법률을 위반한 경우 유튜브 코리아는 관련 기관에 이러한 정보를 제공하고 있다. 유튜브를 넘어서 타인의 영상을 무단 도용할 경우 민형사상 처벌을 받게 되므로, 그 결과는 매우 심각해질 수 있다. 저작권 위반 경고가 발생하는 과정은 원저작권자가 직접 상세한 항목을 작성하여 유튜브에 신고하는 방식이다. 필자역시 이 과정을 몇 번 경험했지만, 분명 시간이 많이 드는 귀찮은 작업이다. 하지만 이런 노력을 기울이는 이유는 무단 도용에 대한 분노가 크기 때문이다.

| 저작권 침해 피해 사례 |

이렇듯 경고가 3회 누적되면 채널이 삭제되며, 본인 명의로 유튜브 채널을 다시는 만들수 없다. 처음부터 다시 유튜브 채널을 개설하려고, 썸네일을 지정하기 위해서는 전화번

호 인증이 필요한데, 여기서부터 문제가 생긴다. 일부는 전화번호 인증을 위해 새 번호를 마련하기도 하는데, 유튜브에는 3차 인증이라는 고급 기능이 있다. 이 기능은 신분증이나 얼굴 인증만 가능하다. 저작권 경고로 채널이 삭제되면 그 계정으로 연동된 다른 채널도 함께 삭제된다. 즉, 영상도, 채널도, 계정도 삭제되며 유튜브에 투자한 모든 노력이 사라진다고 볼 수 있다. 그리고 많은 사람들이 잘못 알고 있는 게 하나 있는데, 저작권 경고 3회가 있어야만 채널이 삭제된다고만 알고 있다. 하지만 실상은 다르다. 아래 유튜브가 정한 커뮤니티 가이드에 위배되는 중대한 과실이 발생하면, 경고 조치 없이 바로 채널이 삭제될 수 있다는 것을 명심해야 한다.

그렇다면 저작권 걱정 없이 유튜브를 만들려면 어떻게 해야 할까? 그러기 위해서는 먼저 콘텐츠 ID로 가장 많이 등록되는 저작물인 음악, 영화, 드라마 등을 그대로 가져와 유튜브 콘텐츠를 만드는 것은 피하는 것이 좋다. 콘텐츠 ID 소유권 주장은 자주 발생하며, 배급사가 불쾌해 하면 바로 저작권 경고를 보낼 수 있기 때문이다. 하지만 꼭 해야겠다면 음악은 숏츠에서만 사용하는 것이 한 가지 방법이다. 숏츠에서 선택한 음원은 소유권 주장 없이 사용할 수 있다. 이는 유튜브가 사용료를 지불하기 때문에 가능하며, 대부분의 대중음악이 포함되어 있어 이를 추천한다. 아직 롱폼에서는 이 시스템이 적용되지 않았으나, 23년 8월 기준으로 조금만 더 기다리면 롱폼에서도 대중음악을 사용할 수 있을 것으로 기대된다. 유튜브는 크리에이터 뮤직이라는 기능을 통해 고객이 원하는 음원을 미리 구입하여 저작권 문제 없이 한 콘텐츠에서만 사용할 수 있게 하는 서비스를 시작했다. 이 서비스는 미국에서 시범 운영 중이며, 곧 국내에서도 출시될 예정이다.

영화나 드라마의 경우, 공개된 예고편을 제한적으로 사용하는 것이 좋으며, 사용 전에는 영화사와 제작사에 연락하여 콘텐츠의 목적과 예고편의 사용 범위를 명시해 허가를 받는 것이 추천된다. 이런 절차가 번거로울 수 있지만, 가장 깔끔한 해결 방법이다. 예고편을 사용할 경우, 제작사는 홍보 효과를 위해 이를 선호하지만, 심한 비평이나 홍보에 해가 되는 방식으로 영상을 제작한다면 사전에 허가를 받는 것이 좋다.

▶ 유튜브 커뮤니티 가이드라인 이해하기

유튜브 커뮤니티 가이드라인은 유튜브에서 콘텐츠를 게시하고 이용하는 모든 사용자에게 적용되는 규칙과 지침이다. 이 가이드라인은 다양한 콘텐츠 카테고리와 사용자의 행동에 관한 지침을 제공하여, 유튜브 커뮤니티의 건강하고 안전한 환경을 조성하기 위한 목적으로 만들어졌다. 다음은 일반적으로 유튜브 커뮤니티 가이드라인에서 금지되는 몇 가지 주요 사항들인데, 이것 역시 저작권과 마찬가지로 통째로 외우는 것이 좋다.

1. 폭력적이거나 위협적인 콘텐츠

유튜브에서 폭력적이거나 위협적인 행동, 신체적 상해, 가증스러운 콘텐츠의 게시는 금지된다. 쉽게 말해, 사람이나 동물에게 위협 또는 해를 가하는 영상이 해당된다.

2. 적대적인 콘텐츠

성차별, 차별, 혐오, 인종주의를 조장하거나 유발하는 콘텐츠는 엄격히 금지된다. 유튜브는 다양한 인종, 연령, 모든 성별의 사람들이 이용하는 플랫폼으로서 중립적인 입장을 유지한다.

3. 스팸, 사기, 오용이 담긴 콘텐츠

유튜브는 스팸 메시지 게시, 사기 행위, 조회수를 조작하는 등의 부적절한 방법을 금지한다.

4. 권리를 침해한 콘텐츠

타인의 지적 재산권, 초상권, 프라이버시를 침해하는 콘텐츠는 허용되지 않는다. 이는 간단히 말해 남의 것을 탐하지 말아야 한다는 의미다.

5. 해킹 및 악성 소프트웨어

해킹, 악용, 악성 소프트웨어, 개인정보 도용과 관련된 내용의 게시는 금지된다.

6. 성인 콘텐츠

아동 포르노그래피, 성적으로 음란한 콘텐츠는 엄격히 금지된다.

유튜브(YouTube) 커뮤니티 가이드라인은 플랫폼의 사용자들이 안전하고 긍정적인 커뮤니티를 유지하며, 콘텐츠 생성자와 사용자 모두에게 공정하고 수익성 있는 환경을 제공하기 위해 필요한 규칙이다. 과거부터 유튜브가 운영하며 부족한 부분들이 커뮤니티 가이드라인의 주요 요소로 자리잡았고, 최근에는 새로운 사례들로 인해 신규 커뮤니티 가이드가 생겨나고 있다. 대표적인 사례에 대해 알아보자.

1. 위험한 콘텐츠

유튜브는 신체적 또는 정신적 건강에 위협이 될 수 있는 위험한 도전이나 행동을 포함하는 콘텐츠를 허용하지 않는다. 여기에는 전쟁, 테러, 잔혹 행위와 같은 내용이 포함된다. 2022년에 전세계적으로 이슈가 된 우크라이나 전쟁과 관련된 보도 영상을 제작했을 때, 유튜브 알고리즘이 위험한 콘텐츠로 판단하여 필자 영상의 1/3에 노란 딱지를 붙여 상당히 곤혹스러웠던 경험이 있다. 참고로, 여기에 해당되는 필자의 재미있는 경험담이 하나 있다. 필자는 예능 콘텐츠도 제작한다고 앞에서 언급했는데, 그 예능 콘텐츠 중 하나가 디스코 팡팡을 타는 콘텐츠였다. 이 콘텐츠는 위험한 행동이나 기타 악의적이거나 선정적인 콘텐츠가 아니었음에도 불구하고 유튜브에게 경고를 받은 것이었다. 당시 필자는 이런 결과가 너무 불합리해서 항소도 했지만, 결국 받아들여지지 않았다. 그래서 왜 이런 현상이 발생했는지 다방면으로 알아본 결과, 충격적인 사실을 알게 되었다. 바로 그 이유가 해외 다른 나라들, 특히 유럽에는 디스코 팡팡이라는 놀이기구가 없다는 것이다. 이 때문에 디스코 팡팡에 사람이 탑승한 것 자체가 외국인들에게는 상당히 위험한 행동으로 비춰진 것이다.

2. 단순한 후크적인 콘텐츠나 혹독한 콘텐츠

유튜브는 반복성이 높은 콘텐츠나 단순 리뷰 형식의 영상에 대해 수익을 제한한다. 심지어 기존에 수익 창출이 승인되었더라도, 단순 재작성의 채널이라면 수익 창출을 다시 심사하라고 한다. 현재 AI를 활용한 숏츠 영상이나 남의 영상을 무지성적으로 그대로 카피하는 영상이 상당히 많이 증가하면서 최근 이러한 현상이 더욱 심각해졌다.

3. 교육 목적이 아닌 성적인 콘텐츠

유튜브는 성적인 콘텐츠 또는 성적 영향을 미칠 가능성이 있는 콘텐츠에 대해 채널 경고 없이 바로 채널을 삭제한다. 필자의 경우, 사람의 신체나 성적인 단어를 사용하지 않고 짤이나 밈으로 가벼운 섹드립을 다루는 채널을 운영하고 있었는데, 갑작스레 채널이 삭제되었다. 수개월에 걸쳐 성장시킨 채널이며, 영상의 퀄리티를 높이기 위해 전문 작가까지 투입했었는데, 하루아침에 채널이 사라졌다. 이런 경우에는 반론을 제기할 수 있지만, 반론이 받아들여질 가능성은 매우 낮다. 또한, 필자가 구독하던 애니 리뷰 채널도 갑자기 사라졌는데, 채널을 확인해보니 채널이 사라졌다는 안내문구만 있었다. 이 채널은 애니 리뷰를 다루었지만, 자극적인 썸네일을 많이 사용했기 때문에 채널이 삭제된 것이다.

| 교육 목적이 아닌 성적인 콘텐츠의 예 |

4. 사행성 콘텐츠

유튜브는 사기를 일으키거나 잘못을 유발하는 콘텐츠에 대해 경고 조치를 취하거나, 다수의 신고가 접수되어 해당 채널이 유해하다고 판단되면 그 채널을 삭제 처리하는 경우가 있다.

그밖에 의도적으로 개인정보를 무단으로 업로드하면 해당 채널에 경고를 준다. 유튜브는 다른 사람의 개인정보를 공개하거나 사생활을 침해하는 콘텐츠를 좋아하지 않는다. 이러한 경우, 유튜브가 자체적으로 판단하기보다는 해당 출연자가 유튜브에 직접 클레임을 제기하거나, 사회적 이슈로 떠오른 사건들이 대부분이다.

이러한 사항들은 유튜브 커뮤니티 가이드라인에 따라 주의를 기울여야만 하는데, 해당 콘텐츠에 대해 처음에는 경고가 이루어지지만 반복적으로 비슷한 내용의 콘텐츠를 업로드할 경우 해당 채널은 영구 삭제될 수 있다. 유튜브 가이드라인에 따르면, 유튜브는 가이드라인을 준수하지 않는 콘텐츠를 감지하고 삭제함으로써 사용자들이 안전하고 적절한 경험을 할 수 있도록 노력하고 있다고 언급한다. 따라서, 유튜브가 부정적으로 여기는 요소를 사전에 파악함으로써 추후 발생할 수 있는 곤란한 상황을 피할 수 있다.

그러나 유튜브가 정한 가이드라인은 그 정의가 다소 모호하며, 그 경계나 해석은 사용자의 해석에 따라 달라질 수 있으며, 유튜브 내에서 불미스러운 이슈가 발생할 경우 정책 업데이트가 수시로 이루어지기 때문에 그 기준을 개인적으로 판단하기 어려운 것이 사실이다. 이에 따라, 구체적인 사례에 대해서는 유튜브 도움말 센터나 커뮤니티 가이드라인의 기준을 수시로 확인하는 것이 유용할 수 있다.

▶ 얼굴을 보이지 않아도 가능한 유튜브

유튜브에 참여하고자 하는 많은 이들이 가장 큰 어려움으로 자신을 노출하는 것에 대한 부담을 느낀다. 그러나 채널 컨셉에 따라 얼굴을 공개하지 않고도 상당한 수익을 창출할 수 있는 유튜브 채널이 많다는 사실을 알아두는 것이 중요하다.

드라마, 영화, 애니메이션과 같은 리뷰 콘텐츠 분야는 저작권 문제로 인해 진입장벽이 높다. 필자는 개인적으로 이 분야에 신규로 진입하는 것을 추천하지 않는다. 대부분의 경우, 영상을 제작하고 업로드하면 저작권 침해와 관련된 통지를 받게 될 것이다. 필자 역시 저작권 문제를 해결하는 데 어려움을 겪어 결국 여러 리뷰 채널 운영을 중단한 경험이 있다. 현재 성공적인 대형 리뷰 채널들은 시장을 선점하고 있으며, 국내외 제작사와의 협업을 통해 저작권 문제를 해결하고 있다. 또한, 드라마, 영화, 애니메이션 제작사들은 대형 유튜브 채널과의 협력을 선호하며, 이들 채널에 더 자주 저작권을 허용한다. 따라서 이 분야로 진출하고자 하는 신규 유튜버들은 영상 제작보다 저작권 문제 해결에 더 많은 시간과 노력을 투자해야 할 것이다.

반면, 이 분야에는 분명 유리한 점도 존재한다. 대중의 관심이 집중된 드라마, 영화와 같은 콘텐츠는, 저작권 문제만 해결된다면 다른 카테고리에 비해 상승세를 타는 것이 상대적으로 용이하다. 자신의 목소리나 AI 목소리를 활용하여 얼굴을 공개하지 않고도 고품질의 리뷰 영상을 제작할 수 있다. 대형 리뷰 채널 운영자들도 대체로 목소리가 좋다는 공통점을 가지고 있어, 이는 자신의 장점을 살린 채널이라 할 수 있다. 그러나 이러한 리뷰 채널들은 저작권이라는 거대한 벽을 넘어야만 한다. 나 자신도 드라마 리뷰 채널을 반년 가량 운영했지만, 저작권 경고와 콘텐츠 아이디 주장으로 인해 수익을 제대로 얻지 못했다. 리뷰 채널 운영자로서는 영상 제작 전에 제작사나 배급사와의 사전 협의가 필수적이라고 할 수 있으나, 신규 유튜버나 개인 유튜버에게는 저작권 협의가 사실상 어려운 현실이다.

현재 이 시장은 국내에서 대형 유튜버들이 모여 주식회사를 설립하고 국내 유수의 제작사, 배급사, 방송사와 독점 계약을 체결하며 시장을 독점하고 있다. 이들은 시장의 70% 이상을 선점하고 있으며, 서로 협력하여 영향력을 확대하고 있다. 반면, 이 시장에서 콘텐츠 계약을 하지 못한 유튜버들은 개인적으로 저작권 해결과 수익 분배를 위해 어려움을 겪으며 리뷰 채널을 운영하고 있다. 필자는 그들의 사업 수완과 환경적 리스크를 최소화한 전략에 대해 깊은 인상을 받았다. 그들이 구축한 견고한 제국은 그들의 노력과 헌신의 결과이며, 이러한 실행력은 높이 평가할 만하다. 힘없는 개인들이 뭉쳐 거대 방송사와의 협약을 이끌어낸 것은 결코 쉬운 일이 아니었다.

음악 관련 채널 이 분야는 K-POP의 세계적인 인기 덕분에 잘 기획된 영상이라면 국내뿐만 아니라 전 세계로 퍼져나갈 잠재력을 가지고 있어, 적절한 채널 기획에 따라 단기간 내에 메가 유튜버로 성장할 수 있는 가능성이 크다. 필자 역시 다양한 분야의 채널을 운영해 보았으나, 음악 관련 채널은 아직 시도해 보지 못했다. 악기 연주 능력이나 음악에 대한 깊은 이해가 부족하기 때문이었다. 그럼에도 불구하고, 관련 시장 동향에 대해서는 유튜버들과의 교류를 통해 일반인보다 더 많은 정보를 가지고 있다.

음악 관련 채널은 자신이 연주하거나 직접 작곡한 곡으로 수익을 창출하지 않는 한, 큰 수익을 기대하기 어렵다. 기존 음원이나 커버곡만으로 콘텐츠를 제작하는 경우, 저작권 문제로 인해 수익 창출이 제한될 수 있다. 세계적으로 유명한 J.Fla(본명 김정화)와 같은 유튜브 아티스트 역시 본인의 목소리와 재능으로 다양한 커버곡을 선보이며 큰 인기를 얻고 있으나, 저작권 관련 이슈로 어려움을 겪고 있다.

| J.Fla(제이플라) 유튜브 채널 |

1987년에 태어난 그녀는 가수, 작곡가, 프로듀서로서의 다재다능한 역할을 수행하며 전 세계적으로 유튜브에서 큰 인기를 끌고 있다. 다양한 장르의 팝송과 K-POP, 그 외 여러 세계 음악을 커버하며, 그녀의 유튜브 채널은 2011년에 시작해 약 10년 동안 꾸준히 성장해 왔다. 그런 그녀는 인터뷰에서 유튜브 수익이 일반적으로 생각하는 것만큼 많지 않다고 언급했다. 제이플라는 독창적인 보컬 스타일과 원곡의 멜로디에 어울리는 새로운 편곡을 창조해 내는 뛰어난 능력을 보여주었지만, MR 사용이 많아 저작권 제약을 상당히 받고 있다. 현재 그녀의 채널은 전 세계적으로 1,750만 명 이상의 구독자를 보유하고 있음에도 불구하고, 수익은 구독자 수에 비해 적은 편이다. 그러나 음원사로부터 받는 광고비가 유튜브 수익보다 클 수 있다는 점이 알려져 있다. 따라서, 커버 음악 채널을 운영하려는 유튜버라면 유튜브 광고 수익보다는 협찬 광고 등 다른 부가적인 수익 창출 방법을 모색해야 하며, 구독자 수를 늘려 광고 단가를 상승시키는 전략으로 수익화를 실현하는 것이 유리하다.

요리 관련 채널 요리 과정을 사진으로 담아 공유하는 것만으로도 인기를 얻는 시대, 다양한 분야에서 주목받는 콘텐츠가 되었다. 현재 시장은 경쟁이 치열하며, 얼굴을 공개하지 않는 채널도 많지만, 필자는 '칩'이라는 채널을 특별히 높이 평가한다. 비록 지금은 뒷광고 논란으로 인해 새로운 영상 업로드가 줄어들었지만, 칩이 활발히 활동하던 시절, 요리 유튜브 채널로서 센세이션을 일으켰다. 기존의 틀을 깨는 창의적인 기획으로 지루함을 느낄 새 없이 매력적인 영상 스킬을 선보였다. 가끔은 요리와 음악을 결합한 독특한 컨셉의 채널도 등장하여 시청자들에게 새로운 경험을 제공한다.

칩chip
@chip1 구독자 152만명 동영상 39개
사짜 시간 날 때마다 취미로 영상 올리는 칩chip입니다. 〉

| 칩(chip) 유튜브 채널 |

'과나'라는 채널은 기존의 요리 컨셉에 자작곡인 랩이나 후크송을 결합하여, 전혀 새로운 장르를 창조하는 유튜버 중 한 명이다. 이전에 '우마'라는 유튜버의 창의성을 칭찬한 바 있었는데, '칩'과 '과나' 또한 그러한 창의적 재능을 지녔으며, 필자가 이들을 천재라고 칭하는 이유는 이들이 본능적으로 시청자들의 관심을 어떻게 끌어들일지를 알기 때문이다. 이들의 연출을 살펴보면 일반인이 쉽게 따라할 수 있는 수준은 아닌, 영상 기획력이 매우 뛰어나다. 이러한 독창적인 콘텐츠 아이디어를 어디서 얻는지, 그 근원이 궁금해질 정도이다.

| 과나(gwana) 유튜브 채널 |

강의 및 자기 계발 관련 채널 특정 주제 및 기술에 관한 설명이나 강의를 진행할 때, 슬라이드 쇼나 화면 캡처를 활용해 얼굴을 공개하지 않고도 효과적으로 정보를 전달할 수 있다. 강의 콘텐츠는 유튜브를 통한 수익 창출보다는 자신을 알리고 개인 브랜드를 구축하는 데 더 큰 가치가 있다. 퍼스널 브랜딩은 개인의 가치와 역량을 시각적이고 감각적인 방법으로 전달하며, 자신만의 독특한 이미지와 삶의 방식을 통해 타인에게 영향을 미치는 전략이다. 여기서 개인의 이름, 이미지, 전문 지식, 경험 및 성공 사례를 활용하여 브랜드 가치를 창출하고, 이를 통해 인지도와 평판을 향상시키는 것이 목표이다.

유튜브를 통해 개인의 장점을 부각시키고 타인과 차별화된 가치와 경험을 전달하는 것은 중요하다. 그러나 대부분의 교육 콘텐츠는 유튜브 수익만으로는 큰 이익을 기대하기 어렵다. 대신, 강의나 협업을 통해 자신의 가치를 높이거나 책 출간, 기존 사업의 홍보 등의 목적으로 운영되는 경우가 많다. 교육 콘텐츠의 궁극적인 발전 형태는 퍼스널 브랜딩을 통해 자신을 하나의 브랜드로 만들고, 이를 통해 새로운 비즈니스 기회, 네트워킹, 직업적 성장

등에 긍정적인 영향을 미치는 것이다.

게임 플레이 채널 게임 플레이는 과거부터 지금까지 꾸준히 인기를 끌고 있는 콘텐츠 분야로, 유튜브에서는 게임 리뷰, 튜토리얼, 공략, 팁 제공과 같은 콘텐츠가 끊임없는 인기를 자랑한다. 일부는 얼굴을 공개하지 않고 게임 플레이 영상을 업로드하거나, 컴퓨터나 휴대폰을 통해 만든 이모지를 활용하기도 한다. 주요 타겟층이 10대에서 20대인 만큼, 젊은 층이 이 분야에 많이 도전한다. 게임 콘텐츠는 유튜브 내에서 가장 경쟁이 치열한 분야 중 하나로 꼽힌다. 최근 몇 년간의 게임 시장 동향을 살펴보면, 전 세계 게임 산업이 지속적인 성장세를 보이며 규모가 확대되고 있는 것을 확인할 수 있다.

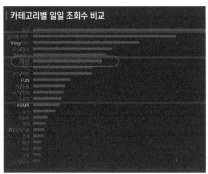

| 게임 분야에 대한 유튜브 랭킹_출처: 구글 |

2020년 기준으로 전 세계 게임 콘텐츠 시장의 규모는 약 1,600억 달러로 추산되었다. 이 시장은 PC, 콘솔, 모바일 등 다양한 플랫폼과 장르를 아우르며 성장을 지속하고 있으며, 유튜브에서의 게임 콘텐츠 역시 마찬가지로 상위권에 위치하며 눈에 띄는 성장세를 보이고 있다. 특히 아시아 지역은 전 세계 게임 시장의 절반 이상을 차지하는 주요 시장으로, 중국, 한국, 일본 등이 게임 산업에서 중추적인 역할을 하고 있다. 한국은 특히 게임 분야에서 세계적인 위치를 확보하고 있어, 실력 있는 게임 유저들이 급속도로 증가하고 있으며, 이에 따라 대중의 관심도 함께 높아지고 있다.

유튜브에서 게임 콘텐츠는 매우 인기 있는 동시에 생존하기 어려운 분야로, 성공 시 큰 수익을 약속하는 대표적인 고위험 고수익의 영역이다. 초보 유튜버들이 게임 콘텐츠를 기획할 때는 단순히 게임을 좋아하고 잘한다는 이유만으로 시작하기보다는, 남들과 차별화될 수 있는 독특한 기획력과 대중의 관심을 끌 수 있는 개인의 특별한 능력이 필수적이다. 이에 따라, 시장 분석을 철저히 하여 자신이 진출할 수 있는 분야를 면밀히 검토하고 도전하는 것이 바람직하다. 게임 콘텐츠는 유튜버의 말솜씨가 중요한 분야로, 최소한 3시간 동안 지속적으로 대화를 이어갈 수 있는 능력이 요구된다. 과거에는 게임 실력만으로도 주목받을 수 있었지만, 현재는 자신이 잘 할 수 있는 것을 바탕으로 방향을 설정하는 것이 중요하다.

ASMR 관련 채널 ASMR 콘텐츠는 다양한 소리를 활용하여 과거부터 지속적으로 사랑 받아온 분야이며, 효과적인 기획과 연출력이 지원된다면 글로벌 유튜버로의 성공이 가능한 영역이다. jane ASMR이니 MINEE EATS와 같이 국내외에서 사랑받는 채널들은 이 분야의 무한한 가능성을 보여준다. 쏘영, 시오, 재열과 같이 음식과 ASMR을 결합한 채널들 또한 글로벌 시장에서 자리매김하며 인기를 끌고 있다.

필자 역시 ASMR 채널을 운영한 경험이 있으나, 상상 이상으로 도전적이었던 분야로 기억한다. 장비 세팅에서부터 영상 기획까지, 간단해 보이는 ASMR 콘텐츠 제작에는 많은 노력과 전문성이 요구된다. 음식을 먹거나 손톱으로 탁자를 두드리는 것이 단순해 보일 수 있으나, 출연자의 대화 소리가 없는 상황에서 시청자의 집중을 이끌어내는 것은 매우 어렵다. 소리를 주요 콘텐츠로 다루기 때문에 고품질의 전문 장비가 필수이며, 이에 따른 비용도 상당하다. 또한, 고성능 마이크는 주변 잡음까지 포착하기 때문에, 원치 않는 소리를 제거하면서 편집하는 데에도 상당한 노력이 필요하다. 방음실이 없는 경우, 새벽 시간에 녹음해야 하는 등의 어려움도 있다. 방음실이 환기가 되지 않아 장시간 촬영 시 더위에 시달리는 문제도 발생한다. 따라서, ASMR 콘텐츠 제작은 전문적인 장비와 뛰어난 기획력이 필수적이며, 초기 비용이 많이 들어가는 분야이다. 외모로 성공하는 경우도 있으나, 얼굴을 공개하지 않는 채널이라면 다른 차별화된 요소로 시청자의 관심을 끌어야 한다.

IT, 자동차,책 등의 제품 리뷰 관련 채널 리뷰 형식의 유튜브 콘텐츠는 상품, 서비스, 미디어, 이벤트 등 다양한 주제에 대한 평가와 의견을 공유하는 동영상 형태로, 그 범위는 거의 무한에 가깝다고 할 수 있을 정도로 다양하다. 최근 2~3년 사이에 리뷰 유튜버들의 수가 폭발적으로 증가하며 이 분야는 매우 경쟁이 치열해졌다. 리뷰 콘텐츠를 구성하기 위해서는 리뷰할 제품이나 서비스에 대한 깊은 지식과 이해가 필요하며, 제품의 기능, 사용 방법, 장단점 등에 대한 정보를 확보하고 직접 사용해볼 수 있다면 더욱 풍부한 리뷰 콘텐츠를 제작할 수 있다.

명확한 평가 기준을 설정하고 이를 시청자에게 소개하는 것은 리뷰의 객관성을 확보하는 데 중요하다. 또한, 개성과 진실된 견해를 반영하여 시청자의 신뢰를 얻는 것이 필수적이다. 유튜브에 동영상을 업로드하고 정보를 입력한 뒤 공유하는 작업을 꾸준히 하며, 구독자와의 소통을 통해 긴밀한 관계를 형성하는 것이 팬층을 두텁게 하는 데에 도움이 된다.

리뷰는 상품이나 서비스의 장단점을 적절한 균형으로 소개하여 객관적 정보를 제공하는 것이 중요하다. 리뷰 유튜브는 구독자에게 신뢰할 수 있는 평가를 제공해야 하며, 이는 종종 실제 구매로 이어진다. 리뷰 유튜브의 장점으로는 협찬 광고 단가가 높다는 점이 있으며, 이는 기업체에게 직접적인 매출 증대로 이어질 수 있다. 그러나 단점으로는 초기 제작비가 많이 들어간다는 점이 있으며, 채널의 성장과 영향력이 생기기 전까지는 제품 구매나 렌탈 등에 비용이 많이 들어갈 수 있다.

자연 및 여행 영상 아름다운 자연 경관과 여행지를 촬영하여 그 장소의 아름다움을 공유하는 유튜브 채널은 얼굴을 공개하지 않고도 운영이 가능하다. 여행 유튜브 채널은 많은 장단점을 가지고 있는데, 주된 장점으로는 국내외 다양한 문화를 경험하고 이를 시청자와 공유할 수 있다는 점이다. 여행지의 꿀팁, 관광 명소, 음식 등 관련 정보를 제공함으로써 시청자에게 유익한 정보를 제공할 수 있다. 여행 채널은 창작에 대한 부담이 상대적으로 적고, 채널이 성장하면 광고 수입과 후원 등을 통해 높은 수익을 기대할 수 있다.

단점으로는 경비 문제가 가장 크다. 여행 유튜버로서 초기 단계에서 정기적인 수입을 기대하기 어렵고, 숙박, 식사, 교통비 등 여행지에서의 지출이 지속적으로 발생한다. 또한, 시차, 여행 일정 등으로 인해 영상 제작에 소요되는 시간이 길어질 수 있으며, 경쟁이 치열하여 독특한 스타일과 컨셉트를 가진 채널만이 생존할 수 있다. 따라서, 여행 유튜버를 꿈꾸는 사람은 독특한 아이디어를 개발하고, 경쟁력 있는 콘텐츠로 유튜브 시장에서 생존성을 확보해야 한다.

얼굴을 공개하지 않는 영상 콘셉트는 기획에 따라 충분히 활동이 가능하며, 강의 및 교육을 주제로 하는 콘텐츠를 제외하고는 다양한 주제와 스타일로 유튜브 콘텐츠를 제작할 수 있다. 교육 콘텐츠의 경우, 채널의 신뢰도가 중요하기 때문에 얼굴을 공개하는 것이 더 바람직할 수 있다. 참고로 다음의 차트는 2023년 7월 여행 관련 월간 조회수 랭킹이며, 조회수를 보면 1위 시수기릿이 3천만, 2위 곽튜브가 1천 4백만이 넘는 것을 알 수 있다. 이렇듯 여행 관련 콘텐츠를 많은 사람들에게 관심을 끄는 주제이다.

| 여행 유튜브 채널 랭킹_출처: 데이터 스토리텔링 유튜브 |

▶ 경쟁력 있는 채널 기획과 콘텐츠 제작 노하우

유튜브 시장에서의 경쟁력은 바로 타인이 시도하지 않거나 할 수 없는 독특한 콘텐츠에 있다. 현재 유튜브에는 다양한 주제를 다루는 채널이 수없이 많으며, 예를 들어, 밀리터리 유튜브 채널만 해도 수십에서 수백 개에 이른다. 따라서, 유튜브 채널을 개설하기 전에 자신의 채널이 어떤 카테고리에 속하는지 사전에 파악하고, 해당 카테고리 내에서 성공할 수 있는 전략을 세운 후 시장에 진입하는 것이 바람직하다. 만약 자신이 진입하려는 채널이 현재 유튜브에 존재하지 않는다면, 유튜버로서 성공할 가능성이 그만큼 높다. 독특한 콘텐츠의 예로, 절벽을 외줄로만 등반하는 콘텐츠를 들 수 있다. 이처럼 특별한 부류의 콘텐츠는 세계적으로 매우 드물며, 이는 유튜브에서의 경쟁력을 더욱 강화시킨다.

| PRIMITIVE TECHNOLOGY 유튜브 채널 |

이 채널은 1,080만 명의 구독자를 보유하고 있음에도 불구하고, 영상 수가 69개에 불과하다. 첫 영상이 게시된 8년 전을 고려하면, 생산된 영상의 수는 상당히 적다. 그럼에도 불구하고, 단일 영상 조회수가 최고 3,206만 회에 달할 정도로 매우 높다. 이러한 유형의 채널이 조회수가 높은 이유는 경쟁 채널이 적기 때문이다. 필자가 알고 있는 채널만 해

도 손가락으로 꼽을 수 있을 정도다. 이는 자신만의 노력만으로 집을 짓는 것이 얼마나 어려운지를 시사한다. 유튜브에서 성공의 비결은 바로 타인이 시도하지 않는 독특한 콘텐츠를 기획하는 것이다. 만약 유튜브로 성공하고 싶다면, 자신만의 방식으로 집을 짓는 시도를 해보라는 것이 이 챕터의 핵심 메시지이다. 그러나 이는 독자에게 현실적으로 어려운 일이라는 비판을 받을 수 있다. 문제는 대부분의 이런 채널들이 진입 장벽이 높다는 것이며, 제작비와 수익성을 고려해야 한다는 점에서 현실적인 제약이 따른다. 그렇다면 일반인도 성공할 수 있는 유튜브 콘텐츠 기획은 무엇일까? 시간이 지나면 이미 다른 사람이 시도하고 있을 수 있으므로, 여기서는 유튜브 채널이 성공할 수 있는 핵심 요소만을 강조한다.

1. 명확한 목표와 비전이 있는 콘텐츠

유튜브 채널 운영 시, 명확한 목표와 비전의 설정은 필수적이다. 이는 콘텐츠의 주제, 스타일, 내용 등 채널의 전체적인 방향을 결정짓는 기준이 되며, 차별화된 채널 기획을 가능하게 한다. 목표와 비전을 통해 채널이 추구하는 가치와 메시지가 분명해 지며, 이는 구독자들과의 깊은 연결을 유도한다. 또한, 이를 기반으로 일관된 품질과 주제의 유지가 가능해지고, 채널의 성장과 발전에 있어 중요한 지표가 된다. 채널 개설 전, 전달하고자 하는 메시지와 장기 목표를 명확히 하는 것은 채널의 성공에 결정적인 요소가 될 수 있다. 이 과정을 통해, 채널은 독특한 콘텐츠 창조와 구독자에게 가치 있는 경험을 제공할 수 있게 되며, 이러한 명확한 목표와 비전은 채널이 지속적으로 성장하고 발전하는 데 필수적인 기반이 되고, 유튜브에서 성공적인 콘텐츠 제작과 홍보의 핵심 역할을 한다.

2. 독창성(차별화) 있는 콘텐츠

유튜브의 경쟁적 환경에서 자신만의 목소리를 내기 위해서는 독창성이 필수적이다. 이는 시청자들을 자신의 채널로 이끄는 결정적 요인으로, 기존에 탐색되지 않은 새로운 형식의 콘셉트 개발이 이상적이다. 현실적 제약에 직면할 경우, 성공적인 채널의 요소를 적절히 통합하면서도 개인적인 독특한 형식을 창출하는 것이 권장된다. 예를 들어, 요리 채널이라면 단순한 레시피 소개를 넘어, 요리 실패와 그 해결 과정을 담은 '요리 실패 극복기'와 같은 새로운 형태를 도입할 수 있다. 기술 리뷰 채널의 경우, 최신 기기의 리뷰를 넘어서 실생활 문제를 해결하는 방법을 제시하는 '생활 속 기술 해결사'로 자리매김할 수 있다. 이러한 접근 방식은 정보 전달을 넘어서 시청자와의 감정적 연결을 구축하고, 일상에 가치를 제공한다. 창의적인 콘셉트 개발은 시행착오가 필요하며, 자신의 관심사와 열정을 반영하는 콘텐츠 제작이 중요하다. 이 과정에서 지속적인 시청자 피드백 수렴과 시장 변화 감지가 필수적이다. 유튜브에서의 성공은 독창적인 아이디어의 발견과 지속적 발전, 시청자와의 깊은 관계 형성에서 비롯된다. 이러한 방식으로 채널을 운영하면, 자신의 채널이 단순한 하나의 유튜브 채널을 넘어, 시청자에게 영감과 가치를 제공하는 중요한 자원으로 자리매김할 것이다.

그렇다면 창의적 사고는 무엇일까?

유튜브 채널의 경영에 있어 창의적 사고란, 신선한 아이디어의 창출을 넘어, 기존 콘텐츠와 구별되는 유니크한 가치를 생성하는 과정을 의미한다. 이 과정은 다양한 창의적 전략과 기법을 도입하여 시청자의 이목을 집중시키고, 채널의 지속적인 성장을 도모하는 데 필수적이다. 창의성을 발휘하는 초기 단계는 기존의 콘텐츠와 시장의 꼼꼼한 분석으로부터 시작되며, 이는 시장 내 미개척 영역을 탐색하고 시청자들이 탐구하고자 하는 신규 형식이나 주제를 발굴하는 데 중요하다. 예컨대, '다양한 직업 체험하기', '세계의 독특한 밤문화 탐방', '기술을 활용한 창의적 문제 해결법' 등은 시청자에게 새로운 경험과 지식을 제공하는 동시에 창의적으로 접근 가능한 주제들이다.

창의적 사고는 비판적 사고와의 결합을 필요로 하며, 제안된 아이디어가 실행 가능성, 시청자에게의 가치 제공 가능성 및 경쟁력을 갖추었는지 평가하는 과정을 포함한다. 이 단계에서는 아이디어를 다양한 관점에서 평가하고, 잠재적인 문제를 식별하여 해결책을 모색하는 것이 중요하다. 또한, 창의적 사고는 유연성을 요구하며, 시장 변화나 시청자의 피드백에 기민하게 반응하여 콘텐츠 방향을 조정할 수 있는 능력을 의미한다.

창의성은 협업을 통해 강화될 수 있으며, 다양한 배경을 가진 사람들과의 협업은 새로운 관점과 아이디어를 제공한다. 이는 콘텐츠의 창의성과 다양성을 크게 증진시킬 수 있다. 창의적 사고의 마지막 요소는 실험 정신과 두려움을 극복하는 용기이다. 새로운 아이디어의 시도는 리스크를 내포하지만, 채널의 성장과 발전을 위해 필수적인 과정이므로, 실패를 학습의 기회로 삼고 지속적으로 콘텐츠를 개선해 나가는 자세가 중요하다. 이러한 원칙과 전략을 채널 운영에 적용함으로써, 시청자에게 기억에 남는 독특한 콘텐츠를 제공하고, 장기적으로 성공적인 채널을 구축할 수 있다.

3. 퀄리티 높은 콘텐츠

유튜브 채널에서 고품격 콘텐츠 제작은 시청자들에게 즐거움을 선사하고, 채널의 성공적인 성장을 이끄는 핵심 요소이다. 고품격 콘텐츠를 제작하기 위해서는 영상 편집, 사운드 품질, 스토리텔링 등 콘텐츠의 각 부분에 대한 세심한 주의와 지속적인 노력이 필요하다. 영상 편집은 시청자의 관심을 끌고, 메시지를 효율적으로 전달하는 데 중요한 역할을 한다. 이를 위해, 최신 편집 소프트웨어를 활용해 영상에 다양한 시각 효과, 전환 효과, 그래픽을 추가하고, 영상의 흐름을 자연스럽게 만들어야 한다. 이 과정에서 색보정과 조명 조절을 통해 영상의 시각적 품질을 향상시키는 것도 중요하다.

사운드 품질 역시 우수한 콘텐츠 제작에서 중요한 요소이다. 명료한 음성 녹음은 물론, 배경 음악과 효과음을 적절히 활용하여 영상의 분위기를 조성하고, 시청자의 감정을 자극해야 한다. 이를 위해서는 고급 마이크 사용, 소음 제거 기술, 사운드 레벨 조정 등 사운드 품질을 높이기 위한 다양한 기술이 필요하다.

스토리텔링은 콘텐츠의 품질을 높이는 데 있어 가장 중요한 요소 중 하나로, 강력한 스토리텔링은 시청자의 감정에 호소하고, 메시지를 더 깊이 있고 의미 있게 전달할 수 있게 한다. 이를 위해, 명확한 시작, 중간, 결말을 가진 구조적인 내러티브를 개발하고, 시청자가 공감할 수 있는 캐릭터와 상황의 창조를 통해 시청자의 호기심을 자극하고 관심을 유지할 수 있는 요소를 포함시키는 것이 중요하다.

이 모든 요소는 서로 긴밀하게 연결되어 있으며, 하나의 우수한 콘텐츠를 만들기 위해서는 이 모든 부분에서 높은 퀄리티를 유지하는 것이 필수적이다. 이 과정은 지속적인 학습, 실험, 그리고 개선을 통해 이루어진다. 최신 트렌드를 주시하고, 새로운 기술과 기법을 배우며, 시청자의 피드백을 수집하고 반영하는 것은 콘텐츠의 퀄리티를 지속적으로 향상시키는 데 있어 매우 중요하다. 창의적 사고와 혁신적인 접근을 통해 독특하고 기억에 남는 콘텐츠를 제작함으로써, 유튜브 채널을 시청자에게 더욱 매력적인 목적지로 만들 수 있다. 결국, 고품격 콘텐츠 제작은 기술적인 스킬을 넘어, 시청자와의 깊은 연결을 구축하고, 그들에게 지속적으로 가치를 제공하는 과정이라 할 수 있다. 이러한 노력은 시청자의 관심도를 높이고, 채널의 성장을 촉진시키며, 유튜브 상에서의 성공을 장기적으로 보장할 것이다.

4. 일관성 있는 브랜드 이미지

유튜브 채널의 성공적인 운영에서 일관성 있는 브랜드 이미지 구축은 중대한 요소이다. 이는 시청자가 해당 채널을 방문할 때 즉각 다른 채널과의 차별화를 인식하게 하며, 강력한 브랜드 인식을 통해 시청자의 참여도를 높이고, 채널의 전문성과 신뢰성을 강화하는 역할을 한다. 일관성 있는 브랜드 이미지를 구축하기 위해서는 로고, 컬러 스키마, 영상 스타일, 그리고 전반적인 시각적 요소들이 조화롭게 결합되어야 한다. 로고는 채널의 얼굴로써, 간결하면서도 기억하기 쉬운 디자인으로, 채널의 정체성과 가치를 효과적으로 전달해야 한다. 컬러 스키마는 채널의 분위기와 감성을 반영하며, 시청자에게 시각적으로 즐거운 경험을 제공한다. 일관된 영상 스타일은 콘텐츠의 품질과 전문성을 나타내며, 채널이 지닌 고유한 메시지와 분위기를 강조하는 데 중요하다. 이러한 요소들은 채널의 썸네일, 인트로, 아웃트로, 그리고 소셜 미디어와 마케팅 자료에 이르기까지 모든 접점에서 일관되게 사용되어야 한다.

일관성 있는 브랜드 이미지 유지는 시각적 요소에만 국한되지 않는다. 콘텐츠의 톤과 목소리, 주제 선택, 그리고 시청자와의 상호작용 방식 또한 브랜드 이미지를 구성하는 중요한 부분이다. 이를 통해 채널은 독특하고 인식 가능한 개성을 개발하며, 시청자는 채널의 콘텐츠를 다른 어떤 것과도 혼동하지 않고 즉각적으로 인식할 수 있다. 일관성 있는 브랜드 이미지는 채널의 전략적 마케팅에도 중요한 역할을 한다. 채널의 브랜드 이미지를 강조하는 마케팅 캠페인과 소셜 미디어 활동은 시청자와의 깊은 연결을 구축하고, 채널의 인지도를 높이는 데 기여한다. 따라서, 브랜드 이미지의 일관성 유지는 채널이 시청자와 지속적인 관계를 유지하고, 장기적인 성공을 달성하는 데 필수적인 요소이다.

일관성 있는 브랜드 이미지 구축을 위해서는 체계적인 계획과 전략이 필요하며, 이는 채널의 목표와 시청자의 기대를 명확히 이해하는 것에서부터 시작된다. 채널의 정체성을 정의하고, 이를 반영할 수 있는 시각적 요소와 콘텐츠 스타일을 개발함으로써, 유튜브 채널은 독특한 브랜드 이미지를 구축하고, 이를 통해 시청자와의 강력한 연결을 구축할 수 있다. 이 과정은 지속적인 모니터링과 평가를 통해 브랜드 이미지의 일관성을 유지하고, 시청자의 변화하는 기대에 맞춰 채널을 지속적으로 발전시키는 것을 포함한다. 이러한 노력을 통해, 유튜브 채널은 시장에서의 경쟁력을 강화하고, 시청자의 관심을 높이며, 성공적인 브랜드로서 자리매김할 수 있다.

NOTES

HAPPY DAY

CLOUDY DAY

BIRTHDAY

04

성공하기 위한 유튜브 준비물

유튜브 콘텐츠 제작에 필수적인 장비와 소프트웨어에 대해 알아보자. 전문적인 도구들을 활용하면 창의력과 잘 구성된 아이디어를 바탕으로 고품질의 콘텐츠를 제작할 수 있다. 컴퓨터 활용에 어려움을 겪는 이들에게는 고퀄리티 영상 제작이 현실적으로 어려울 수 있지만 유튜브에서의 성공이 반드시 고성능 장비에 의존하는 것은 아니다. 많은 성공한 유튜버들이 처음부터 고가의 장비로 시작한 것은 아니기 때문이다.

유튜브가 대중화되면서, 필요한 장비를 판매하는 업체들이 증가하였고, 이로 인해 초기 투자 비용을 최소화하면서도 고품질의 영상을 제작할 수 있는 환경이 마련되었다. 여기에서 초보자들에게 필요한 기본적인 장비와 소프트웨어를 살펴보자.

1. 카메라

영상 촬영을 위해 DSLR, 미러리스 카메라, 또는 고품질의 스마트폰 카메라를 활용할 수 있다. 예산이 한정되어 있다면, 가지고 있는 스마트폰 카메라로 시작하는 것도 현명한 선택이다. 그러나 스마트폰 카메라는 아무리 화질이 우수해도 구조적 한계로 인해 미러리스 카메라에 비해 열세를 보일 수밖에 없다. 특히, 초점을 너무 빠르게 잡으려다 보니 화면이 울렁거리는 현상이 빈번히 발생한다는 단점이 있다. 경험자로서 저렴한 미러리스 중고 제품을 구입하거나 핸디캠을 사용하는 것을 추천한다. 만약, 영상미가 주된 목적이 아니라면, 핸디캠만으로도 충분히 모든 영상을 제작할 수 있다. 핸디캠은 미러리스 카메라에 비해 가격이 저렴하며, 추가 렌즈 구매의 필요성이 없다. 그래서 유튜브 초보자들에게 필자는 핸디캠을 적극 추천한다. 미러리스 카메라는 종류에 따라 가격대가 다양하지만, 어느 정도 영상 촬영에 적합한 제품은 최소 1,000,000원 이상이며, 렌즈 비용도 카메라 바디와 비슷한 금액이 든다. 반면, 중고 핸디캠은 40만원에서 100만원 사이에 저렴하면서도 양질의 제품을 구할 수 있다. 개인적으로 필자는 캐논 제품을 선호한다. 제조사별로 제품의 특성이 있기 때문에,

인물을 중심으로 한 콘텐츠 제작 시 캐논 제품이 유리하다. 캐논은 색보정을 하기에 용이할 뿐만 아니라, 색보정을 하지 않아도 기본적으로 이미지가 선명하고, 피부톤이 선호하는 바와 일치한다. 반면, 소니 제품군은 캐논에 비해 하드웨어적인 사양이 우수하여, 장시간 촬영이나 리뷰 중심의 콘텐츠 제작에 더 적합하다.

2. 트라이포드 (삼각대)

유튜브 채널을 위한 촬영에 있어, 트라이포드(카메라 삼각대)와 스마트폰 거치대의 중요성은 강조해도 지나치지 않다. 영상 품질을 좌우하는 결정적 요소 중 하나가 바로 안정적인 화면이며, 이는 흔들림 없는 깔끔하고 전문적인 영상 제작을 가능하게 한다. 트라이포드는 카메라를 고정시키고 원하는 각도와 높이에서 촬영을 가능하게 해주어, 다양한 촬영 환경에서의 유연성을 제공한다. 특히, 이동 중에도 안정적인 촬영을 지원하는 핸디형 삼각대와 고정된 장소에서 견고한 지지를 제공하는 약 10만 원대의 트라이포드는 다양한 촬영 환경과 요구를 만족시키는 데 필수적이다.

스마트폰 사용자에게는 전용 거치대가 트라이포드 못지않게 중요하다. 스마트폰 거치대는 휴대성과 접근성이 우수하며, 스마트폰의 뛰어난 촬영 능력을 최대한 활용할 수 있도록 돕는다. 이를 통해 사용자는 스마트폰을 안정적으로 고정시키고 다양한 각도에서 촬영함으로써 창의적인 촬영을 실현할 수 있다.

영상 촬영 장비 선택 시 비용 또한 중요한 고려 사항이다. 트라이포드와 스마트폰 거치대는 고가의 제품일수록 다양한 기능과 높은 품질을 제공하지만, 중저가 제품 중에도 우수한 성능을 자랑하는 제품이 많다. 따라서, 네이버와 같은 포털 사이트에서 최저가 검색을 통해 가성비가 뛰어난 제품을 찾고, 사용자 리뷰를 참고하여 실제 사용 경험에 기반한 선택을 하는 것이 현명하다. 사용자 리뷰는 제품의 실질적 성능, 내구성, 사용 편의성 등에 대한 중요 정보를 제공하며, 구매 결정에 있어 객관적인 기준을 제시한다.

유튜브 채널 운영에서 트라이포드와 스마트폰 거치대는 단순한 촬영 도구를 넘어, 고품질 콘텐츠 제작을 위한 필수적인 투자로 여겨져야 한다. 이러한 장비는 안정적이고 전문적인 영상 촬영을 가능하게 하여, 시청자에게 우수한 시청 경험을 제공하고, 채널의 전체적인 퀄리티를 향상시킨다.

3. 마이크

유튜브 콘텐츠 제작에서 음질의 중요성은 결코 간과될 수 없다. 대부분의 경우, 시청자들은 화질이 다소 떨어지더라도 내용이 매력적이거나 정보가 유용하다면 시청을 지속하지만, 음질이 불량하면 금방 시청을 중단하고 다른 영상으로 전환하는 경향이 있다. 이는 음질이 콘텐츠 전달력과 시청자 몰입도에 직접적인 영향을 미치기 때문이다. 고화질 영상보다는 우수한 음질에 더욱 주의를 기울여야 하는 이유다. 고품질의 음향을 달성하기 위한 가장 효과적인 방법 중 하나는 별도의 고성능 마이크를 사용하는 것이다. 와이어리스 마이크와 샷건 마이크는 유튜브 촬영에 널리 채택되며, 각각 독특한 장점을 제공한다. 와이어리스 마이크는 이동성과 편의성을 부여하며, 특히 야외 촬영이나 활동이 많은 촬영에 이상적이다. 반면, 샷건 마이크는 지향성이 뛰어나 특정 방향의 소리를 선명하게 포착하고 주변 소음을 최소화하는 데 유리하다.

시장에는 다양한 가격대와 종류의 마이크가 존재하지만, 유튜브 촬영 목적으로는 20,000원에서 100,000원 사이의 마이크로도 충분히 우수한 음질을 달성할 수 있다. 이 가격대에서는 사용자의 요구와 예산에 맞춰 선택할 수 있는 다양한 옵션이 제공되며, 유튜브 콘텐츠 제작자들 사이에서 인기 있는 제품들을 쉽게 발견할 수 있다. 예를 들어, 보야(BOYA)의 와이어리스 마이크 시스템이나 로데(Rode)의 샷건 마이크는 가성비가 우수하면서도 뛰어난 음질을 제공하는 것으로 잘 알려져 있다. 이러한 마이크를 활용함으로써, 유튜브 콘텐츠 제작자들은 명확하고 깨끗한 음성 녹음을 통해 시청자들에게 우수한 시청 경험을 제공할 수 있으며, 이는 채널의 구독자 수와 조회수 증가로 이어질 수 있다.

음질 개선을 위한 마이크 선택 시, 사용 환경과 촬영 조건을 고려하는 것이 중요하다. 예를 들어, 실내에서 주로 촬영한다면 주변 소음을 효과적으로 차단할 수 있는 샷건 마이크 같은 지향성 마이크가 적합할 수 있으며, 야외 촬영이 많다면 바람소리나 배경 소음에 강한 와이어리스 마이크나 소니의 녹음기가 더 나은 선택이 될 수 있다. 마이크의 지향성, 녹음 범위, 배터리 수명 등 제품의 기술적 특성을 꼼꼼히 확인하고, 제품 리뷰와 사용자 경험을 참고하여 실제 사용 환경에서의 성능을 검토하는 것도 현명한 구매 결정에 도움이 된다.

우수한 음질은 유튜브 콘텐츠의 전문성과 품질을 대표하며, 시청자의 만족도와 채널의 인지도를 크게 향상시킬 수 있다. 그러므로 적절한 마이크 선택을 통한 음질 투자는 시청자에게 최상의 경험을 제공하고 채널을 성공적으로 성장시키는 데 중요하며, 이 과정에서 가성비가 우수한 마이크를 신중하게 선택하고, 촬영 환경과 목적에 맞는 제품을 선택하는 것이 유튜브 콘텐츠 제작의 퀄리티를 결정짓는 요소가 된다.

4. 조명

유튜브 콘텐츠 제작에서 조명은 영상의 품질을 극대화하는 결정적 요소이다. 전문가들은 조명의 수를 늘리고 다양하게 배치하여 명암, 색감, 질감을 풍부하게 함으로써 생생하고 전문적인 이미지를 연출할 것을 권장한다. 이를 통해 영상의 품질을 향상시키고, 더욱 입체적이며 깊이 있는 시각적 경험을 제공한다. 더 직접적으로 말하면, 카메라 장비를 바꾸지 말고 먼저 조명부터 바꿔보라는 이 내용의 뜻을 바로 이해할 것이다. 그만큼 조명의 유무로 인한 영상의 차이는 확연하다.

기본적으로 3점 조명 방식은 영상의 주체를 뚜렷하게 하고 자연스러운 명암 대비를 생성하여 균형 잡힌 조명을 제공한다. 이 방식은 키 라이트, 필 라이트, 백 라이트를 활용하여 주제를 돋보이게 하며 영상에 입체감과 깊이를 부여한다. 조명 선택 시, 광량 조절이 가능한 최소 30W에서 100W 사이의 제품을 고려하는 것이 유익하다. 소프트박스의 사용으로 빛을 부드럽게 퍼트려 효과적인 영상 품질을 달성할 수 있으며, RGB 튜브 조명을 통해 다양한 색감과 분위기를 연출할 수 있다. 이러한 조명 기법은 유튜브 영상에 독특하고 매력적인 비주얼 효과를 추가하며, 콘텐츠의 퀄리티를 대폭 향상시킨다.

예를 들어, 인터뷰나 포트레이트 촬영에서 키 라이트는 주체의 얼굴을 밝게 하고 필 라이트로 그림자를 부드럽게 하여 자연스러운 외관을 연출한다. 백 라이트는 주체와 배경을 분리하여 영상에 깊이와 전문적인 느낌을 강조한다. 크리에이티브 콘텐츠나 뮤직 비디오 제작 시에는 RGB 튜브 조명을 활용하여 감각적이고 분위기 있는 영상을 만들 수 있다.

정리하자면, 적절한 조명의 선택과 활용은 유튜브 콘텐츠 제작에서 영상의 품질을 눈에 띄게 향상시키고, 전문성을 강조하는 핵심 요소이다. 조명을 통해 영상에 깊이와 질감을 추가하고, 시청자의 몰입도를 높여 유튜브 채널의 전반적인 퀄리티를 향상시킬 수 있다. 따라서, 유튜버들은 자신의 콘텐츠 목표와 예산에 맞는 조명 장비를 신중하게 선택하고, 창의력과 전문성을 발휘하여 시청자에게 최상의 시청 경험을 제공해야 한다.

5. 편집 소프트웨어

유튜브 콘텐츠 제작에서 소프트웨어의 선택은 동영상, 사진, 오디오 편집 및 스크립트 작성을 아우르는 제작 과정 전체의 품질과 효율성에 중대한 영향을 미친다. 본 도서에서는 어도비 프리미어 프로 책을 제공하지만, 초보자에게는 쉽게 배울 수 있는 무료 소프트웨어로 출발하는 것도 현명한 결정이 된다. iMovie, Shotcut 등의 무료 영상 편집 소프트웨어는 사용자에게 친화적인 인터페이스와 필수적인 편집 도구를 제공, 기본적인 컷 편집, 색보정, 오디오 믹싱 기능을 통해 유튜브 영상의 전체적인 품질을 상승시키는 데 필요한 기능을 갖추고 있다.

사진 편집에 있어서는 어도비 포토샵, GIMP, 캔바가 필수적인 역할을 한다. 포토샵은 강력한 기능과 다양한 플러그인으로 전문적인 사진 편집을 가능하게 하며, GIMP(김프)는 오픈 소스로 제공되어 무료로 사용이 가능하고, Canva(캔바)는 사용의 간편함으로 다양한 디자인 작업을 지원한다. 이들 도구는 유튜브 채널의 시각적 아이덴티티를 강화하고 클릭을 유도하는 매력적인 썸네일 제작에 중요한 기여를 한다.

오디오 편집 분야에서는 어도비 오디션과 무료인 오다시티(Audacity)가 널리 사용된다. 특히, 오다시티는 초보자고 쉽게 사용할 수 있으면서도 고급 오디오 편집을 손쉽게 수행할 수 있게 하고, 오디션은 보다 전문적인 오디오 편집 기능을 요구하는 사용자에게 적합하다. 이 소프트웨어들은 녹음된 오디오의 품질 개선과 배경음악, 효과음의 효과적인 믹싱을 통해 영상의 몰입감을 증대시킨다.

스크립트 작성 도구로는 Google Docs, Microsoft Word, Evernote, 한글 워드를 사용자의 편의에 따라 선택할 수 있으며, 이를 통해 체계적으로 스크립트를 작성하고 관리함으로써 콘텐츠의 질을 향상시키고 제작 과정을 원활히 한다.

유튜브 콘텐츠 제작 초기에는 가성비가 높은 장비와 소프트웨어를 선택하는 것이 바람직하다. 초기 투자 비용을 최소화하면서 콘텐츠의 품질을 높일 수 있는 도구를 선택하고, 시간이 지나면서 수익과 제작 능력이 증가함에 따라 점차 고급 장비와 소프트웨어로 전환하는 전략을 권장한다. 이러한 접근 방식은 유튜브 제작의 경제적 부담을 줄이면서 창의력과 전문성을 발휘할 수 있는 토대를 마련한다. 참고로 유튜브에서 가장 중요한 것은 고가의 장비가 아닌 콘텐츠의 내용과 스토리텔링이며, 이를 통해 시청자와의 강력한 연결을 구축하는 것이다. 따라서, 유튜버는 자신의 콘텐츠 목표와 예산을 고려하여 적합한 소프트웨어와 장비를 신중하게 선택하고, 이를 활용해 창의적이고 전문적인 유튜브 콘텐츠를 제작하는 것이다.

▶ 자신의 채널을 효과적으로 설정하는 방법

유튜브 초보자들 사이에서는 채널을 개설하고 설정하는 방법에 대한 이해가 부족한 경우가 많다. 많은 이들이 채널을 개설하고 영상을 업로드하는 것만으로 모든 설정이 완료된 것으로 착각한다. 그러나 채널 설정 방법에 따라 시청자들이 당신의 채널을 얼마나 쉽게 이해하고 기억할 수 있는지가 달라진다.

우선 채널 설정에 있어 가장 필수적인 것은 바로 채널명이다. 채널명은 가능한 5글자 이내로 하고, 영어 스펠링을 사용하지 않는 것이 좋다. 또한, 개인만이 이해할 수 있는 단어로 채널명을 정하는 것은 피해야 한다. 채널명이 길거나 개인적인 의미를 담고 있으면, 시청자들이 채널명을 기억하기 어렵다. 채널명을 짧고 발음하기 쉽게, 특정 명사를 떠올렸을 때 바로 연상될 수 있는 단어로 정하는 것이 바람직하다.

예를 들어, CGV처럼 일반 대중에게 의미 설명이 필요한 채널명은 피해야 한다. CGV는 1995년 제일제당 내 멀티미디어 사업본부 극장사업팀의 출범을 의미하며, CJ와 홍콩의 골든하베스트(G), 호주의 빌리지로드쇼(V)의 합작으로 탄생했다. 이처럼 채널명에 대해 설명해야 하는 상황은 매우 비효율적이다. 필자가 만든 "아하스"라는 채널명도 비슷한 예이다. "아하스"는 '아름다운 하우스 스토리'의 줄임말이었지만, 시청자들은 이를 기억하기 어려워 했다. 따라서, 채널명은 대중이 쉽게 연상하고 기억할 수 있는 단어로 설정하며, 영어 스펠링은 배제하는 것이 좋다.

채널명을 설정할 때는 너무 흔하게 사용되는 단어도 피해야 한다. 예를 들어 "뉴스"와 같은 단어는 이미 다수의 유명 채널에서 사용하고 있어, 검색 시 불리할 수 있다. 유튜브 알고리즘은 검색된 단어와 관련해 질 높은 콘텐츠를 제공하는 채널을 우선적으로 노출시킨다. 따라서, 이미 널리 사용되고 있는 채널명을 선택한다면, 다른 이름으로 재설정하는 것이 현명하다. 이는 채널이 유명해지더라도 초기에 채널을 기억해 줄 시청자가 많

지 않기 때문이다. 결국, 채널명은 연상하기 쉽고 기억하기 쉬운 단어로 설정하는 것이
중요하며, 이를 통해 다양한 연령대와 배경을 가진 시청자들에게 접근할 수 있다.

| '뉴스'라는 키워드로 검색된 영상들 |

업로드 '기본 설정'의 설명란은 유튜브 채널의 대문 역할을 하며, 이곳에 다양한 정보를
기재하는 것이 매우 중요하다. 유튜브 영상에 관심을 가진 시청자들이 종종 '더 보기'란
을 클릭하여 영상의 내용을 파악하기 때문이다. 때로는 유튜버들이 영상 내용에 포함시
키지 못한 추가적인 정보를 이 설명란에 기입하기도 한다. 더불어, 이 설명란에는 자신
이 판매할 상품의 구매 사이트 링크를 남겨 유튜브 수익 외에 추가적인 수익 창출의 기
회를 제공한다. 예를 들어, 필자의 경우 2022년과 2023년에 출간한 책의 주요 구매 사이
트 링크를 이곳에 게시하여, 해당 링크를 통해 유입된 시청자들이 책을 구매하고 있다.

| 채널 멤버십 링크를 입력한 예 |

기본 정보의 태그란에 접근하면 자신의 채널과 관련된 키워드로 태그를 삽입하는 것이 권장된다. 태그 설정에 따라 채널의 검색 가능성이 달라지기 때문에, 최대 500자까지 사용할 수 있는 태그란을 효율적으로 활용하는 것이 중요하다. 자신과 무관한 태그는 사용을 자제해야 한다. 인기 있는 채널명을 태그로 사용하는 것은 적절하지 않다. 잘 나가는 태그를 사용해 자신의 채널이 검색될 것이라는 기대는 헛된 것이기 때문이다. 만약 내 채널이 먹방 채널이라면, 음식 관련 태그로 채워 넣고, 리뷰 채널이라면 자신을 대표할 수 있는 단어들로 채우는 것이 자신의 채널을 더 효과적으로 알릴 수 있는 방법이다.

| 태그 사용을 잘못하는 예 |

다음은 '고급 설정'란인데, 이곳은 자신이 있는 지역과 카테고리를 설정하면 된다. 특히, 동영상 언어는 자신이 제작하는 언어로 설정해 놓는 것이 좋다. 이는 유튜브 자막 지원과 자동 번역에 필요한 정보이기 때문에 자신의 채널에 맞게 설정해 놓으면 크게 손 댈 일이 없다.

| 고급 설정 화면 |

커뮤니티 기능 강화의 중요성에 대해 의문을 가질 수도 있으나, 이 기능은 매우 유용하다. 주요 이유 중 하나는 부적절한 단어를 필터링하여 댓글 창을 청결하게 유지할 수 있기 때문이다. 유튜브는 익명성이 보장되는 공간이라 악성 댓글이나 부적절한 내용으로 댓글 창이 오염되는 경우가 자주 발생한다. 영상에 대한 합리적인 비판이나 개인적인 감상은 언제나 환영하지만, 커뮤니티 기능을 활성화하지 않을 경우, 댓글 창은 스팸이나 근거 없는 비난, 혐오 발언으로 오염될 수 있다.

첫 번째 댓글이 악의적인 내용일 경우, 이후의 시청자들이 영상을 부정적인 관점에서 바라보게 만들 수 있으며, 이는 영상에 대한 반응을 악화시키고, 작은 실수조차 크게 부각시켜 영상의 가치를 평가 절하시킬 수 있다. 따라서, 유튜버라면 업로드 후 최소

1~2시간 동안은 시청자들이 남긴 댓글에 좋아요나 답글을 달아 관리하는 것이 채널 성장에 유리하다.

| 커뮤니티 설정 화면 |

▶ 콘텐츠 제작 과정에서 반드시 필요한 것들

콘텐츠 제작 과정에서 주제 선정, 기획, 스크립트 작성, 촬영, 편집 등은 채널의 방향을 결정 짓는 중요한 요소이며, 콘텐츠 제작 과정은 운영하는 채널의 유형에 따라 약간의 차이가 있을 수 있으나, 기본적인 구성 요소는 대부분 유사하다. 유튜브 영상 제작에 있어 주의해야 할 사항들은 콘텐츠의 질, 저작권 문제, 시청자 참여 증진, 플랫폼 정책 준수 등 다양한 분야를 아우른다.

먼저, 영상의 질을 높이는 것은 필수적이다. 시청자들은 고화질의 비디오와 선명한 오디오를 선호하며, 이는 콘텐츠의 전문성을 강조한다. 적절한 조명, 명확한 오디오, 안정적인 카메라 운용 등 기본적인 영상 제작 기법을 마스터하는 것이 중요하다. 예컨대, 야외 촬영 시에는 바람 소리를 줄이기 위해 마이크 윈드스크린을 사용하고, 실내에서는 충분한 조명을 확보해 주요 피사체가 선명하게 보일 수 있도록 해야 한다.

저작권 문제에 대한 주의도 필요하다. 음악, 이미지, 비디오 클립 등 타인의 저작물을 사용할 때는 저작권을 침해하지 않도록 유튜브가 제공하는 로열티 프리 라이브러리를 활용하거나, 저작권이 만료된 공공 도메인 자료를 사용하는 것이 안전하다. 저작권 침해는 영상 삭제나 채널 제재로 이어질 수 있으므로 각별한 주의가 요구된다.

시청자 참여는 채널의 성장에 중요한 역할을 한다. 댓글, 좋아요, 구독 요청을 통한 상호작용은 시청자와의 소통을 강화하고, 콘텐츠의 질을 개선하는 데 기여한다. 이를 통해 충성도 높은 커뮤니티를 구축하고, 콘텐츠의 가시성을 높일 수 있다.

유튜브의 커뮤니티 가이드라인과 정책 준수는 필수적이다. 유해 콘텐츠, 저작권 침해, 허위 정보의 전달 등은 플랫폼 정책을 위배하는 행위로, 콘텐츠 삭제나 채널의 제재를 초래할 수 있다. 따라서, 정책을 정확히 숙지하고 콘텐츠 제작 및 관리 과정에서 준수하는 것이 중요하다. 유튜브 영상 제작은 이러한 다양한 요소들을 고려하여 접근해야 하며, 품질 높은 콘텐츠 제작, 시청자와의 긍정적인 관계 유지, 플랫폼 내에서의 성공을 위한 지속적인 노력이 요구된다. 또한, 창의적인 시도와 지속적인 개선을 통해 유튜브 채널을 성장시키는 것이 중요하며, 이러한 노력은 장기적인 성공을 이루는 기반을 마련할 것이다.

1. 주제

유튜브 콘텐츠의 성공은 타겟 오디언스의 관심과 요구에 부합하는 주제 선정에서 시작된다. 타겟 오디언스는 콘텐츠를 소비하는 목표 관객을 의미하며, 그들의 선호도, 관심사, 문화적 배경을 고려해야 한다. DIY 프로젝트, 건강과 운동, 개인 금융 관리, 여행 가이드, 기술 리뷰, 교육 콘텐츠 등 다양한 분야 중에서 가장 관심을 끌 만한 주제를 발굴하는 것이 중요하다. 시장 동향과 경쟁자 분석, 타겟 오디언스의 선호도 조사를 통해 주제의 잠재적 가치와 차별화 포인트를 파악할 수 있다.

예를 들어, 요리 채널을 운영할 경우, 단순한 레시피 소개를 넘어서 특정 다이어트 대상자, 저예산 레시피, 30분 이내로 준비 가능한 신속 요리 등 타겟 오디언스의 구체적인 요구에 초점을 맞춘 주제를 선정할 수 있다. 테크 리뷰 채널은 최신 기기 리뷰를 넘어 사용자 경험을 중심으로 한 리뷰, 특정 사용자 그룹(예: 학생, 직장인, 게이머 등)을 위한 기기 추천으로 주제를 세분화해야 한다. 타겟 오디언스의 세부적인 특성과 요구를 파악하는 것이 중요하며, 소셜 미디어, 포럼, 설문 조사 등을 통한 지속적인 소통과 피드백 수집이 필수적이다.

경쟁 채널의 콘텐츠를 분석하여 어떤 주제가 인기를 끌고, 어떤 주제가 과포화 상태인지를 파악하고, 자신만의 독특한 관점이나 새로운 가치를 제공할 수 있는 주제를 발굴하는 것도 중요하다. 이런 접근을 통해 유튜버는 구독자를 유치하고 유지하는 데 결정적인 역할을 하는 흥미롭고 가치 있는 콘텐츠를 제공할 수 있다. 종합적으로, 유튜브 콘텐츠의 주제 선정은 오디언스와의 지속적인 소통, 시장과 경쟁자 분석, 창의적인 주제 발굴에서 중요한 역할을 하며, 이를 통해 채널은 성장하고 구독자 기반을 확대할 수 있다. 따라서, 유튜버는 자신의 채널 목적과 타겟 오디언스를 명확히 정의하고, 이에 부합하는 주제를 선정하는 데 집중해야 한다.

2. 기획

유튜브 영상의 기획 및 구성 단계는 콘텐츠의 중추를 형성하고 메시지를 명확하고 효과적으로 전달하는 데 필수적이다. 이 단계에서는 우선 타겟 오디언스를 정의하고, 시청자들의 관심사와 요구에 부응하는 콘텐츠 목적을 명확히 해야 한다. 교육적 목표가 있는 콘텐츠는 제공할 정보의 종류를, 엔터테인먼트 콘텐츠는 시청자의 관심을 끌 요소를 세심하게 고려해야 한다. 이때 콘텐츠의 구조와 흐름 설정도 중요하며, 이는 전통적인 서론, 본론, 결론 구조를 따르거나 더 창의적인 형식을 취할 수 있다. 각 세그먼트는 명확한 목적을 갖고 전체 콘텐츠의 흐름 속에 자연스럽게 통합되어야 한다.

예를 들어, 여행 브이로그는 목적지 소개에서 시작하여 주요 관광지 탐방, 현지 음식 체험, 여행 팁 공유 등으로 이어지는 구조를 취할 수 있다. 중요한 것은 각 세그먼트 사이에서 시청자의 호기심을 자극하고 다음 내용에 대한 기대를 증폭시키는 전환을 고려하는 것이다.

시각적 및 오디오 요소의 사용 역시 기획 및 구성 단계에서 중요한 고려 사항이다. 교육 콘텐츠는 인포그래픽, 애니메이션, 텍스트 오버레이 등을 활용해 정보를 시각적으로 표현할 수 있다. 오디오 면에서는 배경 음악, 효과음, 명확한 내레이션 등이 콘텐츠의 질을 향상시킬 수 있다.

성공적인 유튜브 콘텐츠를 위해서는 시청자와의 상호작용도 고려해야 한다. 콘텐츠 내에서 질문을 던지거나, 댓글을 통한 피드백을 요청하거나, 시청자 참여를 유도하는 콜 투 액션(CTA)을 포함시키는 것이 좋다. 이러한 요소는 시청자의 참여를 유도하고 커뮤니티를 구축하는 데 도움이 된다.

정리하자면, 유튜브 영상의 기획 및 구성은 콘텐츠의 성공을 위한 기반으로, 명확한 목적 설정, 체계적인 내용 구성, 시각적 및 오디오 요소의 효과적 활용, 시청자 참여의 촉진 등을 고려해야 한다. 이 과정을 통해 제작자는 타겟 오디언스의 관심을 사로잡고, 메시지를 효과적으로 전달하며, 시청자와의 지속적인 관계를 구축할 수 있는 흥미롭고 가치 있는 콘텐츠를 제작할 수 있다.

성공적인 기획의 예시 유튜브 콘텐츠 제작의 기획 단계에서 주제 선정과 아이디어 도출은 필수적이다. 이 과정은 큰 틀에서 시작하여 세부적으로 접근해야 하며, 마치 대문을 선택하고 그 안의 가구와 장식을 고르는 것과 유사하다. 주제가 확정되면, 그에 부합하는 창의적이고 매력적인 아이디어를 찾아야 하는데, 이는 채널의 성격, 목표, 타겟 오디언스의 특성을 고려하며 진행한다. 예를 들어, 웹드라마 제작자는 현대 사회의 이슈나 대중적 공감을 불러일으킬 주제를 선정해 사랑, 우정, 도전 등을 탐구하는 스토리를 기획할 수 있다. 웹예능의 경우, 일상의 재미나 새로운 시각으로 사물을 바라보는 독특한 콘텐츠가 중요하다.

성공적인 아이디어의 예로, 여행 채널 '나홀로 지구 한 바퀴'는 관광 명소를 넘어 현지인의 일상, 미식, 숨겨진 명소 탐방을 통해 새로운 여행 경험을 제안한다. 이는 시청자에게 익숙한 여행 콘텐츠와 차별화되어 깊이 있는 여행 경험을 제공한다. 교육 채널 'Fun Science'는 복잡한 과학 개념을 일상과 연결지어 재미있게 설명하며, 모든 연령층이 쉽게 이해하고 흥미를 느낄 수 있도록 한다.

아이디어 도출 과정에서는 브레인스토밍, 마인드맵, 스캠퍼(SCAMPER) 기법 등을 활용해 아이디어를 확장하고 다양한 관점에서 콘텐츠를 바라볼 수 있다. 현재 트렌드, 소셜 미디어 상의 화제, 타겟 오디언스의 관심사 조사를 통해 아이디어에 반영하는 것도 중요하다. 이를 통해 도출된 아이디어는 스토리보드 작성, 촬영 계획 수립으로 이어지는 구체적인 제작 과정으로 발전한다.

기획 단계에서의 주제 선정과 아이디어 도출은 유튜브 콘텐츠 제작의 기반을 마련하며, 정립된 아이디어와 계획은 콘텐츠의 품질과 시청자 소통 방식을 결정한다. 이는 채널의 성공에 결정적인 영향을 미친다. 따라서, 독창적이고 창의적인 콘텐츠 아이디어를 발굴하고 체계적으로 구성하는 데 충분한 시간과 노력을 투자하는 것이 중요하다.

유튜버 예시 유튜브는 다양한 배경과 스타일을 지닌 크리에이터들로 가득하며, 각자의 독특한 콘텐츠와 개성으로 대중에게 사랑받고 있다. PewDiePie는 게임 플레이 영상을 넘어서 유머와 엔터테인먼트를 결합한 콘텐츠로 전 세계적인 인기를 얻었으며, Zoella는 뷰티, 패션, 라이프스타일 분야에서 특히 여성 시청자들에게 큰 인기를 끌었다. Mark Rober는 과학과 공학을 대중에게 쉽고 재미있게 소개하며, Casey Neistat은 일상의 모험과 창의적인 스토리텔링으로 유명하다. MKBHD는 기술 리뷰 분야에서 전문 지식과 명확한 전달로 신뢰를 얻었으며, Rosanna Pansino은 베이킹과 요리를 주제로 한 'Nerdy Nummies' 시리즈로 인기를 모았다.

이 크리에이터들의 성공은 콘텐츠의 질과 제작 기술을 넘어서, 개인의 열정, 지속적인 창의력, 타겟 오디언스와의 꾸준한 소통 및 커뮤니티 구축 능력에서 기인한다. 각 크리에이터는 자신만의 목소리와 스타일로 콘텐츠를 제작하며, 이는 시청자에게 신선함과 동시에 소속감을 제공한다. 따라서, 신규 크리에이터들은 자신만의 독특한 콘텐츠 아이디어와 스타일을 개발해 다양한 배경과 관심사를 가진 시청자들과 강력한 연결을 구축하는 것이 중요하다.

유튜브는 변화하는 플랫폼이며, 성공적인 콘텐츠 제작은 타겟 오디언스의 변화하는 요구와 선호도를 지속적으로 파악하고 이에 맞춰 콘텐츠를 진화시키는 능력에 달려 있다. 이 과정에서 크리에이터는 자신의 콘텐츠에 대한 열정과 창의력을 유지하며, 시청자와의 소통을 통해 그들의 기대와 피드백을 반영할 수 있는 유연성을 발휘해야 한다. 결국, 유튜브 콘텐츠 제작은 단순한 영상 제작을 넘어서, 창의적인 아이디어, 개인의 열정, 그리고 커뮤니티와의 지속적인 소통을 통해 이루어지는 복합적인 창작 활동이다.

그밖에 도움이 될 수 있는 것들 유튜브 콘텐츠 제작과 채널 운영의 성공은 창의적 아이디어와 다양한 전략을 통해 달성될 수 있다. 주변 환경과 일상에서 영감을 찾는 것은 콘텐츠 아이디어의 풍부한 원천이며, 이를 통해 공감대를 형성하고 유머나 교훈을 추가함으로써 독창적인 콘텐츠로 발전시킬 수 있다. 시청자의 요구를 정확히 파악하고 이에 부응하는 콘텐츠를 제작하는 것은 커뮤니티의 관심도를 높이는 데 중요하다. 댓글 섹션, 소셜 미디어, 설문 조사를 활용해 시청자의 의견을 수렴하고 반영하는 것은 유튜버와 시청자 모두에게 만족감을 제공한다. 특정 분야에 대한 깊은 이해를 바탕으로 한 콘텐츠는 시청자에게 유용한 정보와 새로운 시각을 제공한다. 타 유튜버와의 협업은 서로 다른 채널의 장점을 결합해 새로운 시너지를 창출하는 좋은 방법이다.

트렌드에 민감하게 반응하고, 최신 트렌드와 사회적 이슈를 콘텐츠에 반영하는 것도 중요한 전략이다. 이때, 자신만의 해석과 창의적 접근을 더해 기존 트렌드에 새로운 가치를 부여하는 것이 중요하다. 이러한 다양한 방법을 통해 창의적이고 흥미로운 콘텐츠 아이디어를 도출하고 유튜브 채널을 성공적으로 운영하기 위해서는 지속적인 노력과 실험이 필요하다. 자신만의 콘텐츠 스타일을 발전시키고, 시청자와 긴밀한 소통을 유지하며, 새로운 시도를 두려워하지 않는 태도가 중요하다. 이 과정을 통해 유튜버는 독특한 콘텐츠를 창조하고, 다양한 시청자층과의 소통을 통해 채널을 성장시킬 수 있다.

3. 구성

유튜브 영상 제작은 다음과 같이 촬영(장비 선택, 조명, 소리, 구도), 연출(스토리텔링, 장면 구성, 연기 지도), 편집(클립 조정, 효과, 타이틀)의 세 단계로 나뉘며, 각 단계는 영상의 시각적 품질, 창의적 구성, 완성도에 결정적인 영향을 미친다.

영상 촬영 계획 영상 제작의 첫걸음인 촬영 계획 단계에서는 콘텐츠의 목적과 대상 오디언스를 명확히 정의하고, 촬영할 내용에 대한 구체적인 계획을 세운다. 이 과정에는 스토리보드 작성, 촬영 장소 및 시간의 결정, 필요한 장비와 인력의 준비가 포함되며, 계획의 세부사항은 촬영의 효율성을 높이고 예기치 않은 문제를 줄이는 데 기여한다.

촬영 및 연출 이 단계에서는 계획된 스토리보드를 바탕으로 실제 촬영이 진행된다. 혼자 작업하거나 이미 촬영 방법을 머릿속에서 구상했다면, 스토리보드 작성은 생략할 수 있다. 이 단계에서는 카메라 앵글, 조명, 배경, 연기 등 촬영의 모든 기술적 측면을 고려한다.

편집 이 단계에서는 촬영된 영상을 재구성하여 최종 콘텐츠를 완성한다. 영상의 흐름을 조정하고, 필요한 그래픽, 텍스트, 음향 효과를 추가하는 작업이 이루어진다. 편집은 시청자의 관심을 유지하고 콘텐츠의 메시지를 강화하는 데 중요한 역할을 한다. 편집 기술에 관한 사항은 유튜브에서 다양한 채널을 통해 학습할 수 있다.

제목 (타이틀) 유튜브 영상 제목의 중요성은 시청자의 주목을 끌고 클릭률과 시청률에 큰 영향을 미친다. 제목은 첫인상을 형성하고, 호기심을 자극해야 하며, SEO에도 중요하다. 또한, 제목은 내용 전달에 있어 간결하고 명확해야 하며, 창의적이어서 차별화를 도모해야 한다. 결국, 제목은 영상의 가치를 명확히 전달하며, 시청자에게 교육적이거나 오락적인 가치를 제공하는 것이 목적이다.

썸네일 유튜브 콘텐츠 제작자에게 있어 썸네일의 중요성은 천 번을 강조해도 지나치지 않다. 썸네일은 시대의 트렌드를 반영하며, 시대적 배경에 따라 변화하는데, 제작 방향도 수시로 변한다. 썸네일은 시청자의 이목을 끌고 영상 클릭을 유도하는 결정적인 요소이다. 아무리 훌륭한 영상이라도 클릭을 받지 못하면 그 가치를 잃는다. 따라서, 썸네일은 시청자를 유혹하여 클릭으로 이끌 수 있는 다음과 같은 매력적인 디자인이어야 한다.

시각적 유인 썸네일은 시청자에게 첫인상을 제공하며, 영상 선택의 결정적인 순간에 시각적 매력을 발휘한다. 흥미로운 이미지나 텍스트를 활용해 썸네일의 유인력을 강화해야 하며, 이는 클릭률 증가와 영상 노출 기회 확대로 이어진다.

콘텐츠 요약 썸네일은 영상의 내용을 간략하게 요약하며 시청자에게 전달해야 한다는 점에서 중요하다. 자극적인 썸네일의 잦은 사용은 장기적으로 채널에 부정적 영향을 끼칠 수 있으므로, 영상과의 연계성을 유지하며 관심을 끌 수 있는 이미지와 텍스트를 선별적으로 사용해야 한다. 썸네일은 시청자가 영상의 주제나 핵심 내용을 신속하게 파악할 수 있게 하며, 이는 시청자가 원하는 콘텐츠를 쉽게 찾도록 돕는다.

감정 전달 썸네일은 감정 전달에 있어서도 중요한 역할을 한다. 사용된 이미지나 색상을 통해 특정 감정을 유발하고 호기심을 자극할 수 있다. 중요한 것은 시청자 및 구독자 층의 연령대와 성별 비율을 고려하는 것이다. 썸네일은 긍정적인 감정을 유발하거나 호기심을 자극해 시청자들의 클릭을 유도할 수 있다.

위 데이터 분석 결과, 꺼리튜브의 시청율은 남성 구성비가 여성보다 압도적으로 높으며, 연령대 역시 40대 이상 중장년층이 상당수를 차지한다는 점을 반영하여, 꺼리튜브의 썸네일은 텍스트 크기를 크게 하고 눈에 잘 띄는 원색을 주로 사용한다. 이는 썸네일 제작 시 특정 타겟 오디언스를 염두에 두고, 그들이 선호하는 이미지와 텍스트로 구성해야 효과적이라는 원칙을 따른다는 의미다. 예를 들어, 구독자층이 주로 남성인 채널에서 여성이 선호할 수 있는 쥬얼리나 패션 관련 이미지로 썸네일을 제작한다면, 실제로 관심을 가질 시청자 수는 제한적일 것이다.

유튜브는 많은 영상들이 경쟁하는 플랫폼이므로, 썸네일은 다른 영상들과 차별화되어 시청자의 주목을 받도록 설계되어야 한다. 독특하고 인상 깊은 디자인이나 텍스트 사용은 시청자들의 관심을 이끌고 경쟁력을 강화하는 방법이다. 이는 자신의 채널 특성을 고려하며, 경쟁 채널과 차별화된 썸네일을 제작하는 것을 의미한다. 단순히 다른 유튜브 채널의 성공 사례를 모방하는 것이 아니라, 내 채널의 주 시청자층이 선호하는 스타일을 반영하여 그들과 경쟁되는 채널보다 뛰어난 요소를 썸네일에 반영해야 한다.

이렇듯 썸네일은 유튜브에서 영상을 홍보하고 시청자의 관심을 끄는 중요한 역할을 한다. 따라서 썸네일을 효과적으로 활용하여 클릭률을 높이고 시청자와의 상호작용을 촉진하는 것은, 시청자가 원하는 것을 파악하고 이를 실현할 수 있는 능력이 중요하다. 이를 통해 영상의 내용을 잘 대변하고, 시청자의 호기심을 자극하는 썸네일을 제작하면, 유튜브 채널의 성공을 이끌 수 있다.

▶ 전달력과 몰입도를 높여주는 스크립트 작성하기

스크립트 작성은 유튜브 콘텐츠의 품질을 향상시키는 결정적인 요소이다. 많은 유튜버가 자연스러운 연출을 선호할 수 있으나, 스크립트는 영상의 목적, 구조, 메시지의 명확성을 보장하는 데 필수적이다. 스크립트를 통해 영상의 흐름을 사전에 계획하면, 스토리텔링을 강화하고 정보를 체계적으로 전달할 수 있다. 예컨대, 교육 콘텐츠에서 복잡한 개념을 설명하거나 엔터테인먼트 영상에서 유머와 감동의 순간을 연출할 때 스크립트가 중요한 역할을 한다.

스크립트 작성은 주제에 대한 깊은 이해에서 출발한다. 충분한 조사와 분석을 통해 시청자에게 가치 있는 내용을 결정하고, 스토리보드를 작성하여 영상의 전체적인 틀과 각 장면을 시각화한다. 이 과정에서 대사, 내레이션, 시각적 요소, 배경 음악 등이 어떻게 조화를 이루며 시청자의 감정을 움직일지 고민한다. 여행 브이로그에서는 여정의 시작부터 마무리까지를 구체적으로 기획하고, DIY 튜토리얼에서는 필요한 재료와 단계별 지침을 체계적으로 배열한다.

또한, 스크립트는 유튜버가 메시지를 전달하는 데 있어 중요한 역할을 한다. 내용의 흐름을 사전에 계획해 중요한 정보를 놓치지 않고, 시청자 이해를 돕는다. 스크립트를 통해 시청자와의 상호작용을 계획하고, 질문이나 의견 요청 부분을 포함시켜 시청자 참여를 유도하며 커뮤니티를 활성화할 수 있다.

결국, 스크립트 작성은 유튜브 콘텐츠 제작에서 전달력과 몰입도를 극대화하는 핵심적인 단계다. 유튜버들은 스크립트 작성의 중요성을 인식하고, 이를 자신의 콘텐츠 제작 과정에 적극적으로 활용하여 시청자에게 더 큰 가치를 제공하고 채널의 성장을 촉진할 수 있다.

1. 스크립트 작성 가이드

스크립트는 유튜브 영상 제작에서 콘텐츠의 질과 시청자 몰입도를 결정하는 핵심 요소이다. 효과적인 스크립트를 작성하기 위해서는 다음의 몇 가지 중요한 단계를 따라야 한다.

첫째, 영상의 주제와 목적을 명확히 설정해야 한다. 이 과정은 영상을 통해 전달하고자 하는 핵심 메시지를 정의하고, 시청자에게 어떤 가치를 제공할 것인지를 결정한다. 예를 들어, 환경 보호의 중요성을 강조하고자 한다면, 목적에 맞는 구체적인 주제를 선택하여 스크립트를 기획한다.

둘째, 영상의 구조를 설정한다. 영상 시작부에는 시청자의 관심을 즉각적으로 끌 수 있는 훅을 제공하고, 중간부에서는 주제에 대한 심도 있는 탐구나 스토리를 전개하며, 결론부에서는 시청자에게 남길 메시지나 취할 행동을 명확히 한다. 스토리텔링 기법을 활용하여 영상의 각 부분이 자연스럽게 연결되도록 하며, 전체적인 흐름을 고려해 스크립트를 구성한다.

셋째, 대사와 비대사 부분을 명확히 구분하여 스크립트를 작성한다. 대사는 정보 전달이나 스토리 전개에 필요한 핵심 부분에 배치하고, 대사가 없는 부분에서는 시각적 요소나 B-롤을 활용해 영상의 흐름을 유지하고 시청자의 관심을 유도한다. 예를 들어, 여행 브이로그에서는 아름다운 풍경의 B-롤로 시청자에게 시각적 즐거움을 제공한다.

넷째, 영상에서 사용할 시각적 요소들을 스크립트에 통합한다. 촬영 장면, 카메라 앵글, 편집 스타일을 사전에 계획하고 스크립트에 포함시켜 촬영 과정을 원활하게 진행한다. 튜토리얼 영상에서는 각 단계를 설명하는 대사와 함께 해당 과정을 보여주는 시각적 장면의 세부 사항을 스크립트에 명시한다.

성공적인 유튜브 채널은 체계적인 기획과 세심한 스크립트 작성을 통해 자신의 목소리를 효과적으로 전달하며, 이를 통해 시청자들의 지속적인 관심과 충성도를 확보한다. 따라서,

스크립트 작성 과정에서 이러한 원칙과 단계를 철저히 적용하는 것이 중요하다. 이를 통해 창의적이고 흥미로운 콘텐츠를 지속적으로 제작하여 유튜브 채널을 성장시킬 수 있다.

2. 스크립트 예시

환경보호를 주제로 한 교육적 콘텐츠 제작 시 스크립트는 다음과 같은 구조를 가질 수 있다.

시작 부분 지구의 아름다운 모습이 화면에 서서히 나타나며, 친근하면서도 진지한 목소리가 울려 퍼진다. "여러분, 안녕하세요. 오늘은 지구의 미래와 우리가 맡은 책임에 대해 깊이 고민해 볼 시간입니다." 이 말은 바로 관객의 주목을 끌며, 이번 토론의 중요성을 예고한다.

중간 부분 주요 내용을 설명하며, "지구 온난화의 심각성을 이해하기 위해서는 먼저 이것이 우리 생활에 어떤 영향을 미치는지 알아볼 필요가 있습니다."라는 대사로 시작한다. 이어서, 구체적인 사례와 데이터를 제시하며, "최근 연구에 따르면, 지난 50년 동안 지구 평균 온도는 0.8도 상승했으며, 이는 극심한 날씨 변화와 생태계 교란을 초래하고 있습니다."라고 설명한다. 대사 없는 부분에서는 화면에 지구 온난화로 인한 극지방의 빙하 녹는 장면, 극심한 폭염과 홍수 사례 등의 B-롤을 보여주며, 시각적 자료를 통해 주제의 심각성을 강조한다. 이는 시청자에게 강력한 인상을 남기며 메시지의 중요성을 부각시킬 수 있다.

결말 부분 "오늘 우리가 배운 지구 온난화에 대한 지식을 바탕으로, 각자의 일상에서 실천할 수 있는 작은 변화를 시작해보는 것이 어떨까요?"라고 정리하며, 시청자들에게 실천을 촉구한다. 또한, "다음 영상에서는 환경보호를 위한 구체적인 실천 방법을 소개하겠습니다."라며 다음 콘텐츠에 대한 기대감을 조성하며 마무리 한다.

스크립트 작성의 초기 단계는 매우 도전적일 수 있다. 그러나 체계적인 스크립트 작성은 시청자를 사로잡고, 주제에 대한 깊은 이해를 바탕으로 행동 변화를 유도하는 데 중요한 역할을 한다. 체계적으로 잘 구성된 스크립트를 통해 제작된 유튜브 영상은 메시지의 전달력을 극대화하고, 시청자에게 깊은 인상을 남기며, 장기적인 영향을 미칠 수 있다. 따라서, 스크립트 작성은 유튜브 콘텐츠 제작의 핵심적인 과정이며, 성공적인 콘텐츠 제작을 위해 충분한 시간과 노력의 투자가 필수적이다.

3. 고려할 점

스크립트 작성 시 고려해야 할 핵심 요소들은 영상의 질에 결정적인 영향을 미친다. 이에 중점을 두고 필수적인 요소들을 살펴보자.

첫째, 간결함은 스크립트 작성의 기본이다. 복잡하고 장황한 설명보다는 간단하고 명확한 표현이 시청자의 이해를 도우며, 메시지 전달에 효과적이다. 예컨대, "이 영상을 통해 최근 기술 발전이 우리 생활에 가져온 변화를 탐구해보겠습니다"라는 소개는 시청자의 관심을 즉각적으로 유도한다.

둘째, 시각적 요소의 활용은 스크립트의 중요한 부분이다. 대사만큼 중요한 시각적 자료나 B-롤은 정보 전달을 강화하고 영상에 생동감을 부여한다. 예를 들어, 환경보호 영상에서는 단순한 설명 대신 지구 온난화의 영향을 보여주는 그래프나 사진을 사용하여 시각적 정보를 제공하면, 복잡한 정보의 이해를 용이하게 하고 메시지를 강화한다.

셋째, 대사의 자연스러움은 시청자와의 소통을 강화하는 데 필수적이다. 스크립트의 대사는 실제 대화와 같이 흐르며 자연스러워야 한다. 이는 시청자가 내용에 쉽게 몰입하게 하고, 영상과 시청자 사이의 간접적 공감대 형성에 기여한다. "여러분이 이 영상을 통해 얻을 수 있는 것은..."과 같은 호소는 시청자와의 교감을 촉진하며 개인적 경험을 공유하는 느낌을 준다.

스크립트 작성 과정에서 이들 요소를 고려하는 것은 연습과 경험을 통해 지속적으로 발전 가능하다. 성공적인 스크립트는 시청자의 관심을 유지하고, 명확한 정보 전달과 강력한 스토리텔링을 통해 메시지를 전달한다. 시청자의 피드백과 반응을 주의 깊게 듣고 이를 스크립트에 반영하는 것은 콘텐츠의 질을 높이고 시청자와의 소통을 강화하는 데 중요하다. 유튜버들은 자신만의 스타일을 개발하고, 시청자와의 긴밀한 관계를 구축하기 위해 지속적인 노력과 실험이 필요하며, 이 과정을 통해 제작된 영상은 시청자에게 흥미로운 경험을 제공하고, 유튜브 채널의 성장을 촉진할 수 있다.

유튜브 콘텐츠 제작에 있어 발성과 톤은 개인 채널의 개성을 드러내고, 시청자와의 감정적 연결을 구축하는 데 핵심적인 요소다. 크리에이터가 자신의 목소리와 말투를 통해 콘텐츠의 품질을 높이고, 시청자의 관심을 사로잡으며, 메시지를 효과적으로 전달할 수 있다. 유튜브 채널의 성장을 위해서는 발성과 톤을 비롯한 다양한 측면에서 전략적으로 접근해야 하며, 이는 콘텐츠의 기획, 제작, 편집, 마케팅에 이르기까지 모든 과정에 고려되어야 한다. 발성 스타일과 톤의 개선을 위해 지속적인 연습과 피드백의 수집 및 반영, 전문 교육이나 트레이닝이 유용하다. 필자가 유튜브 채널을 시작하며 나래이션을 할 때, 처음에는 자신의 목소리가 마음에 들지 않았으나 지속적인 발성 연습과 트레이닝을 통해 현재의 나래이션 스타일을 유지하게 되었고, 이제 많은 사람들이 필자의 목소리를 좋아한다고 말한다.

1. 발성 스타일과 톤의 중요성

유튜브 크리에이터로서 발성 스타일과 톤은 단순히 정보 전달을 넘어 콘텐츠의 특성을 나타내고, 시청자와 감정적으로 연결되는 중요한 요소이다. 발성은 크리에이터의 개성을 반영하며, 콘텐츠의 분위기를 조성하고 시청자의 관심을 유지하는 데 결정적인 역할을 한다. 여기서 핵심은 개인적 적합성을 찾는 것이다. 대부분의 사람들이 배우 이병헌이나 가수 성시경의 목소리를 좋아하는 것처럼, 개인적 적합성은 널리 선호되는 목소리의 특성을 내 목소리에 부합시키는 것을 의미한다. 따라서, 많은 사람들이 좋아하는 요소를 찾고, 이러한 요소들 중에서 내 채널의 성격에 맞는 일반화된 요소를 결합할 수 있는지 확인하고 조정하는 과정이 중요하다.

자신감 있는 발성 자신감이 담긴 목소리는 시청자에게 신뢰감을 준다. 목소리에 힘을 주되 과장되지 않은 자연스러운 톤을 유지하는 것이 중요하다.

적절한 속도 조절 말속도는 콘텐츠의 내용과 목적에 맞춰 조절해야 한다. 정보 전달에 방해가 되지 않도록, 너무 빠르거나 느리지 않은 속도를 유지한다. 현재 유튜브에서는 1초에 5~6음절 정도의 속도와 일반 대화보다 살짝 높은 톤이 일반화되어 있다.

감정 표현 콘텐츠의 주제에 맞는 감정을 목소리에 담아 표현함으로써 시청자의 몰입과 감정적 연결을 도모한다. 즐거움, 열정, 진지함 등 다양한 감정을 표현하되, 과한 감정 표현은 피한다.

2. 오디언스(시청자)의 반응 이해하기

시청자의 반응은 발성 스타일과 톤을 조정하는 데 필수적인 피드백을 제공한다. 자신의 목소리에 대한 평가는 개인적인 판단이 아닌, 시청자들에 의해 이루어진다. 따라서 댓글, 좋아요 수, 구독자 수의 변화를 통해 시청자의 선호도와 반응을 분석하고, 이를 토대로 발성 스타일을 개선해야 한다. 이 과정을 통해 대중이 선호하는 목소리를 찾을 수 있다.

3. 발성 기술 향상시키기

전문적인 트레이닝을 받는 것은 목소리의 품질을 개선하고 발성 기술을 향상시키는 효과적인 방법이다. 개인적인 경험으로, 전문 지식 없이 독학으로는 성장에 한계가 있음을 깨달았다. 그래서 유튜브 활동 1년 후, 전문 발성 트레이너에게 지도를 받아 목소리 발성을 개선하는 방법을 배웠다.

지속적인 연습 또한 중요하다. 일상에서 목소리 사용 방식을 관찰하고 꾸준히 발성 연습을 하면, 목소리의 범위를 넓히고 다양한 톤과 스타일을 자유롭게 구사할 수 있다. 비록 전문 성우처럼 되지는 못하더라도, 자신의 목소리 장점을 최대화하고 성공적인 유튜브 채널을 운영하는 것이 가능하다.

발성 스타일과 톤의 개선은 유튜브 콘텐츠 제작의 질을 높이고, 시청자와의 강력한 연결을 구축하는 데 핵심적이다. 자신만의 독특한 목소리 매력을 발견하고, 이를 콘텐츠에 효과적으로 활용하는 것은 성공한 크리에이터가 되기 위한 필수 조건이다.

▶ 시청자 참여 유도 전략: 인터랙티브 요소의 도입

유튜브에서 인터랙티브 요소를 활용하는 것은 시청자 참여를 증가시키고, 채널 몰입도와 충성도를 향상시키는 핵심 전략이다. 퀴즈, 실시간 채팅, 코멘트 소통, 스토리 선택지 등을 통해 시청자가 콘텐츠에 적극적으로 참여하게 만들어, 기억력 강화, 관심 유지, 시청 시간 증가를 유도하며, 또한 이러한 상호작용은 제작자에게 시청자의 선호와 피드백을 제공하여 맞춤형 콘텐츠 제작을 가능하게 하고, 채널 성장을 촉진한다. 이러한 인터랙티브 요소의 도입은 유튜브를 광고주에게 매력적인 플랫폼으로 만들며, 채널의 지속 가능한 성장을 위한 전략적 접근이 된다.

1. 시청자 참여 유도 전략의 중요성

유튜브에서 시청자 참여는 콘텐츠 성공에 있어 핵심적인 요소로 자리 잡았다. 과거 시청 지속 시간과 클릭률이 주요 지표였으나, 최근 알고리즘 변화로 시청자 인터랙션이 중요한 지표로 추가되었다. 이에 따라 좋아요, 댓글, 공유, 구독 등의 참여 활동이 유튜브 알고리즘에 긍정적인 신호를 보내 콘텐츠 노출을 증가시키는 역할을 한다.

영상에 많은 좋아요와 댓글이 달릴수록, 유튜브 알고리즘은 해당 콘텐츠를 더 많은 사람들에게 추천하는 경향이 높아진다. 이는 콘텐츠의 관련성과 인기를 알고리즘에 의해 판단하는 주요 지표로 활용하기 때문이다. 또한, 공유된 영상은 콘텐츠의 영향력을 확장시키며, 구독자 수 증가는 채널의 장기적인 성장과 안정성에 기여한다.

시청자 참여는 단순히 유튜브 알고리즘에 긍정적인 신호를 보내는 것을 넘어, 콘텐츠 제작자에게 중요한 피드백을 제공하며, 채널과 시청자 간의 소통과 커뮤니티 구축을 가능하게 한다. 필자는 영상 내에서 시청자 참여를 적극적으로 유도하는 전략을 마련하고, 이를 통해 콘텐츠 노출을 증가시키며 채널의 성장을 가속화할 수 있었다. 시청자 참여를 유도하는 방법으로는 영상 내에서 질문을 던지거나, 시청자 의견을 요청하는 부분을 포함시키고, 댓글에 적극적으로 응답하여 커뮤니티 활성화를 도모하는 등 다양한 방법이 있다. 이러한 노력은 시청자들의 관심도를 높이고, 콘텐츠의 장기적인 성공을 위한 기반을 마련한다. 즉, 영상 내에서 시청자들의 높은 참여율은 콘텐츠가 시청자에게 가치가 있고 관심을 끌고 있다는 지표이며, 유튜브는 이러한 콘텐츠를 더 많은 사용자에게 추천하는 알고리즘이다.

2. 인터랙티브 요소 도입의 필요성

인터랙티브 요소의 도입은 유튜브 시청 경험을 풍부하게 만들며 시청자 참여를 촉진한다. 예를 들어, 투표, 설문조사, 질문 & 답변 세션, 경품 추첨 등은 콘텐츠에 대한 시청자의 적극적인 참여를 유도한다. 이러한 요소들은 콘텐츠 생성 과정에 시청자가 일정 부분 참여할 수 있는 기회를 제공하며, 이는 시청자의 관심도와 채널에 대한 애착을 높이는 데 기여한다. 시청자 참여 유도 전략의 구현은 다음과 같다.

질문하기 영상 끝에 시청자에게 질문을 던져 댓글 섹션에서 응답을 유도한다.

투표와 설문조사 커뮤니티 탭이나 영상 카드를 통해 시청자 의견을 수집한다.

콘테스트와 챌린지 시청자 참여를 유도하고 커뮤니티 내 활동을 촉진한다.

실시간 스트리밍 실시간 Q&A 섹션을 만들어 시청자와 직접 소통한다.

시청자 피드백 반영 시청자 의견을 새로운 콘텐츠 아이디어로 반영한다.

이벤트를 통한 시청자 참여 단시간의 이벤트를 통해 새로운 시청자들을 유입시킨다. 유튜브에서 인터랙션은 시청자와의 소통을 강화하고 참여도를 높이는 중요한 수단이다. 커뮤니티 형성과 피드백 수렴을 통해 콘텐츠 퀄리티를 향상시키며, 시청자들과의 긍정적인 상호작용을 유도하고 콘텐츠의 가치를 높인다는 판단 하에 유튜브는 이를 적극적으로 장려하고 있다.

▶ 콘텐츠 일정 관리 및 업로드 계획

유튜브 채널 운영에서 콘텐츠 일정 관리 및 업로드 계획은 성장과 시청자와의 긴밀한 관계 형성에 결정적인 역할을 한다. 이 과정은 콘텐츠 계획, 일정 관리, 일관된 업로드의 세 단계로 이루어지며, 각 단계는 채널의 목적과 목표에 맞게 신중하게 조정되어야 한다.

콘텐츠 계획 단계에서는 채널의 주제와 목표에 부합하는 창의적인 아이디어를 발굴하고, 시청자의 관심사와 최신 트렌드를 반영하는 것이 중요하다. 예컨대, 환경 보호 채널은 지속 가능한 생활 방식, 재활용 팁, 환경 문제 인식 제고 등을 주제로 다룰 수 있다.

일정 관리 단계에서는 콘텐츠의 제작과 업로드 일정을 체계적으로 계획해, 콘텐츠의 질과 양을 일관되게 유지해야 한다. 이를 위해 콘텐츠 캘린더를 활용하여 주간, 월간 콘텐츠 일정을 사전에 계획하고, 제작의 각 단계를 체계적으로 관리하는 것이 추천된다. 특정 주제 영상 제작 시, 리서치, 스크립트 작성, 촬영, 편집 등 단계별 소요 시간을 예상하여 일정에 반영한다.

일관된 업로드는 시청자 기대를 충족시키고 채널 신뢰 구축에 필수적이다. 정해진 요일과 시간에 꾸준히 콘텐츠를 업로드함으로써 시청자는 새 콘텐츠를 기대하고 채널에 대한 관심도를 높일 수 있다. 이는 또한 유튜브 알고리즘에 긍정적인 신호를 보내 콘텐츠 노출을 증가시키는 데 도움이 된다.

체계적인 콘텐츠 일정 관리 및 업로드 계획은 채널의 지속적인 성장을 위한 기반을 마련하고, 시청자와의 지속적인 소통 및 관계 형성을 가능하게 한다. 체계적인 계획과 일관된 실행을 통해 유튜브 채널은 다양한 시청자층을 확보하며, 장기적인 성공을 달성할 수 있다.

1. 콘텐츠 기획 및 일정 수립

콘텐츠 기획 단계에서는 채널의 목표와 타겟 오디언스, 콘텐츠 유형 및 주제를 명확히 정의해야 한다. 이 과정은 시청자의 관심사, 시장 트렌드, 경쟁 채널 분석을 통해 독특하고 차별화된 콘텐츠 아이디어를 도출하는 데 중점을 둔다. 일정 수립 시에는 제작, 편집, 업로드까지 필요한 시간을 고려하여 현실적이며 지속 가능한 업로드 주기를 설정한다. 예를 들어, 주 1회 또는 2주에 1회와 같은 일정한 패턴을 유지하는 것이 중요하다.

2. 분석 및 조정

업로드 후 유튜브의 분석 도구를 활용하여 콘텐츠 성과를 정기적으로 분석하는 것은 필수적이다. 조회수, 시청 시간, 구독자 수의 증감, 좋아요 및 댓글과 같은 지표들을 통해 콘텐츠의 성공 요인과 개선할 점을 식별하고, 이 정보를 다음 콘텐츠 기획 및 일정에 반영해야 한다. 더불어, 시청자 피드백을 적극적으로 수용하여 콘텐츠 품질을 지속적으로 개선함으로써 시청자가 선호하는 콘텐츠를 지속적으로 제작할 수 있다.

실제 사례 분석 (스티브 잡스와 이비온 채널의 성공 전략) 스티브 잡스가 대중을 사로잡은 대표적인 예는 2007년 아이폰의 첫 공개 때이다. 이 발표는 기술과 디자인에 관심 있는 이들뿐 아니라 전 세계 대중의 이목을 집중시켰다. 잡스는 단순한 새 스마트폰 소개를 넘어 통신 기술의 미래를 재정의하고, 사용자 경험을 근본적으로 변화시킬 제품을 선보이며, 스마트폰이 문명의 발전된 제품으로 필요함을 설명했다. 스티브 잡스의 아이폰 발표는 다음과 같은 몇 가지 주요 특징을 통해 대중을 매료시켰다.

혁신적인 제품 소개 잡스는 아이폰을 "혁신적인 인터넷 커뮤니케이터", "혁신적인 휴대전화", "강력한 아이팟"으로 묘사하며, 다기능 통합 장치로서의 가치를 강조했다.

명확하고 간결한 메시지 그는 복잡한 기술을 대중이 이해하기 쉬운 언어로 전달했으며,

제품의 기술적 특성보다 사용자 경험과 혜택에 집중했다.

시연을 통한 실제 사용 경험 공유 발표 중 잡스는 아이폰의 기능을 직접 시연함으로써, 제품의 직관적 인터페이스와 사용 편의성을 실시간으로 보여주었다.

감정적 연결 잡스는 자신의 열정과 제품에 대한 확신을 분명히 표현했고, 그의 프레젠테이션 스타일은 관객과의 감정적 연결을 형성하여 메시지의 전달력을 강화시켰다.

이 발표는 아이폰을 단순한 기기를 넘어 문화적 아이콘으로 자리매김하는 데 결정적인 역할을 했다. 또한, 스티브 잡스의 발표 방식은 제품 소개와 대중의 관심을 끄는 방법에 있어 새로운 기준을 설정했다. 잡스의 발표는 오늘날에도 많은 마케터, 디자이너, 기업가들에게 영감을 주는 사례로 남아 있다. 그의 발표는 기술 발표의 전형을 넘어서, 제품을 통해 사람들의 생활 방식을 혁신적으로 변화시킬 수 있는 비전을 공유하는 방법으로 기억된다. 그는 단순히 제품을 판매하는 것이 아니라, 이를 통해 가능한 새로운 세계를 보여주었다. 다음은 또 다른 성공 사례인 이비온 채널에 대한 분석 내용이다.

익숙한 콘텐츠를 낯설게 제작 스티브 잡스의 아이디어와 마찬가지로 이비온은 마인크래프트라는 익숙한 게임 콘텐츠를 독특하게 재해석하여 새로운 가치를 창출했다.

구독의 심리학 활용 초기에는 희귀성의 법칙을, 나중에는 밴드웨건 효과를 이용하여 구독을 유도했다. 이는 콘텐츠에 대한 관심과 기대감을 조성하여 구독자 증가에 기여했다.

유튜브 플랫폼에 대한 이해 유튜브의 알고리즘과 트렌드를 깊이 이해하고, 이를 콘텐츠 제작과 업로드 전략에 적용했다. 멘탈 관리의 중요성을 인식하고, 장기적인 관점에서 채널을 운영했다.

이 사례들을 통해 볼 때, 성공적인 유튜브 채널 운영을 위해서는 창의적인 콘텐츠 기획, 체계적인 일정 관리, 그리고 유튜브 플랫폼에 대한 깊은 이해가 필수적임을 알 수 있다.

스티브 잡스의 아이폰 발표와 이비온의 유튜브 채널은 혁신적인 접근의 중요성을 강조한다. 잡스는 기존의 발표 방식을 탈피하여 제품을 소개하는 새로운 방식을 제시했고, 이비온은 익숙한 콘텐츠를 독특한 시각으로 재해석하여 차별화를 이루었다. 이를 통해 알 수 있는 바는, 유튜브 채널을 개설할 때 기존 시장에서 완전히 새로운 콘텐츠를 만들기는 어렵지만, 기존의 것을 새롭게 바라보고 세분화 및 전문화하여 차별성을 만들 수 있다는 것이다.

예를 들어, 커피라는 주제 안에서도 아메리카노, 라떼, 카푸치노 등 다양한 종류가 있으며, 아메리카노를 아이스와 핫으로 세분화하는 것처럼, 유튜브 채널 또한 세분화와 전문화를 통해 발상의 전환과 기술 개발, 서비스 혁신을 통해 기존과 다른 새로운 '퍼플 오션'을 창출할 수 있다. 이는 기존 시장을 새롭게 해석하고, 그 안에서 독특한 가치를 제공함으로써 성공할 수 있는 방향성을 제시한다.

▶ 효과적인 콜 투 액션(Call To Action) 사용법

유튜브에서 콜 투 액션(CTA: Call To Action)의 활용은 시청자 참여를 촉진하고 채널 성장을 가속화하는 데 필수적인 전략이다. 유튜브 콘텐츠 제작자가 자신의 목표를 달성하기 위한 효과적인 CTA 전략을 개발하고 실행하는 방법은 매우 중요한 요소이다.

1. CTA의 개념 및 중요성

CTA(행동 요구)는 시청자를 특정 행동으로 유도하는 메시지로, 구독 버튼 클릭, 제품 구매, 웹사이트 방문, 댓글 작성 등 다양한 형태를 취할 수 있다. 이는 명확하고 간결해야 하며, 시청자가 다음에 무엇을 해야 하는지 분명히 알 수 있도록 해야 한다. 유튜브 콘텐츠에서 CTA의 효과적인 사용은 시청자 참여를 유도하고 채널 성장에 결정적인 기여를 한다.

2. CTA 전략 수립

CTA는 구독 유도, 댓글 달기, 영상 시청 등을 통해 시청자 참여를 높이고, 유튜브 내 채널 가시성을 향상시키는 핵심 전략이다. 이는 채널 성장과 수익성 증대에 기여하며, 맞춤형 콘텐츠 전략 개발에 필수적이다.

목표의 명확화 효과적인 CTA를 설계하려면 우선 목표를 명확히 설정해야 한다. 이는 구독자 증가, 제품 판매 촉진, 콘텐츠 공유 유도 등 구체적인 목적을 시청자에게 명확히 전달하는 것을 의미한다.

대상 시청자의 이해 CTA는 대상 시청자의 필요와 관심사를 기반으로 해야 한다. 예를 들어, 건강한 식단에 초점을 맞춘 유튜브 채널을 운영한다면, 대상 시청자는 간편하면서도 영양가 있는 레시피를 원할 것이다. 이를 바탕으로 "5분 안에 준비할 수 있는 건강한 아침 식사 레시피"와 같은 콘텐츠를 제작하고, "바쁜 아침에도 건강을 챙길 수 있는 더 많은 레시피를 원하신다면, 지금 바로 구독 버튼을 눌러주세요! 매주 새로운 레시피를 소개해드립니다."와 같은 CTA를 구성할 수 있다. 이러한 접근은 시청자의 요구에 부응하며, 구독자 증가 같은 구체적 목표 달성에 기여한다.

3. 실전 CTA 유형 및 활용법

시청자가 취해야 할 행동을 명확히 인지할 수 있도록 하며, 영상 내 적절한 위치에 배치하는 것이 중요하다. 영상 시작부, 중간, 종료 시 등 다양한 위치에서 CTA를 활용할 수 있다. 다음은 CTA 유형 및 활용법에 대한 실전 사례들이다.

영상 내 CTA 영상의 시작과 중간지점 또는 송료 부분에서 구독 요청 등을 직집직으로 격려한다.

그래픽 CTA 영상 화면에 나타나는 텍스트나 이미지로 CTA를 제공한다. 이는 주로 영상 하단이나 코너에 배치된다.

설명란 CTA 영상 설명란에 웹사이트 링크, 제품 페이지, 구독 링크 등을 포함시킨다.

엔드 스크린 CTA 영상 마지막에 추가되는 엔드 스크린을 통해 구독 요청, 다른 영상 시청 유도, 웹사이트 방문 등을 요청한다.

4. 그밖에 효과적인 CTA 제작 팁

유튜브에서 콜 투 액션(CTA)의 전략적 활용은 시청자 참여를 촉진하고 채널 성장에 기여하는 핵심 요소다. CTA는 시청자에게 구독, 제품 구매, 웹사이트 방문, 댓글 작성 등 특정 행동을 취하도록 독려하는 메시지를 말한다. 이는 명확하고 직관적으로 제시되어야 하며, 시청자가 다음의 행동을 쉽게 이해하고 실행할 수 있도록 유도해야 한다.

감정적 호소 시청자의 감정을 자극하는 CTA는 강력한 동기부여 수단이다. 열정, 호기심, 긴장감 등을 이용한 메시지는 시청자의 관심을 끌고 행동을 유도한다. 예를 들어, "지금 구독하지 않으면 변화할 삶의 기회를 놓칠 수 있습니다!"와 같은 메시지는 놓칠 수 있는 가치에 대한 우려를 자극하여 구독을 유도한다.

가치 제안 강조 CTA를 통해 제공되는 명확한 가치는 시청자가 원하는 행동을 취하게 하는 결정적 요인이다. "전문가의 무료 조언을 지금 바로 구독을 통해 받아보세요!"와 같은 메시지는 구독으로 얻을 수 있는 직접적인 이익을 명확히 한다.

긴급성 조성 시간에 제한된 특별 제안이나 할인을 CTA에 포함시키면 시청자의 즉각적인 행동을 유도한다. "오늘만! 구독하고 한정판 전자책을 받아가세요!"는 긴급성을 느끼게 하여 행동을 촉진한다.

시각적 요소 활용 버튼, 화살표, 색상 대비 등 시각적 요소를 활용하여 CTA를 돋보이게 함으로써 시청자의 주의를 집중시키고 행동을 유도한다.

사회적 증거 제시 "천 명 이상의 구독자가 이미 가입했습니다!"와 같은 메시지는 다른 사람들의 긍정적인 경험을 공유하여 신규 시청자의 신뢰를 구축한다.

테스트와 최적화 다양한 CTA를 실험하고 그 결과를 분석하여 가장 효과적인 전략을 도출하는 것은 성공적인 유튜브 채널 운영에 필수적이다.

이러한 접근 방법을 통해 유튜브 채널은 시청자의 참여를 높이고, 채널 성장을 촉진하며, 성공적인 콘텐츠 전략을 구축할 수 있다.

▶ 최고의 콘텐츠 제작을 위한 팁 & 트릭

유튜브에서 고품질 콘텐츠 제작을 위한 전략에는 몇 가지 핵심 단계가 있다. 첫째, 주제 선정 시 자신의 관심과 전문 영역을 기반으로 시장 조사를 실시하여 수요가 확인된 주제를 선택해야 한다. 이 과정을 통해 대상 시청자의 흥미를 끌 수 있는 콘텐츠를 기획할 수 있다.

둘째, 콘텐츠 기획 단계에서는 목적과 메시지를 분명히 하고, 스토리텔링을 활용하여 구조화된 내용을 창출해야 한다. 이를 위해 다양한 형식과 스타일을 적용하여 동시에 재미와 유용함을 제공하는 콘텐츠를 제작할 수 있다. 촬영과 편집 과정에서는 고품질 영상을 위해 적절한 장비와 기술의 활용이 중요하다. 예를 들어, 교육 콘텐츠를 제작할 경우 전문가적 이미지에 부합하는 장비 설정이 필수적이다.

셋째, 유튜브 콘텐츠 제작에서 시청자와의 상호작용은 핵심적인 요소이다. 가능한 한 모든 댓글에 응답하고, 시청자의 피드백을 반영하여 소통을 강화하며, 시청자의 기대에 부합하는 콘텐츠를 제작하여 참여를 촉진하는 것이 중요하다. SEO 최적화를 통한 제목, 설명, 태그의 최적화는 검색 엔진에서의 가시성을 높이고, 키워드 연구를 통해 목표 시청자에게 도달하는 콘텐츠를 기획하는 것도 필수적이며, 규칙적인 업로드 주기를 유지하고 새로운 트렌드에 신속하게 대응하여 콘텐츠를 지속적으로 갱신하는 것은 팬층을 안정적으로 유지하고 확장하는 데 중요하다. 이러한 전략을 통해 고품질의 유튜브 콘텐츠를 제작하고, 창의적인 아이디어와 지속적인 노력으로 성공적인 유튜버로 성장할 수 있다. 처음 유튜브를 시작하거나 특정 분야에 대한 전문 지식이 부족한 경우, 시청자와 함께 성장하고 발전하는 과정을 공유하며 더 나은 콘텐츠를 제공하는 채널로 자리매김하는 전략이 매우 효과적일 것이다.

NOTES

HAPPY DAY

CLOUDY DAY

BIRTHDAY

05

유튜브를 빠르게 성장 시키는 최고의 전략

이 책을 선택한 독자들은 자신의 유튜브 채널을 남들보다 빠르게 성장시키고자 하는 욕구에서 비롯되었을 것이다. 유튜브 채널의 성장이 우연히 시작될 수는 있으나, 그러한 기회는 스스로 만들어낸다고 많이 오해한다. 모든 영상은 데이터와 정량 분석을 통해 성공적으로 화제를 모으는 콘텐츠로 탄생한다. 이제 화제의 영상을 만드는 방법을 알아보자. 이 과정은 매우 지루하게 느껴질 수 있다. 그 이유는 대부분 분석과 숙지에 관한 내용이기 때문이다. 하지만 유튜브 채널을 운영하는 이에게 필수적인 과정임을 강조한다.

타겟 시청자의 중요성

유튜브 채널의 성공은 올바른 타겟 시청자 설정과 이들의 요구와 기대에 부합하는 콘텐츠 제공에 달려 있다. 타겟 시청자를 정밀하게 분석함으로써, 제작자는 메시지 전달, 콘텐츠 최적화, 마케팅 전략을 보다 효과적으로 구사할 수 있다. 타겟 시청자의 중요성은 유튜브 채널 성공의 핵심으로, 그들의 요구와 기대에 맞는 콘텐츠 제공은 필수적이다.

시청자의 언어, 관심사, 문제점을 반영한 메시지를 전달함으로써, 제작자는 시청자와 강력한 연결을 맺고 메시지의 전달력을 극대화할 수 있다. 시청자의 관심사와 일치하는 콘텐츠는 높은 참여도와 관심도로 이어진다. 콘텐츠 최적화는 타겟 시청자에 대한 깊은 이해에서 출발한다. 예를 들어, 젊은 시청자에게는 빠른 템포의 편집과 현대적인 디자인 요소가, 전문가나 연령층이 높은 시청자에게는 심층 분석과 전문 용어 사용이 효과적이다.

효과적인 마케팅 전략 역시 타겟 시청자 분석에서 시작한다. 시청자의 소셜 미디어 사용 패턴과 콘텐츠 소비 습관을 파악함으로써, 마케팅 활동을 타겟팅하여 자원의 효율성을 극대화하고 채널의 가시성과 참여도를 증가시킬 수 있다. 예를 들어, 시청자가 주로 사용하는 소셜 미디어 채널에 광고를 집행하거나, 시청자의 관심사와 연결된 인플루언서와의 협업이 유용하다.

유튜브 채널을 운영하는 신입들 사이에서 "광고가 정말 필요한가?"라는 의문이 자주 제기된다. 실제로 유튜브 채널 관리에 있어 광고는 필수 요소는 아니나, 효과적인 홍보 수단으로 권장된다. 구글과 유튜브 역시 채널 홍보를 위한 광고의 중요성을 강조한다. 채널을 개설하고 처음 영상을 업로드했을 때, 구독자 수가 적고 조회수가 1~100 사이에 머무는 것이 일반적이다. 그러나 광고를 실시하면 이러한 숫자가 급속도로 증가한다.

중요한 것은 광고를 하는 영상의 퀄리티가 높아야 한다는 것이다. 단순히 구독자 수와 조회수 증가를 목적으로 하는 광고는 그 효과가 반감될 수 있다. 따라서, 최소 3개월 이상 유튜브 채널을 운영하면서 영상 퀄리티가 일정 수준에 도달했거나, 이전 영상들보다 개선되었을 때 광고를 시작하는 것이 바람직하다. 퀄리티가 떨어지는 영상에 투자하는 것은 권장하지 않는다.

| 유튜브 광고를 위한 프로모션 페이지_출처: 구글 |

유튜브 스튜디오에서의 프로모션은 채널 홍보에 중요한 역할을 한다. 모든 영상을 홍보하는 것은 아니지만, 유튜브 채널 운영 시 홍보가 필수적이다. 특히, 광고를 시작할 때, 유튜브가 제공하는 광고 크레딧을 활용하는 것이 현명하다. 이 초기 크레딧을 통해 비용 효율적으로 광고를 시도해 볼 수 있다.

구글 애널리틱스와 유튜브 인사이트 활용

구글 애널리틱스와 유튜브 인사이트의 활용은 콘텐츠 제작자에게 시청자의 행동 패턴
과 선호도를 깊이 이해할 수 있는 중요한 도구를 제공한다. 이를 통해 획득한 데이터는
단순한 정보 수집을 넘어서, 전략적 통찰력으로 전환되며 콘텐츠의 방향성 설정, 채널
브랜딩 강화, 타겟 시청자와의 연결 강화에 결정적인 역할을 한다. 시청자 분석은 채널
의 지속적인 성장과 콘텐츠 최적화, 마케팅 전략 수립의 기반이다. 성공적인 유튜브 채
널 운영은 이러한 지속적인 분석과 최적화 과정의 반복에서 비롯된다.

1. 데이터 분석의 중요성

전문가적 관점에서 볼 때, 시청자 분석은 단순한 데이터 수집을 넘어서 그 데이터를 해석하
고 전략적 통찰로 전환하는 과정이다. 이 과정은 콘텐츠 방향성 결정, 채널 브랜딩 강화, 타
겟 오디언스와의 관계 구축에 있어 중요하다. 시청자 분석은 채널 성장, 콘텐츠 최적화, 마
케팅 전략 수립의 기반으로, 성공적인 유튜브 채널 운영의 핵심은 이러한 지속적 과정의 반
복에 있다.

구글 애널리틱스와 유튜브 인사이트로 얻은 데이터는 제작자에게 시청자 행동 패턴과 선호
도에 대한 귀중한 통찰을 제공한다. 연령, 성별, 지리적 위치, 시청 시간 등의 정보는 타겟
시청자 프로필 구축에 유용하다. 연령과 성별 데이터는 콘텐츠 제작 전 단계에서 중요한 고
려사항이다. 이 데이터를 효과적으로 활용함으로써, 제작자는 타겟 시청자에게 가치 있는
콘텐츠를 더 많이 노출시킬 수 있다.

2. 시청자의 연령 데이터 분석

시청자 연령대별 맞춤형 콘텐츠 제작은 커뮤니케이션의 성공을 좌우한다. 어린이는 밝고 활기찬 톤을, 청소년은 최신 트렌드를 반영한 젊은 감각을, 성인은 신뢰감과 전문성을 강조하는 진지한 톤이 필요하다. 이에 따라 적절한 콘텐츠 스타일의 적용이 중요하다.

소주제에 대한 분류 설명

어린이 대상 애니메이션, 교육 게임, 동요 등은 밝고 활기찬 톤을 요구한다.

청소년 대상 패션, 음악, 게임 주제는 최신 트렌드와 젊은 감각을 반영해야 한다.

성인 대상 전문적 주제나 교육 콘텐츠는 신뢰성과 전문성을 강조하는 진지한 톤이 필요하다.

각 연령대에 필요한 콘텐츠 스타일 적용

어린이 대상 알록달록한 색상, 간단한 언어, 캐릭터 활용이 효과적이다.

청소년 대상 현대적 디자인, 슬랭 포함 대화체, 인기 셀럽 참조가 유익하다.

성인 대상 깔끔하고 전문적 디자인, 구체적 정보 제공, 심도 있는 분석을 요구한다.

콘텐츠 주제 선정

남성 시청자 자동차, 스포츠, 과학 기술 등 남성 선호 주제가 적합하다.

여성 시청자 패션, 뷰티, 가정 생활 등 여성 관심 주제가 유용하다.

모든 성별 대상 건강, 여행, 요리 등 보편적 관심사는 넓은 시청자층을 끌어들인다.

마케팅 전략의 세분화

타겟 광고 성별 데이터를 활용한 성별 특정 광고 캠페인 진행 가능하다. 예를 들어, 남성용 스킨케어 제품이나 여성용 피트니스 앱과 같은 상품이 있다.

커뮤니케이션 스타일 성별에 따른 선호하는 커뮤니케이션 스타일 고려가 중요하다.

시청 시간의 중요성과 유튜브 알고리즘과의 관계

유튜브 알고리즘은 시청 시간을 주요 지표로 활용해 콘텐츠 순위를 매긴다. 이로 인해 시청 시간이 긴 콘텐츠는 더 많은 추천을 받아 채널의 가시성과 참여도가 증가한다. 따라서, 콘텐츠가 타겟 시청자에게 도달하고 시청자층을 확대하기 위해 시청 시간 증가는 중요한 전략이다. 시청 시간은 콘텐츠에 대한 시청자의 관심과 가치 인식을 나타내며, 시청자의 충성도와 만족도를 반영한다. 이는 구독자 증가와 반복 시청으로 이어질 수 있다. 콘텐츠의 길이 조정은 시청자의 선호에 따라 달라지며, 흥미로운 시작, 가치 있는 본문, 기대를 모으는 결론으로 구성해야 한다.

유튜브 스튜디오를 활용한 시청자 활동 분석으로 최적의 업로드 시간을 결정하는 것도 중요하다. 이는 콘텐츠의 초기 시청률을 높이고 전반적인 시청 시간을 증가시키는 전략이다. 결국, 시청 시간의 최적화는 고품질 콘텐츠의 지속적 제공을 전제로 하며, 유튜버는 타겟 시청자의 행동과 선호를 깊이 파악해 콘텐츠 전략에 반영해야 한다. 시청 시간 증가는 단순히 알고리즘의 우위를 확보하는 것을 넘어 시청자와의 관계 강화와 채널의 장기적 성장을 의미한다.

1. 시청 경로 분석의 중요성

시청 경로는 유튜브 콘텐츠로 이어지는 다양한 접근 방식을 의미한다. 이에는 직접 검색, 소셜 미디어 링크, 추천 영상, 플레이리스트 등이 포함된다. 콘텐츠 제작자는 이러한 경로별 효과를 분석함으로써 홍보 전략을 효율적으로 조정하고 최적화할 수 있다. 각 경로의 특성을 파악하고 맞춤 전략을 수립함으로써, 콘텐츠는 보다 넓은 시청자층에 도달하고 채널 성장을 촉진할 수 있다. 시청 경로 분석은 변화하는 시장과 시청자 선호에 맞춰 전략을 조정하는 지속적인 과정이며, 이를 통해 유튜브 채널은 지속적인 성장을 이룰 수 있다.

2. 경로별 특성 이해

다음은 유튜브 콘텐츠의 시청 경로 분석은 콘텐츠의 성공적인 노출 및 홍보 전략의 효율성을 판단하는 데 중요한 지표이다.

직접 검색 시청자가 특정 키워드나 채널 이름으로 콘텐츠를 찾는 경우, 콘텐츠의 SEO 최적화와 효과적인 키워드 전략이 잘 실행되었음을 나타낸다. 반면, 직접 검색 유입이 적다면, SEO 전략의 재검토가 필요하다는 신호다.

소셜 미디어 링크 소셜 미디어를 통한 유입은 콘텐츠가 사회적으로 활발히 공유되고 있음을 보여준다. 이는 소셜 미디어 마케팅 전략의 성공을 의미하며, 전략 없이도 대량 공유되었다면 콘텐츠가 감동적으로 다가갔음을 뜻한다.

추천 동영상 유튜브 알고리즘이 사용자에게 추천하여 콘텐츠를 발견하는 경우는 콘텐츠의 관련성과 품질이 뛰어남을 의미한다. 성공적으로 추천된 동영상은 조회수와 노출을 대폭 증가시킬 수 있다. 추천을 받기 위한 조건에는 시청자의 시청 기록, 검색 및 클릭 이력, 콘텐츠의 품질, 시청자와의 상호작용, 플레이리스트의 연관성, 지역 및 언어 설정, 그리고 콘텐츠의 최신성 및 인기도 등이 포함된다. 유튜브의 추천 알고리즘은 이러한 다양한 요소를 고려하여 사용자에게 적합한 콘텐츠를 제안하며, 광고주 친화적인 영상을 적절한 시청자에게 노출시키는 목적을 가진다.

3. 추천 동영상이 되는 요건들

유튜브에서 추천 동영상으로 선정되는 것은 다양한 요소를 기반으로 한다. 이는 콘텐츠 제작자에게는 시청자의 관심과 시청 시간을 극대화할 기회를 제공한다.

시청자의 시청 기록 유튜브는 시청자의 시청 기록을 분석하여 사용자가 어떤 콘텐츠를 시청했는지, 얼마나 시청했는지 등을 파악한다. 이를 통해 사용자의 취향과 관심사를 이해하고, 관련성 높은 콘텐츠를 추천하며. 사용자가 이전에 시청한 콘텐츠와 유사한 콘텐츠를 추천함으로써, 사용자 만족도를 높이고 시청 시간을 증가시킨다. 그리고 시청자의 니즈를 파악해 여기에 맞는 광고를 송출한다.

검색어 및 클릭 이력 사용자가 검색한 키워드나 클릭한 동영상을 기반으로 관련성 있는 콘텐츠를 추천한다. 유튜브는 시청자가 이전에 검색한 검색어를 비롯해 클릭 이력을 분석하여 사용자의 관심사를 파악하고 맞춤형 추천을 제공한다. 사용자가 관심 있는 주제나 키워드를 기반으로 콘텐츠를 추천함으로써, 사용자 만족도를 높이고 시청자의 관심을 끌어낸다.

동영상의 품질과 성과 유튜브 알고리즘은 그동안 채널에서 보였던 동영상의 품질, 시청 시간, 이탈률 등의 성과 지표를 고려하여 추천 순위를 결정한다. 이 때문에 품질 높은 콘텐츠와 시청자들이 끝까지 시청하는 콘텐츠가 높은 순위에 노출될 가능성이 높다. 높은 품질의 콘텐츠를 제공함으로써, 사용자 만족도를 높이고 시청 시간을 증가시키기 때문인데, 쉽게 말해 그동안 채널에서 쌓아온 양질의 데이터가 축적되어 있어야만 높은 확률로 자신이 만든 영상들이 추천 동영상으로 분류되어 노출이 극대화 된다는 의미이다.

시청자 상호작용 최근 달라진 유튜브의 알고리즘을 꼽으라면 채널과 시청자간의 인터렉션이다. 여기에는 댓글, 좋아요, 싫어요, 공유 등의 시청자 상호작용을 고려하여 콘텐츠의 인기도를 측정한다. 시청자들이 활발하게 상호작용하는 콘텐츠는 추천 동영상으로 노출될 가능성이 높은데 이는 사용자들의 상호작용을 통해 콘텐츠의 인기도를 증가시키고 사용자들 간의 소통을 촉진한다고 유튜브 알고리즘은 판단하고 있다.

플레이리스트 및 연관성 유튜브는 관련 영상을 시청한 시청자들에게 플레이리스트에 속한 동영상이나 관련성 있는 콘텐츠를 고려하여 추천한다. 사용자들이 연이어 시청할 수 있는 관련성 있는 콘텐츠를 제안하여 사용자의 시청 경험을 향상시키고 또 관련성 있는 콘텐츠를 제공함으로써, 사용자들의 만족도를 높이고 시청 시간을 증가시킨다.

지역 및 언어 설정 사용자의 지역 및 언어 설정을 고려하여 지역화된 콘텐츠를 추천한다. 지역에 맞는 콘텐츠를 제안하여 지역 시청자들의 만족도를 높이고 지역 시청자들에게 적합한 콘텐츠를 제공한다. 지역화된 콘텐츠를 제공함으로써, 사용자들의 지역적인 관심을 반영하고 사용자들의 만족도를 높인다.

최신성 및 인기도 최신 업로드된 동영상이나 인기 있는 콘텐츠를 우선적으로 추천한다. 그래서 현재 유행하는 주제나 인기 있는 크리에이터의 동영상이 높은 추천 순위를 가질 수 있다. 최신 유행하고 있는 인기 콘텐츠를 제공하여 사용자들의 관심을 끌어내고 사용자들이 핫한 콘텐츠를 즐길 수 있도록 도와준다.

살펴본 것처럼 유튜브 채널의 빠른 성장을 위해서는 알고리즘의 이해와 최적화 전략의 실행이 필수적이다. 유튜브 알고리즘은 시청 기록, 검색 및 클릭 이력, 동영상 품질 및 성과, 시청자 상호작용, 플레이리스트 연관성, 지역 및 언어 설정, 그리고 최신성 및 인기도 등 다양한 요소를 분석하여 콘텐츠를 추천한다.

시청자의 과거 선호와 검색 행태를 분석해 관련성 높은 콘텐츠를 제작하고, 동영상의 품질 관련 지표를 통해 콘텐츠 질을 지속적으로 향상시키는 것이 중요하다. 고품질 콘텐츠는 알고리즘에 의해 우선적으로 노출되며, 이는 시청자와의 더 많은 상호작용을 유도한다. 시청자의 댓글, 좋아요, 공유 등의 활발한 참여는 콘텐츠의 인기도와 관련성을 높여 추천 가능성을 증가시킨다. 또한, 플레이리스트 생성과 연관 콘텐츠 링크는 시청자의 채널 내 시간을 늘리고 관심도를 증진시킨다.

지역 및 언어 설정을 고려한 맞춤형 콘텐츠 제작과 지역화된 마케팅 전략, 그리고 최신 트렌드와 인기 주제의 적극적 활용은 콘텐츠의 시의성과 인기도를 높이며, 알고리즘에서의 노출 기회를 증가시킨다. 유튜브 채널의 성장은 알고리즘 작동 원리의 이해, 시청자와의 상호작용 극대화, 체계적인 데이터 분석 및 지속적인 콘텐츠 최적화를 통해 달성될 수 있다.

완벽한 유튜브 수익 창출 가이드

유튜브 수익 창출 기준은 크리에이터가 광고 수익을 얻기 위해 충족해야 할 필수 목표들을 설정한다. 이 기준에는 구독자 수와 시청 시간이 포함되어 있으며, 유튜브 파트너 프로그램에 가입하여 광고 수익을 창출하기 위한 명확한 조건이 있다. 수익 창출을 위한 주요 요건은 다음과 같다.

유튜브 파트너 프로그램 가입 광고 수익을 얻기 위한 첫걸음으로, 특정한 구독자 수와 시청 시간 기준을 만족해야 한다.

구독자 수 조건 최소한 1,000명의 구독자가 필요하다.

시청 시간 조건 지난 12개월 동안 최소 4,000시간의 시청 시간을 충족해야 한다.

광고 적합성 콘텐츠는 유튜브의 광고 정책에 부합하며 광고주의 기준을 만족해야 한다.

준수 사항 및 정책 유튜브의 커뮤니티 가이드라인 및 정책 준수가 필수적이다.

위의 다섯 가지 기본 조건을 이해하고 준수함으로써, 크리에이터는 유튜브를 통해 광고 수익을 창출할 수 있으며, 구독자 수와 시청 시간 증가를 통해 수익을 더욱 증대시킬 수 있다. 최근에는 이와 별개로 유튜브 수익 창출 조건으로는 몇 가지 새로운 조건이 추가되었다. 기존의 조건은 유지되면서 더 접근하기 쉬운 조건이 도입되었는데, 기존인 구독자 1,000명 및 지난 1년간 4,000시간의 시청 시간, 혹은 유튜브 쇼츠로 최근 90일간 1천만 회 이상의 조회수가 필요했던 것에서, 새로운 기준으로는 구독자 수 500명과 최근 1년간 3,000시간의 시청 시간이 요구된다. 쇼츠의 경우, 최근 90일간 300만 회의 조회수를 달성하는 것으로 하향 조정되었다. 이 중 어느 하나의 조건을 충족하면 수익 창출을 위한 유튜브 파트너 프로그램 가입 자격이 주어진다. 이러한 변경은 크리에이터들이 광고 수익을 창출하기 위한 진입 장벽을 낮추고, 더 많은 창작자가 유튜브를 통해 성장할 수 있는 기회를 제공한다.

이번 조정은 유튜브가 더욱 다양한 창작자들에게 수익 창출의 기회를 제공하려는 목적에서 비롯되었다. 새 기준에 도달하면, 크리에이터는 유튜브 스튜디오의 수익 탭을 통해 신청할 수 있으며, 이메일 알림 설정으로 조건 충족 여부를 신속히 확인할 수 있다. 신청 승인 후에는 기존 유튜브 파트너 프로그램(YPP)의 심사 절차를 따르게 된다. 이로 인해 구독자 수와 시청 시간이 상대적으로 적은 채널도 수익화 기회를 얻게 되어, 더 많은 크리에이터가 유튜브 생태계 내에서 성장할 수 있는 발판을 마련하였다.

▶ 수익 창출 이후의 성장 전략: 정신 무장하기

많은 초보 유튜버들은 수익 창출을 최우선 목표로 삼지만, 실제로 일확천금을 기대하는 것은 현실과 동떨어진다. 유튜브 채널 운영에서 정신 무장은 콘텐츠 제작자의 내면적 힘과 태도를 뜻한다. 이는 유튜브 플랫폼의 변화, 시청자의 요구, 경쟁자들 사이에서 채널을 성장시키고 유지하는 데 필요하며, 자기 자신과의 싸움에서도 일정 부분 이겨내야 한다. 유튜브를 시작하고 곧 포기하는 이들은 다양한 특징을 보이며, 성공적인 채널 운영을 위해 주의해야 할 점들이 많다. 이를 이해하고 대응하는 것은 유튜브에서 장기적인 성공을 위해 중요하다. 다음은 필자가 6년간 유튜브를 생업으로 해온 경험을 바탕으로 한 조언들이다.

1. 부적절한 기대치 설정의 문제점

유튜브 채널을 개설할 때, 많은 신규 크리에이터들이 유명 채널들의 성공 사례를 보며 큰 기대를 품게 되는 것은 자연스러운 현상이다. 필자 역시 처음 유튜브를 시작할 때 그러했다. 신규 크리에이터들은 종종 단기간 내에 수천, 수만 명의 구독자를 얻고 상당한 수익을 창출할 것을 기대한다. 혹은 자신의 능력을 과신하거나 객관적인 평가를 하지 못하는 경우가 많다. 이러한 기대는 대부분 현실과는 거리가 멀며, 초기 목표 달성에 실패했을 때 큰 실망으로 이어질 수 있다. 이는 동기 부족으로 이어지고, 일부 크리에이터는 초기 단계에서 포기하기도 한다. 그렇기에 현실적인 목표 설정의 중요성은 강조할 수 없다.

2. 현실적인 목표 설정의 중요성

성공적인 유튜브 채널 운영을 위해 장기적 관점과 현실적 목표 설정은 필수적이다. 이는 채널의 초기 성장이 느릴 수 있다는 것을 인정하고, 지속적인 노력과 인내를 통해 점진적으로 성과를 달성하려는 태도와 금전적 계획을 포함한다. 유튜브를 단순히 취미가 아닌, 직장이나 다른 생업과 병행하는 부업 개념으로 접근하는 것이 정신건강에 유리하다. 하지만 최소 3~6개월 동안은 수익을 기대하지 않고 유튜브에 몰두하는 것이 바람직하다. 목표를 단계별로 세분화하고 구체화하여, 작은 성취라도 이룰 때마다 성취감을 느낄 수 있다.

3. 현실적인 목표 설정의 중요성

유튜브 채널 성공을 위한 단계별 목표 설정은 시작 단계의 기술 개발, 성장 단계의 가시성 증대, 확장 단계의 시청자층 확대 및 수익화 방안 모색을 포함한다. 이는 채널의 지속적인 성장과 발전을 위한 핵심 전략이다.

시작 단계 처음에는 콘텐츠 제작 기술과 편집 능력을 개발하는 것에 중점을 맞추고. 구독자 수나 조회수에 대한 기대를 낮추면서 콘텐츠의 질을 높이는 것을 목표로 하는게 바람직하다.

성장 단계 일정 수준의 콘텐츠 제작 능력을 갖춘 후, 채널의 가시성을 높이고 구독자를 유치하기 위한 전략을 구상한다. 이 단계에서는 소셜 미디어 홍보, SEO 최적화, 시청자와의 소통 강화 등을 통해 채널을 점진적으로 성장시키는 것을 목표로 한다.

확장 단계 일정한 구독자 기반을 확보한 후, 채널을 더 넓은 시청자층에게 확장하고 다양한 수익 창출 방법을 모색한다. 이 단계에서는 콘텐츠의 다양성을 늘리고, 채널의 브랜딩을 강화하며, 협업과 파트너십을 통해 새로운 기회를 탐색한다.

4. 작은 성공에 대한 축하

유튜브 채널 운영은 본질적으로 자신과의 싸움이며, 작은 성공에도 축하하는 태도는 매우 중요하다. 유튜브 시작을 주변에 알렸을 때 받는 의도적 조롱이나 부정적인 반응은 크리에이터에게 상처가 될 수 있으므로, 처음에는 이를 공유하지 않는 것이 좋다. 초창기에는 개인적인 성취, 예를 들어, 첫 100명의 구독자 달성이나 첫 수익 창출 같은 이정표를 자신만의 방식으로 축하하는 것이 긍정적인 동기 부여로 작용한다. 이는 유튜브 관련 교육자들이 강조하는 현실적인 기대치 설정과 단계별 목표 수립의 중요성을 부각시킨다. 각 단계에서의 작은 성공을 인정하고 축하하면서 인내심을 유지하고 꾸준히 노력한다면, 채널은 시간이 지남에 따라 자연스럽게 성장할 것이다. 유튜브는 단기간에 성공하는 공간이 아니라, 지속적인 노력과 헌신을 통해 점진적으로 발전하는 플랫폼임을 명심해야 한다.

5. 일관성 부족

유튜브 채널 운영에서의 일관성은 시청자 기대 관리, 알고리즘 호응, 채널 성장 촉진에 핵심적인 역할을 한다. 콘텐츠의 방향성이 일정하지 않고 변동이 심하면 유튜브 알고리즘이 채널을 제대로 파악하는 데 어려움을 겪고, 시청자 역시 채널의 정체성을 이해하지 못해 조회수나 구독자 증가가 지체될 수 있다. 따라서, 일관된 콘텐츠 제작과 업로드를 위한 다음과 같은 전략이 필요하다.

콘텐츠 캘린더의 중요성 콘텐츠 캘린더는 일관된 업로드 일정 계획과 관리에 필수적이다. 각 콘텐츠의 주제, 제작 단계, 업로드 예정일을 포함하여 크리에이터가 미래 콘텐츠를 체계적으로 준비하게 한다. 즉흥적인 구성을 피하고, 최근 트랜드나 관심 주제를 반영해 시청자의 관심을 끌도록 계획한다.

제작 흐름의 표준화 제작 과정의 표준화는 효율성을 높이고 제작 시간을 단축한다. 스크립트 작성부터 촬영, 편집까지 각 단계별 체크리스트를 만들어 일관된 적용으로 효율성을 극대화한다. 이는 제작 과정을 예측 가능하게 만들어 업로드 스케줄 준수에 도움을 준다.

일관된 업로드 일정 구독자가 새로운 콘텐츠를 기대할 수 있도록 정해진 요일과 시간에 일관되게 업로드하는 것이 중요하다. 이는 시청자의 시청 습관 형성과 유튜브 채널에 대한 참여도를 높인다. 주 1회 이상 또는 주 3회 이상의 일정을 추천한다. 맛집에 가보았으나 문을 닫은 경험을 통해, 약속한 날 업로드 일정을 지키지 않으면 시청자와 구독자 유입이 줄어든다는 것을 강조하고 싶다.

사전 제작 콘텐츠의 비축 비상 상황이나 예상치 못한 일정 변경에 대비해 사전에 콘텐츠를 제작하고 비축하는 것이 좋다. 이는 일관된 업로드 일정 유지에 유리하며, 제작자에게 유연성을 제공한다.

품질과 양의 균형 콘텐츠 품질을 유지하면서 일관된 업로드 일정을 관리하기 위해 품질과 양 사이의 균형을 찾아야 한다. 이는 쉽지 않은 일이며, 꾸준한 노력과 타 채널 벤치마킹, 추가적인 공부가 필요하다. 콘텐츠의 복잡성과 제작 시간을 고려해 지속 가능한 일정을 설정하는 것이 중요하다.

시청자 피드백의 활용 시청자 피드백과 선호도를 분석해 인기 있는 콘텐츠 유형에 집중해야 한다. 이는 콘텐츠 제작 방향성을 제공하고, 시청자 기대에 부응하는 콘텐츠를 지속적으로 제공하는 데 도움이 된다.

6. 시장 연구의 중요성

유튜브 채널을 개시하기 전과 운영 중에 시장 연구를 지속적으로 수행하는 것은 필수적이다. 이 과정을 통해 크리에이터는 자신의 콘텐츠가 시장에서 차지할 위치, 경쟁자 식별, 시청자의 선호 콘텐츠를 이해할 수 있다. 타겟 시청자를 정확히 정의하는 것은 콘텐츠 전략 개발의 기초이다. 시청자의 연령, 성별, 관심사, 지리적 위치를 고려해 타겟 시청자 프로필을 작성하면, 그들의 필요와 관심사에 부합하는 콘텐츠 제작이 가능하다.

게임 콘텐츠 채널 타겟 시청자가 주로 18-34세 남성으로, 특정 비디오 게임 장르(예: 액션, 어드벤처)에 집중한다고 가정한다. 이들은 게임 플레이, 전략 가이드, 리뷰에 큰 관심을 가질 것이다. 최신 게임 트렌드를 반영하고, 관심 게임의 플레이스루나 팁을 제공하는 콘텐츠를 통해 타겟팅할 수 있다.

요리 채널 타겟 시청자를 주부 또는 요리에 관심 있는 젊은 성인으로 설정하고, 간단하면서도 맛있는 요리법을 찾는다고 가정한다. '쉽고 빠른 요리법'이나 '5가지 재료로 만드는 요리'와 같은 콘텐츠를 제작해 이 시청자층의 요구를 만족시킬 수 있다.

시장 연구와 타겟팅은 유튜브 채널의 성공을 결정하는 핵심 요소다. 타겟 시청자의 특성과 필요를 파악하고, 이에 부합하는 콘텐츠를 지속적으로 제공함으로써, 채널의 도달 범위를 넓히고 시청자와의 친밀도를 형성할 수 있다. 다음과 같은 실제 사례를 바탕으로 자신만의 콘텐츠 전략을 개발하고, 효과적인 시장 연구와 타겟팅으로 채널 성장의 기회를 만들 수 있다.

경쟁 분석 유사 주제를 다루는 다른 유튜브 채널을 분석해 그들의 성공 요인과 개선할 점을 파악한다.

시청자 설문 조사 기존 구독자 및 잠재적 시청자를 대상으로 한 설문 조사를 통해 그들의 선호와 기대를 직접 이해한다.

트렌드 분석 유튜브 트렌드, 구글 트렌드, 그들의 관심사, 소셜 미디어를 통해 최신 트렌드와 관심사를 파악한다.

피드백 활용 콘텐츠에 대한 시청자 피드백을 분석해 콘텐츠 개선 방향을 설정한다. 이러한 방법들은 꾸준히 반복되어야 한다.

7. 협업을 위한 온·오프 미팅 활용

유튜브 채널을 운영할 초반에는 사회적 지지가 부족한 상태에서 혼자 모든 것을 해결하려는 시도가 고립을 초래하고 동기 부여 감소로 이어지기 쉽다. 이러한 상황은 종종 자가당착에 빠지게 만드는데, 필자는 이에 대한 해결책으로 다른 유튜버와의 협력과 커뮤니티 참여를 강조한다. 사회적 지지는 크리에이터가 동기를 유지하고, 창의적인 아이디어를 공유하며, 어려움을 극복하는 데 필수적이다. 다른 유튜버와의 협력은 새로운 시청자층에게 자신의 채널을 알릴 수 있는 좋은 방법이며, 상호 콘텐츠 제작, 게스트 출연, 공동 프로모션 등 다양한 형태로 이루어진다. 이를 통해 크리에이터는 서로의 경험과 지식을 공유하고, 새로운 관점을 얻으며, 콘텐츠의 다양성과 품질을 향상시킨다.

커뮤니티 참여도 중요한 역할을 한다. 유튜브 채널의 댓글 섹션, 소셜 미디어, 포럼, 유튜브 크리에이터를 위한 온라인 커뮤니티에서 활동함으로써 크리에이터는 시청자와 직접 소통하고, 피드백을 받으며, 유사한 관심사를 가진 다른 크리에이터와 연결될 수 있다. 이러한 상호작용은 크리에이터에게 긍정적인 영향을 미치며, 콘텐츠 제작에 대한 새로운 아이디어와 동기를 제공한다.

결론적으로, 다른 유튜버와의 협력과 커뮤니티 참여는 유튜브 채널 운영에 있어 중요한 사회적 지지를 제공한다. 이러한 지지는 다음과 같이 크리에이터가 고립감을 극복하고, 지속적으로 동기를 유지하며, 성공적인 유튜브 채널을 운영하는 데 필수적인 요소다.

컨설팅 및 코칭 프로그램 참여 경험 많은 유튜버나 전문 코치와의 멘토링은 채널 성장에 매우 유익하다. 이 프로그램들은 콘텐츠 전략, 채널 최적화, 브랜딩, 수익화 방법에 대한 심도 있는 조언을 제공한다. 그러나 대부분 유료이므로 과도한 비용이 요구되는 프로그램은 피하고, 신중한 선택을 위해 실제 사용자 리뷰를 참고하는 것이 바람직하다.

유튜브 크리에이터 아카데미 활용 유튜브에서 무료로 제공하는 유튜브 크리에이터 아카데미는 다양한 교육 자료와 가이드를 통해 새로운 크리에이터들이 필요한 기술과 지식을 습득할 수 있게 돕는다. 필자는 이 프로그램을 적극 추천한다. 대부분 알고 있는 내용일지라도, 가장 기본적인 사항부터 체계적으로 알려주는 프로그램은 유튜브 크리에이터 아카데미만한 것이 없다.

온라인 포럼과 소셜 미디어 그룹 참여 네이버 카페, 인스타그램, 유튜브 크리에이터 관련 사이트 등에는 유튜브 크리에이터를 위한 다양한 커뮤니티와 그룹이 있다. 이 공간에서는 동료 크리에이터와 경험을 공유하고, 조언을 구하며, 협업 기회를 모색할 수 있다. 이러한 커뮤니티는 주로 참고용으로 활용하되, 사람들이 어려움을 겪고 있음을 인지하고, 자신의 방향이 틀리지 않았음을 확인하는 정도로만 활용하는 것이 현명하다.

지역 커뮤니티 이벤트 참여 유튜브 및 다른 크리에이티브 분야에서 활동하는 사람들과의 직접적인 교류를 위한 워크숍, 세미나, 네트워킹 이벤트에 참여하는 것은 온라인에서는 경험할 수 없는 깊은 수준의 관계를 구축할 수 있다. 이러한 지역 커뮤니티 이벤트는 비용이 크지 않으므로, 가끔 참여를 추천한다. 정보 교류가 활발하고, 몇 시간 동안 진행되는 오프라인 모임을 통해 전문적인 정보를 얻을 수 있다. 다만, 투자나 사행성 콘텐츠를 주제로 하는 모임은 유료 회원 가입을 목적으로 하기 때문에 피하는 것이 좋다.

유튜브 채널을 운영하며 맞닥뜨리는 여러 어려움 중 기술적 문제도 상당하다. 대다수 성공을 꿈꾸는 유튜버가 기술적 완성도를 갖추고 시작하는 경우는 드물다. 필자 역시 수년간의 운영을 통해 배우고 실수를 반복해 왔다. 그렇다면 유튜브에 필요한 기술적 지식을 어떻게 습득해야 할까?

실제로 유튜브 채널 운영을 시작하기 전, 콘텐츠 제작과 관련된 기술적 지식의 보유 여부는 매우 중요하다. 이는 영상 촬영 기법, 오디오 녹음 방법, 편집 소프트웨어 사용법 등을 포함한다. 이를 위해 편집 관련 유튜브 채널, 온라인 강의, 튜토리얼, 유튜브 크리에이터 아카데미 등 다양한 자료를 활용하여 필요한 지식을 습득할 수 있다.

유튜브 초심자를 위한 장비 선정 고가의 전문 장비보다는 기본적인 품질의 콘텐츠 제작에 적합한 장비에 투자하는 것이 바람직하다. 필자는 유튜브를 시작하는 이들에게 어느 정도 스펙을 갖춘 장비를 선택할 것을 조언한다. 중고 시장을 통해 장비를 팔 수 있으므로, 초기 투자 손실은 크지 않다. 하이엔드급이 아닌 최소 중급자급 장비를 추천하는 이유는, 장비 업그레이드로 인한 추가 비용을 줄일 수 있기 때문이다. 예를 들어, 깨끗한 오디오를 위한 좋은 마이크, 안정적인 촬영을 위한 삼각대, 적절한 조명 장비가 필요하다. 콘텐츠 주제에 따라 필요한 장비가 다르므로, 유튜브 채널을 검색하여 많은 사람들이 사용하는 장비를 선택하는 것이 실수를 줄이는 방법이다.

편집 소프트웨어 숙달 고품질 콘텐츠 제작에는 편집 소프트웨어의 숙달이 필수적이다. Adobe Premiere Pro, Final Cut Pro, DaVinci Resolve 등의 소프트웨어가 널리 사용되고 있다. 무료 버전도 충분히 우수한 편집 프로그램이 많으므로 개인 취향에 맞는 프로그램을 사용해도 좋다. 국내에서는 프리미어 프로 사용자가 많아, 편집 관련 정보를 쉽게 얻기 위해서는 프리미어 프로의 사용을 권장한다.

지속적인 학습과 개선 유튜브는 지속적으로 변화하는 플랫폼이며 새로운 기능과 트렌드가 등장한다. 최신 트렌드, 기술, 유튜브 알고리즘 변경 사항 등을 지속적으로 학습하고 채널에 적용하는 것이 중요하다.

필수적인 자기 관리와 건강 유지 지속적인 콘텐츠 제작과 업로드는 크리에이터에게 상당한 스트레스가 될 수 있다. 정신적, 육체적 건강을 유지하기 위해서는 적절한 휴식을 통해 일과 삶의 균형을 찾는 것이 필수적이다. 당연하게 들릴 수 있지만, 중요한 부분이므로 강조한다. 크리에이터로서 작업량 관리의 첫 단계는 효과적인 일정 관리와 우선순위 설정이다. 모든 작업이 같은 중요도를 가지는 것은 아니므로, 긴급하고 중요한 작업을 식별하여 우선 처리하는 것이 중요하다.

목표 설정 단기 및 장기 목표를 설정하고, 이를 달성하기 위한 구체적인 계획을 수립할 것을 권장한다.

작업 분할 큰 프로젝트를 소화 가능한 작은 단위로 나누어 접근함으로써, 작업 부담을 경감시키고 진행 상황을 용이하게 추적한다.

우선순위 매트릭스 사용 중요도와 긴급성을 기준으로 작업을 분류하여 시간 관리를 최적화한다.

8. 정기적인 휴식 스케줄링

지속적인 장시간 작업은 창의력과 생산성에 부정적 영향을 미칠 수 있다. 이를 방지하기 위해 정기적인 휴식을 계획하는 것이 중요하다. 휴식 시간에는 몸과 마음을 재충전할 수 있는 활동을 고려해야 한다.

산책이나 가벼운 운동 신체 활동은 스트레스를 줄이고 정신적 명료성을 향상시킨다.

취미 활동 새로운 취미를 시작하거나 기존의 취미에 시간을 할애함으로써 정신적 스트레스를 완화할 수 있다.

▶ 롱폼 VS 숏폼에 대한 솔직한 견해

유튜브에서 롱폼과 숏폼 콘텐츠는 각각 독특한 특성과 장단점을 지니며, 콘텐츠 제작자와 시청자에게 다른 가치를 제공한다. 롱폼 콘텐츠는 10분 이상 길이로, 주제에 대해 깊이 있는 탐구, 상세한 정보 제공, 스토리텔링을 통한 감정적 연결에 적합하다는 장점이 있다. 이로 인해 주제의 포괄적 탐색과 시청자 몰입도 향상이 가능하지만, 제작에 많은 시간과 노력이 필요하고, 짧은 주의력을 가진 시청자를 유지하기 어렵다는 단점도 있다.

숏폼 콘텐츠는 1분 미만의 짧은 길이로, 현대인의 짧은 주의 집중 시간에 부합하며, 정보를 신속하게 전달하고 강렬한 시각적 인상을 남길 수 있다는 장점을 가진다. 이는 특히 트렌드에 민감한 주제나, 쉽게 공유될 수 있는 엔터테인먼트 콘텐츠 제작에 유리하다. 그러나 제한된 시간 내 메시지 전달이 필요하므로 복잡한 주제를 다루기 어렵고, 시청자와의 깊은 연결 구축에 한계가 있다.

롱폼과 숏폼 선택은 콘텐츠 목적, 타겟 오디언스, 제작자 자원과 선호도 등을 고려해야 한다. 교육적 콘텐츠나 복잡한 주제는 롱폼이, 빠른 팁이나 유머, 일상의 순간 공유는 숏폼이 더 효과적일 수 있다. 롱폼과 숏폼은 각각 장단점을 지니며, 이를 적절히 활용해 다양한 시청자 요구를 충족시키는 것이 유튜브 채널 성공의 열쇠다.

롱폼 유튜브 채널의 장점

롱폼 콘텐츠의 깊이 있는 탐구는 시청자의 몰입도를 극대화하고, 교육적 가치를 풍부하게 하며, 감정적 연결을 강화한다. 이러한 콘텐츠는 다음과 같은 커뮤니티 형성과 SEO 성능을 향상시켜 제작자와 시청자에게 상호 이익을 제공한다.

1. 몰입도와 참여 증가

롱폼 콘텐츠는 시청자에게 더 깊은 몰입 경험을 제공하는 것이 가장 큰 장점이다. 이를 통해 시청자는 주제에 대해 더 많이 배우고, 콘텐츠 크리에이터와 더 강한 연결을 느낄 수 있다. 긴 영상은 시청자가 주제에 완전히 몰두할 수 있는 시간을 제공하며, 이는 시청자의 참여와 관심을 높일 수 있다.

2. 세부 정보와 교육 가치

롱폼 콘텐츠는 주제를 보다 세밀하게 탐구할 수 있는 기회를 제공한다. 이는 특히 교육, 자기 개발, 전문 지식 공유와 같은 분야에서 유용하다. 롱폼 콘텐츠에서 크리에이터는 복잡한 개념을 설명하고, 다양한 예시를 제공하며, 시청자 질문에 깊이 있게 답변할 수 있다.

3. 이야기의 깊이와 감정적 연결

롱폼 영상은 스토리텔링에 있어 더 큰 자유도를 제공한다. 크리에이터는 캐릭터를 개발하고, 배경 이야기를 탐구하며, 감정적으로 충만한 이야기를 만들 수 있다. 이러한 깊은 이야기는 시청자와의 감정적 연결을 강화하고, 더 오래 기억에 남게 한다.

4. 커뮤니티 구축

롱폼 콘텐츠는 시청자들 사이의 대화와 커뮤니티 형성을 촉진할 수 있다. 시청자들은 영상에 대한 생각을 공유하고, 서로의 의견에 답변하며, 주제에 대해 더 깊이 토론할 수 있다. 이는 시청자들 사이의 관계를 강화하고, 채널에 대한 충성도를 높일 수 있다.

5. SEO와 가시성 개선

롱폼 콘텐츠는 유튜브 검색과 관련하여 여러 이점을 제공한다. 긴 영상은 더 많은 키워드와 설명을 포함할 수 있으며, 이는 검색 엔진 최적화에 유리하다. 또한, 유튜브는 시청자가 영상을 끝까지 시청할 확률이 높은 콘텐츠를 선호하므로, 롱폼 콘텐츠는 플랫폼 내에서 더 높은 가시성을 얻을 수 있다.

롱폼 콘텐츠는 시청자에게 풍부한 정보와 깊은 감정적 몰입을 제공하고, 커뮤니티 형성과 SEO 향상에 기여한다. 이러한 장점은 크리에이터가 메시지를 효과적으로 전달하고 견고한 시청자 기반을 구축하는 데 필수적이다. 롱폼 콘텐츠 제작에는 상당한 시간과 노력이 요구되지만, 그로 인한 가치는 명확하며 장기적으로 상당한 이익을 가져올 수 있다.

숏폼 유튜브 채널의 장점

숏폼 콘텐츠는 시청자의 즉각적인 주의를 사로잡고, 높은 공유 가능성과 빠른 콘텐츠 생산을 통해 크리에이터와 시청자 간의 활발한 상호작용을 촉진한다. 이러한 짧은 형식은 다양한 콘텐츠 실험을 가능하게 하며, 플랫폼의 알고리즘에 최적화되어 더 넓은 관객에게 도달하는 기회를 제공한다.

1. 즉각적인 주의 집중

숏폼 콘텐츠의 가장 큰 장점 중 하나는 시청자의 즉각적인 주의를 끌 수 있다는 것이다. 짧은 형식 덕분에 사용자는 클릭하기 전에 긴 영상에 투자해야 할 시간을 고려할 필요가 없다. 이는 특히, 주의 집중 시간이 짧은 시청자나 바쁜 일정을 가진 사람들에게 매력적인 요소다.

2. 높은 공유 가능성

숏폼 콘텐츠는 그 짧은 길이 때문에 더 쉽게 공유될 수 있다. 사람들은 자신의 소셜 미디어 피드나 메시징 앱을 통해 재미있거나 유익한 짧은 영상을 친구나 가족과 공유하기를 좋아하는데, 이는 콘텐츠의 확산을 촉진하고 더 넓은 관객에게 도달할 수 있는 기회를 제공한다.

3. 빠른 콘텐츠 생산

숏폼 영상은 롱폼 콘텐츠 대비 제작하기가 상대적으로 빠르고 경제적이다. 콘텐츠 크리에이터는 한 번에 여러 개의 짧은 영상을 촬영하고 편집할 수 있으며, 이는 채널을 자주 업데이트하고 시청자와의 지속적인 연결을 유지하는 데 도움이 된다.

4. 다양한 콘텐츠 실험

숏폼 형식은 다양한 주제와 스타일을 실험하기에 이상적인 플랫폼을 제공한다. 크리에이터는 다양한 아이디어를 빠르게 테스트하고, 어떤 유형의 콘텐츠가 가장 잘 반응하는지를 확인할 수 있다. 이는 콘텐츠 전략을 민첩하게 조정하고 시청자의 관심을 유지하는 데 유용하다.

5. 증가하는 시청자 참여

숏폼 콘텐츠는 시청자 참여를 높이는 데 효과적이다. 짧은 영상은 시청자가 댓글을 남기고, 좋아요를 클릭하고, 공유하는 등의 행동을 취하기에 부담이 적다. 또한, 크리에이터는 이러한 짧은 형식을 사용하여 시청자와의 대화를 촉진하고, 커뮤니티를 강화할 수 있다.

6. 플랫폼의 알고리즘 최적화

현재 유튜브 알고리즘은 숏폼 콘텐츠를 활성화하고 있기 때문에 당연히 숏폼 콘텐츠를 선호하여 추천 시스템에서 더 자주 보여준다. 이는 새로운 시청자를 끌어들이고, 채널의 가시성을 높이며, 구독자 수를 증가시키는 데 용이하다.

현재 숏폼 콘텐츠는 유튜브 채널에 매우 유익한 여러 이점을 제공한다. 즉각적인 주의 집중력, 높은 공유 가능성, 신속한 콘텐츠 생산, 다양한 실험의 기회, 시청자 참여도의 증가, 그리고 플랫폼 알고리즘에 대한 최적화는 숏폼 콘텐츠를 현대 디지털 환경에서 강력한 도구로 만드는 핵심 요소다. 이러한 장점들이 크리에이터에게 더 광범위한 시청자에게 도달하고 강력한 온라인 존재감을 구축할 수 있는 더 쉬운 접근성을 제공한다.

▶ 자신에게 맞는 롱폼 & 숏폼 채널 운영하기

2024년 기준, 유튜브는 숏폼 콘텐츠의 확산을 적극적으로 지원하면서 숏폼 콘텐츠가 큰 인기를 끌고 있다. 이는 숏폼 콘텐츠 제작의 경쟁이 유독 치열해졌음을 의미한다. 이러한 배경 하에, 이 책을 읽고 계신 독자분들은 롱폼과 숏폼 각각의 장단점을 세심하게 분석하여 자신의 콘텐츠 제작 방향을 결정하는 것이 현명하다.

특히, 숏폼 콘텐츠는 짧은 시간 내에 정보를 전달하고 사용자의 빠른 소비욕구를 만족시키는데 유리하지만, 그만큼 빠르게 변하는 트렌드에 발맞추어 지속적으로 새로운 아이디어를 제공해야 하는 압박이 있다. 반면, 롱폼 콘텐츠는 주제에 대한 심도 있는 탐구와 이야기 전개가 가능하여, 시청자와의 강력한 연결을 구축할 수 있지만, 고품질의 콘텐츠를 지속적으로 생산하기 위한 시간과 노력이 필요하다.

또한, 숏폼 콘텐츠의 급부상은 시청자의 관심을 잡기 위한 새로운 전략과 창의적인 아이디어가 중요함을 시사한다. 이는 크리에이터가 자신의 채널을 성장시키고자 할 때, 단순히 콘텐츠의 길이만을 고려하는 것이 아니라, 콘텐츠의 질, 창의성, 그리고 타겟 시청자와의 소통 방식을 면밀히 고려해야 함을 의미한다.

이러한 상황에서 유튜브 크리에이터와 시청자 모두에게 다양한 경험을 제공하는 롱폼과 숏폼의 비교는 콘텐츠 전략에 중요한 영향을 미친다. 각 형식의 독특한 특성을 이해하고 이를 자신의 콘텐츠 제작에 적절히 활용함으로써, 크리에이터는 더 넓은 관객에게 도달하고, 강력한 온라인 존재감을 구축할 수 있다.

유튜브 채널 활성화 하기 전 반드시 지켜야 하는 것들

유튜브 채널을 개시하기 전, 초보 유튜버들은 주변인들을 통한 채널 홍보에 신중을 기해야 한다는 점을 기억하자. 신규 채널의 경우, 가까운 지인들로부터의 초기 지지가 유혹적일 수 있으나, 이러한 방법이 채널의 장기적 성장에는 반드시 긍정적이지 않을 수 있다는 점을 인지해야 한다. 초기 구독자 증가가 단기적인 성과로 이어질 수 있지만, 지속적인 관심과 활발한 참여가 없다면, 유튜브 알고리즘상에서 채널의 활성도가 낮게 평가될 위험이 있다.

따라서, 채널을 성공적으로 활성화하고자 한다면, 목표 오디언스를 명확히 설정하고, 그들의 관심사에 맞는 고품질 콘텐츠 제작에 주력해야 한다. 콘텐츠의 질 개선, SEO 최적화를 통한 검색성 향상, 소셜 미디어 등 다양한 플랫폼에서의 적극적인 마케팅 전략이 중요하다. 또한, 시청자와의 지속적인 소통을 통해 신뢰를 구축하고 커뮤니티를 활성화하는 노력은 채널에 장기적 가치를 부여하고 성장을 촉진한다. 이러한 전략적 접근이 바로 성공적인 유튜브 채널 운영의 핵심이다.

유튜브 성공에 필요한 압박감과 부담감

유튜브 채널 운영 과정에서 외부의 기대는 크리에이터에게 상당한 부담을 안겨줄 수 있다. "조회수가 왜 이렇게 낮지?"와 같은 친구나 가족의 질문이 창작의 순수한 즐거움을 해치고 스트레스를 유발할 수 있다.

1. 예시

크리에이터 A가 자신의 요리 채널을 가족에게 소개했을 때, 초기의 격려와 지지는 곧 "더 많은 구독자를 얻기 위해 무엇을 하고 있니?"와 같은 질문으로 바뀌었다. 이러한 질문들은 A에게 단순히 추가적인 스트레스를 제공하는 것을 넘어, 창작의 열정을 성과 중심의 행동으로 전환시켰다. 비정상적인 댓글 작업과 무분별한 구독 유도는 채널의 신뢰성을 저하시키고, 궁극적으로 채널 성장을 방해하는 결과를 초래했다. 초기 단계에서 받은 비판적이거나 부정적인 반응은 크리에이터의 자신감에 타격을 주고, 창작 활동에 부정적인 영향을 미칠 수 있다.

유튜브 콘텐츠 크리에이터로서의 독립성과 자율성은 창작 과정의 핵심이다. 크리에이터가 자신의 창작력을 유지하고 독특한 목소리와 스타일을 발전시키는 것은 외부의 기대와 의견으로부터 자유로움을 전제로 한다. 이는 특히, 가까운 지인들의 압박과 기대가 창작 과정에 과도하게 개입하는 상황에서 더욱 중요하다. 주변의 의견에 지나치게 순응하여 콘텐츠를 제작할 경우, 크리에이터는 자신의 예술적, 창의적 비전을 상실하고, 결과적으로 자신의 창작성과 독창성을 훼손할 위험이 있다. 크리에이터로서의 독립성은 창작 활동에 대한 완전한 통제를 의미하며, 이는 크리에이터가 자신의 예술적 비전을 충실히 반영한 콘텐츠를 제작하고, 창작 과정에서 자유롭게 탐색하고 실험할 수 있는 공간을 마련해 준다. 자율성은 크리에이터가 외부의 압박이나 제한 없이 결정을 내리고 자신의 콘텐츠 및 채널의 방향성을 정할 수 있게 해주므로, 주변으로부터의 피드백을 어느 정도 수용할지는 신중히 고려해야 한다.

2. 구체적인 예시

크리에이터 D는 독창적인 시각과 방식으로 예술적 단편 영화 제작에 집중하고 있었다. 그러나 가족의 강한 의견과 기대에 점차 영향을 받으며, D는 자신이 처음 추구하던 예술적 비전과 점점 멀어졌다. 가족이 선호하는 스타일로 콘텐츠를 제작하려 시도하면서, D는 창작 활동에 대한 열정과 만족도가 감소함을 느꼈다. 이 경험은 D에게 자신의 창작성과 독립성을 보호하고 유지하는 것이 얼마나 중요한지를 깨우쳐 주었다.

독립성과 자율성

주변 지인들의 애정 어린 간섭은 인간관계와 사회 생활에서 자연스러운 현상이다. 우리 주변의 누군가는 항상 우리의 성공을 바라며 조언을 건넬 것이다. 그러나 이러한 간섭이

때로는 창작 과정에 부정적인 영향을 미칠 수 있다. 인간은 본능적으로 자신의 신념이 흔들릴 때 타인의 의견에 쉽게 영향을 받는다. 모든 유튜버는 자신의 영상에 100% 만족하지 못하며, 항상 더 나은 효과, 편집기법, 기획을 할 수 있었다고 생각한다. 이러한 생각은 일상적이지만, 주변 지인이 이전 영상의 아쉬운 점을 지적할 때, 크리에이터의 독창성이 위협받을 수 있다. 유튜브를 지속적으로 운영하는 과정에서 이러한 상황은 반복될 수 있으며, 이 사이에서 균형을 찾는 것이 중요하다. 따라서, 크리에이터의 독립성과 자율성을 유지하는 것은 창작 활동에서 개인적인 만족과 성취를 위해 필수적이다. 외부의 기대와 의견이 창작 과정에 과도하게 개입하는 것을 방지하는 것은 크리에이터의 창작성에 중요하다. 크리에이터는 자신의 예술적 비전과 창작성에 충실하며, 외부의 압박이나 기대에 흔들리지 않는 내적 강인함을 발전시켜야 한다.

예시

크리에이터 B는 신설된 여행 채널을 친구들과 공유했다. 대부분은 긍정적인 반응을 보였으나, 일부는 "영상이 지나치게 길고 지루하다"고 비판했다. 신규 유튜버에게 주변 지인들로부터의 이런 부정적인 피드백은 예상되는 일이다. 아직 영상 제작의 전문가가 아니기 때문이다. 그러나 B가 이러한 피드백에 지나치게 몰두한다면, 창작 활동을 이어가는 데 필요한 자신감을 잃어버릴 위험이 있다. 유튜브 채널이 발전해 가는 과정은 유튜버의 마인드셋이 형성되는 과정과도 동일하다. 따라서, 유튜브 초보자에게 주변인들의 과도한 관심과 피드백은 부담으로 작용할 수 있다.

반드시 알아야 할 개인 정보 노출 범위

유튜브 채널을 운영하면서 개인정보 보호는 주의 깊게 고려해야 할 중대한 사항이다. 일상, 생각, 경험을 공유하는 것은 시청자와의 연결고리를 강화하고 커뮤니티를 구축하는 데 필수적이지만, 이는 동시에 프라이버시 침해와 안전 문제로 이어질 수 있는 민감한 정보의 노출 위험을 내포한다. 집 주소, 전화번호, 가족 정보 등 개인적인 정보가 실수로 공개될 경우, 스토킹, 사이버 괴롭힘, 신원 도용 등 다양한 위험에 직면할 수 있다. 따라서 콘텐츠 제작 시 개인 정보 보호에 최선을 다하고, 공개 전 해당 콘텐츠가 프라이버시를 침해할 수 있는 요소를 신중히 검토하는 것이 중요하다. 또한, 콘텐츠에 포함된 정보가 장기적으로 미칠 영향을 고려하여 필요한 경우 보호 조치를 취해야 한다. 예방적인 목적으로 개인 정보 보호를 위한 명확한 지침을 설정하고, 시청자들에게도 이의 중요성을 강조하여 적절한 경계를 유지하는 것은 유튜브 채널의 안전하고 성공적인 운영을 위해 필수적이다.

예시: 크리에이터 C의 경우

크리에이터 C의 경험은 유튜브 채널 운영 중 개인 정보 노출의 위험성과 그로 인한 부정적 결과를 잘 드러내는 사례이다. C가 일상과 개인 경험을 공유하는 과정에서 처음에는 제한된 대상에게만 공개될 것으로 예상했던 브이로그가 점차 넓은 대중에게 전파되었다. 특히, 개인적 과거 경험을 솔직히 다룬 콘텐츠는 C에게 의도치 않은 주목을 끌었고, 이는 불편한 주목과 질문으로 이어졌다. 이 사례는 개인 정보와 경험 공유 시 발생할 수 있는 뜻밖의 결과를 강조하며, 유튜브 채널을 운영한 크리에이터가 콘텐츠 공개 전 신중한 고민을 해야 함을 상기시킨다.

따라서, 크리에이터는 프라이버시 보호와 불필요한 주목으로부터 자신을 보호하기 위해 콘텐츠에 포함될 정보와 공개 범위를 신중하게 결정해야 한다. 콘텐츠 공유가 장기적으로 미칠 영향을 고려해 관련된 정보의 공개 수준에 명확한 기준을 설정하는 것이 중요하다. 이러한 접근을 통해 크리에이터는 채널을 안전하게 관리하며 시청자와의 긍정적인 관계를 유지할 수 있다.

개인 정보 노출의 결과

유튜버와 같은 인플루언서의 개인정보 노출은 다양한 경로를 통해 발생할 수 있으며, 이로 인한 결과는 심각한 개인적 및 직업적 피해로 이어질 수 있다. 다음은 이것에 대한 몇 가지 사례이다.

주소 및 전화번호 노출 팬 또는 악의적인 개인이 유튜버나 인플루언서의 개인 주소나 전화번호를 찾아 공개할 경우, 불청객의 방문, 스토킹, 협박 전화가 발생할 위험이 있다.

해킹을 통한 개인정보 유출 사이버 공격자가 이메일이나 소셜 미디어 계정을 해킹해 개인 메시지, 사진, 금융 정보 등을 도용하고, 이를 온라인에 유포하여 명예 훼손, 금융적 손실을 초래할 수 있다.

실수로 개인정보 공개 유튜버나 인플루언서가 실수로 생방송 중 개인정보가 담긴 문서를 보여주거나, 배경에 개인정보가 포함된 물건이 보이도록 하는 경우가 있다.

가족 정보의 무분별한 공유 가족 구성원에 대한 정보를 공유하다가 실수로 가족의 개인정보를 노출시키는 일이 발생할 수 있다. 이는 가족 구성원에게도 스토킹이나 협박의 위험을 초래할 수 있다.

도메인 등록 정보를 통한 노출 웹사이트를 운영하는 유튜버나 인플루언서가 도메인 등록 시 제공한 개인 연락처 정보가 WHOIS 데이터베이스를 통해 공개될 수 있다.

공개 행사 중 개인정보 유출 공개 행사나 팬 미팅 시 업체 관계자에게 신분증을 제시하며 개인정보가 노출되는 경우도 있다.

이 사례들은 유튜버 및 인플루언서가 개인 정보 보호에 있어 얼마나 주의를 기울여야 하는지를 잘 보여준다. 개인정보 보호를 위한 조치로는 강력한 비밀번호 설정, 이중 인증

활성화, 개인 정보를 담은 콘텐츠의 신중한 공유, 법적 보호 조치 등이 포함된다.

공개된 개인 이야기는 다양한 반응을 유발할 수 있다. 일부 시청자는 지지와 공감을 표할 수 있지만, 다른 이들은 비판적 또는 부정적인 반응을 보낼 수 있다. 이러한 반응은 크리에이터의 정신 건강에 해로울 뿐만 아니라 온라인 안전에도 위협이 될 수 있다. 이미 수많은 사례에서 볼 수 있듯, 개인 정보의 과도한 공개는 온라인에서의 안전 문제로 이어질 수 있다. 그렇기 때문에 크리에이터는 콘텐츠 제작 및 업로드 전에 공유할 개인 정보를 신중히 고려해야 한다. 민감한 정보는 가능한 한 공유를 자제하고, 유튜브와 같은 플랫폼에서 제공하는 프라이버시 설정을 활용하여 콘텐츠 공유 범위를 관리하는 것이 바람직하다.

성장을 위한 도전의 중요성

유튜브 크리에이터로서의 성장과 진화는 도전적인 콘텐츠를 시도하고 실패로부터 배워 나가는 과정을 통해 달성된다. 안정적인 환경에서 활동하는 것은 편안함을 제공하지만, 새로운 기회를 탐색하고 자신의 한계를 넓히는 데 필요한 도전을 피하는 결과를 낳을 수 있다. 따라서, 크리에이터가 진정으로 성장하고자 한다면, 불확실성을 수용하고 실패를 두려워하지 않으며, 학습 과정을 소중히 여기는 것이 필수적이다. 이러한 도전은 크리에이터에게 콘텐츠와 채널을 지속적으로 개선하고 새로운 관점과 아이디어를 탐구할 수 있는 동기를 부여한다. 이 과정에서 실패는 성장을 촉진하는 필수 요소로, 채널을 성공적으로 성장시키는 데 있어 불가피한 부분으로 받아들여야 한다.

예시: 크리에이터 E의 도전

크리에이터 E는 과학 실험을 중심으로 한 유튜브 채널을 운영하며, 다양한 실험을 통해 과학적 원리를 탐구해 왔다. 초기에는 오직 성공적인 실험 결과만을 공유했으나, 점차 실패한 실험의 과정과 그로부터 얻은 교훈을 나누기 시작했다. 이러한 변화는 시청자들로부터 신선한 반응을 이끌어냈다. 특히, 한 실험에서 예상과 달리 진행되지 않은 반응을 세밀하게 공유하자, 시청자들은 실패를 통한 학습 과정에 큰 관심을 보였다. 이 과정은 E에게 실패의 가치와 실험적 접근의 중요성을 깨닫게 하며, 채널 커뮤니티의 결속력을 강화시켰다. E의 접근 방식은 크리에이터가 자신의 한계를 초월하여 새로운 아이디어와 방법을 탐색하고, 창의적이며 혁신적인 콘텐츠를 생성하는 데 있어 하나의 방법으로 자리 잡았다.

▶ 자신의 채널과 유사한 상위 5개 채널 벤치마킹하기

벤치마킹은 유튜브 채널 운영에 있어, 필수적인 전략적 도구로 자리매김한다. 이는 경쟁 채널의 성공 요인을 분석하고, 그 통찰을 자신의 채널에 적용함으로써, 성능을 극대화하는 과정을 포함한다. 이 과정을 통해, 다양한 콘텐츠 제작 전략, 시청자와의 효과적인 소통 방식, 새로운 비주얼 스타일 시도, 마케팅 전략의 다변화 등을 발견하고 채널의 가시성을 향상시킬 수 있다.

유튜브 크리에이터로서, 성공적인 채널들을 벤치마킹하면 그들의 전략을 이해하고, 이를 통해 자신의 채널에 맞는 독창적이고 차별화된 콘텐츠를 제작함으로써, 시청자와 더 깊은 연결을 구축하는 방법을 학습할 수 있다. 유튜브에서 벤치마킹의 중요성은 채널의 지속적인 성장과 발전을 위한 핵심 요소로 간주된다.

벤치마킹을 반드시 해야하는 이유

벤치마킹의 중요성은 유튜브 크리에이터가 경쟁자의 성공과 실패를 분석하여 자신의 전략을 강화하는 데에 있다. 이 과정을 통해, 크리에이터는 경쟁 채널의 강점을 이해하고, 이를 자신의 콘텐츠 전략에 통합함으로써 경쟁 우위를 확보할 수 있다. 예를 들어, 높은 조회수를 기록하는 경쟁 채널의 전략을 분석하고, 그 핵심 요소를 자신의 채널에 적용함으로써, 시청자의 관심을 증대시킬 수 있다.

벤치마킹은 경쟁자의 단순한 모방을 넘어서, 시장 내에서 자신의 위치를 명확히 하고, 자신만의 독특한 전략을 수립하는 과정을 포함한다. 특히, 유튜브 채널 운영에서는 이를 통해 크리에이터가 지속적으로 자신의 콘텐츠를 개선하고, 시청자의 기대에 부응하는 새로운 콘텐츠를 개발할 수 있다. 이 과정에서 크리에이터는 창의성을 발휘하여 경쟁자들의 성공 요인을 자신의 채널에 맞게 조정하고, 차별화된 콘텐츠를 제작해야 한다.

1. 강점과 약점 파악

강점 분석 경쟁 채널이 높은 조회수나 참여도를 얻는 이유를 분석한다. 이는 콘텐츠의 품질, 주제의 선택, 비주얼과 편집의 우수성, 효과적인 마케팅 전략 등 다양한 요소가 될 수 있다.

약점 식별 동시에, 경쟁 채널의 약점 또한 식별한다. 이는 콘텐츠의 일관성 부족, 시청자와의 소통 미흡, 미흡한 비주얼 디자인 등이 될 수 있다.

2. 성공 요인의 적용

콘텐츠 전략 개선 경쟁 채널들의 성공적인 콘텐츠 전략을 자신의 채널에 적용함으로써, 특정 주제나 포맷이 시청자에게 긍정적 반응을 이끌어낸다면, 이를 기반으로 유사한 주제나 포맷을 탐구 및 자신만의 창의적인 요소를 가미할 수 있다.

시각적 요소와 편집 기술 향상 경쟁 채널의 비주얼과 편집 능력을 분석하여, 이를 바탕으로 자신의 콘텐츠 제작 능력을 높인다. 시각적 매력은 콘텐츠의 참여도 증가에 큰 영향을 미친다.

시청자 참여 촉진 경쟁 채널이 시청자와 어떻게 소통하고 참여를 유도하는지 분석함으로써, 코멘트 응답, 시청자 의견 반영, 커뮤니티 탭 활용 등을 통해 시청자와의 관계를 강화한다.

마케팅 전략 다변화 경쟁 채널의 마케팅 전략을 분석하고, 소셜 미디어, 이메일 마케팅, 파트너십 등 다양한 방법을 통해 자신의 채널을 효과적으로 홍보한다.

벤치마킹은 유튜브 채널의 경쟁력 강화와 지속적인 성장에 있어 핵심적인 전략이다. 크리에이터는 경쟁 채널들의 성공 요인을 분석하여, 그들의 강점과 약점을 파악함으로써 자신의 채널을 지속적으로 개선하고 최적화하는 데 필요한 인사이트를 얻는다. 이 과정을 통해, 크리에이터는 다른 채널들의 모범 사례를 자신의 채널에 적용하여 콘텐츠의 질, 시청자 참여, 채널 성장 등의 성과를 개선할 수 있는 기회를 확보한다. 이렇듯 벤치마킹을 통한 전략적 접근은 크리에이터가 자신의 채널을 발전시키고, 시청자들의 변화하는 요구에 능동적으로 대응할 수 있게 한다.

콘텐츠 품질 개선

콘텐츠 품질은 유튜브 채널 성공의 핵심 요소로 꼽힌다. 대부분의 크리에이터가 독립적으로 채널을 운영하며, 주변과의 비교 없이 성장이 더디게 느껴질 수 있다는 점은 인정된다. 그러나 벤치마킹을 통해 크리에이터는 콘텐츠 품질을 다음 방식으로 향상시킬 수 있다.

비주얼 및 편집 최적화 성공한 채널의 비주얼과 편집 스킬을 분석하여, 고급 장면 전환, 우수한 그래픽, 명료한 오디오 등을 자신의 영상에 적용해 전체적인 품질을 높인다.

스토리텔링 강화 강력한 스토리텔링은 시청자의 관심을 사로잡는 핵심이다. 성공 채널의 스토리 구성과 전달 방식을 학습해 자신의 콘텐츠에 적용, 독창적인 채널 콘셉트를 구축한다.

인터랙티브 콘텐츠 활용 퀴즈, 투표, 댓글 질문 등을 통해 시청자 참여를 유도한다. 성공 채널의 인터랙티브 콘텐츠를 분석하고, 자신의 채널에서 새로운 아이디어를 시도한다.

콘텐츠 다양화 다양한 콘텐츠 제공으로 여러 관심사를 가진 시청자를 끌어들인다. 성공 채널의 콘텐츠 다양화 방식을 분석하고, 이를 자신의 채널에 적용한다.

SEO 최적화 키워드 연구와 최적화 전략을 적용해 콘텐츠와 채널을 검색 엔진에 최적화한다. 이는 콘텐츠의 검색 순위를 높여 새로운 시청자 유치에 도움이 된다.

"모방은 창조의 어머니"라는 말이 있다. 독립적으로 모든 것을 해내야 하는 초보 유튜버들에게, 자신이 모르는 새로운 시도는 결코 쉬운 일이 아니다. 더욱이, 새로 시도하는 것이 올바른지 판단하기 어려운 기준의 모호함에 직면해 있다. 모든 사람이 그렇듯, 미지의 영역에 첫 발을 내딛는 것은 조심스럽고, 주변을 살피게 된다. 그러나 누군가 이미 내가 걷고자 하는 길을 걸었다면, 그 사람의 발자국을 따라가기만 하면 된다. 그럼에도 불구하고, 오직 타인의 흔적만을 추적한다면 항상 뒤처질 수밖에 없다. 따라서 타인의 길을 따르되, 자신만의 차별화된 새로움을 조금씩 추가한다면, 이 역시 누군가에게는 새로운 길이 될 것이다.

벤치마킹해야 하는 장점 요약

벤치마킹은 경쟁력을 확보하고 성과를 향상시키는 핵심 전략으로 경쟁자의 장단점을 파악하고 성공 요인을 자신의 채널에 적용함으로써 경쟁 우위를 확보할 수 있다. 이 과정을 통해 새로운 아이디어를 도출하고, 최신 시장 동향을 파악하여 지속적인 성장을 촉진하며, 시청자 만족도를 높일 수 있으며, 매출 증대에 기여할 수 있다.

1. 경쟁력 확보

벤치마킹은 경쟁자의 장단점을 파악하는 데 중요하다. 다른 채널의 성공 요인을 분석하여 자신의 채널에 적용함으로써, 경쟁 우위를 확보할 수 있다. 유사 콘텐츠를 제공하는 경쟁자의 채널이 높은 조회수를 달성했다면, 그들의 전략을 분석하고 적용한다.

2. 성과 향상

벤치마킹을 통해 채널의 성과를 꾸준히 개선할 수 있다. 성공적인 채널의 사례를 분석하여 모범 사례를 채택함으로써, 채널의 효율성을 높일 수 있다. 높은 시청률을 기록한 콘텐츠의 특성을 파악하고 유사한 콘텐츠를 제작한다.

3. 새로운 아이디어 도출

벤치마킹은 창의적인 아이디어를 얻는 데 유용하다. 다른 채널의 창의적인 콘텐츠와 마케팅 전략을 분석하고, 이를 참고하여 자신의 채널에 새로운 아이디어를 도입한다. 유명 유튜버의 콘텐츠 스타일을 분석하여 자신만의 독창적인 접근을 개발한다.

4. 시장 동향 파악

벤치마킹을 통해 최신 시장 동향을 파악할 수 있다. 다른 채널의 트렌드를 분석하고, 이를 반영하여 자신의 채널을 업데이트한다. 인기 있는 주제의 콘텐츠를 분석하여 시장 동향을 이해하고 채널을 조정한다.

5. 지속적인 성장

벤치마킹은 지속적인 성장을 촉진한다. 다른 채널의 성공 전략을 분석하고 적용하여 자신의 채널을 발전시키며, 지속적으로 성장을 도모한다. 높은 매출을 달성한 채널의 수익 모델을 분석하여 자신의 채널 전략에 통합한다.

6. 시청자 만족도 향상

벤치마킹은 시청자 만족도를 높이는 데 기여한다. 다른 채널의 서비스와 콘텐츠 품질을 분석하여, 이를 바탕으로 자신의 채널의 품질을 개선한다. 시청자가 선호하는 콘텐츠 유형을 파악하여 맞춤형 콘텐츠를 제공한다.

7. 혁신과 변화

벤치마킹은 혁신적인 변화를 이끈다. 다른 채널의 혁신적 아이디어와 전략을 분석하고, 이를 참고하여 자신의 채널에 새로운 변화를 도입한다. 새로운 콘텐츠 포맷을 실험하여 시청자 반응을 탐색한다.

8. 효율적인 의사 결정

벤치마킹을 통해 효율적인 의사 결정을 할 수 있다. 다른 채널들의 데이터와 결과를 분석하고 이를 기반으로 자신의 채널에 대한 전략을 수립할 수 있으며, 경쟁자의 데이터를 분석하여 자신의 채널의 성과를 평가하고 개선할 수 있다.

9. 지속적인 학습과 성장

벤치마킹을 통해 지속적인 학습과 성장을 이룰 수 있다. 다른 채널들의 성공 사례를 분석하고, 이를 참고하여 자신의 채널을 발전시킴으로써, 지속적인 학습과 성장을 이룰 수 있으며, 새로운 트렌드나 기술을 습득하여 자신의 채널에 적용할 수 있다.

이처럼 유튜브에서 벤치마킹은 채널의 성과를 향상시키고 지속적인 성장을 이루는 데 중요한 전략적 도구로 활용된다. 크리에이터는 다양한 채널들을 분석하고 모범 사례를 도입하여 자신의 채널을 발전시키는 데 주의를 기울여야 하고, 기존과는 다른 생각을 접목시켜 창의적인 콘텐츠를 제작하는 데 더 노력한다면 처음에는 따라가는 채널이었지만 어느새 시장을 선도하는 채널로 거듭날 수 있다.

▶ 자신의 유튜브 채널을 소문난 맛집으로 만들기

유튜브 채널이 명확한 정체성을 갖추지 못했을 때, 여러 문제가 발생한다. 해당 채널은 구체적인 목표나 대상 시청자가 부재하여 일관성과 차별화에 어려움을 겪게 된다. 이는 시청자가 채널의 콘텐츠를 예측하기 어렵게 만들며, 장기적인 구독자나 높은 관심도를 지닌 팬 베이스 구축에 지장을 준다. 더불어, 유튜브 알고리즘이 일관된 주제나 스타일의 콘텐츠를 선호하는 경향이 있기에, 정체성이 명확하지 않은 채널은 검색 결과나 추천 시스템에서 불리한 위치에 놓이게 된다. 따라서, 채널의 성공을 위해서는 명확한 정체성과 전략적인 콘텐츠 기획이 필수적이다.

구독자들을 유지시키는 것은 크리에이터에게 중요한 과제이다. 채널이 명확한 주제나 콘텐츠의 정체성을 확립하지 않으면, 구독자는 그 채널에 구독할 이유를 찾지 못한다. 이는 구독자들이 특정한 관심사나 필요에 의해 채널을 구독하고, 일관되지 않은 콘텐츠에 대해서는 지속적인 관심을 유지하기 어렵기 때문이다. 구독자 수가 많다는 것은 안정적인 시청자 기반을 의미하며, 이는 광고 수익, 브랜드 파트너십 기회, 커뮤니티 구축 등 다양한 이점을 가져온다. 그러므로 구독자를 유지하고 늘리기 위한 전략은 다음과 같이 모든 유튜브 크리에이터가 고민해야 할 숙제이다.

정체성이 없는 채널의 문제

유튜브 채널의 성공은 올바른 타겟 시청자 설정과 이들의 요구와 기대에 부합하는 콘텐츠 제공에 달려 있다. 타겟 시청자를 정밀하게 분석함으로써, 제작자는 메시지 전달, 콘텐츠 최적화, 마케팅 전략을 보다 효과적으로 구사할 수 있다. 타겟 시청자의 중요성은 유튜브 채널 성공의 핵심으로 자주 제기되는 것들이며, 이러한 것들을 해결하기 위해서는 다음과 같은 문제들은 해결해야 한다.

1. 구독자 유지의 어려움

유튜브 채널이 특정한 주제나 콘텐츠의 정체성을 확립하지 못하면, 구독자들이 지속적인 관심을 유지하기 어려워진다는 점은 진리와 같다. 자동차에 관심 있는 시청자를 예로 들어 보자. 만약 해당 채널이 자동차와 무관한 브이로그나 ASMR 같은 콘텐츠를 지속적으로 업로드한다면, 필자는 그 채널을 구독하지 않을 것이다. 구독자들은 보통 특정 주제에 대한 관심으로 채널을 구독하기 때문에, 정체성이 명확하지 않은 채널은 구독자 유지에 어려움을 겪게 된다.

일관성 부족 유튜브 채널이 특정 주제나 스타일에 일관성을 보이지 않을 경우, 구독자들은 채널의 다음 콘텐츠를 예측하기 어렵다. 이러한 불확실성은 구독자의 기대와 채널이 제공하는 콘텐츠 사이의 괴리를 초래하며, 결국 구독 취소로 이어질 수 있다.

시청자의 신뢰 손실 시청자들은 자신의 관심사에 부합하는 콘텐츠를 제공하는 채널에 대해 신뢰를 형성한다. 그러나 채널이 일관된 주제나 스타일을 유지하지 못할 경우, 이러한 신뢰는 손상될 위험이 있다.

2. 타겟 오디언스의 혼란

채널이 다양한 주제나 콘텐츠를 다룰 때, 타겟 시청자들은 혼란을 겪을 수 있다. 이러한 다양성을 긍정적으로 해석할 여지는 있으나, 대부분의 타겟 오디언스는 특정 주제에 대한 관심을 가진 그룹이다. 따라서, 일관성 없는 콘텐츠를 제공하는 채널은 타겟 오디언스를 명확히 파악하거나 타겟팅하기 어려워질 수 있다.

3. SEO의 혼란

유튜브에서 검색 엔진 최적화(SEO)는 콘텐츠가 검색 결과에서 상위에 랭크되어 더 많은 시청자에게 도달하게 하는 핵심 전략이다. 채널의 정체성이 불분명할 경우, 콘텐츠의 키워드와 타겟팅이 모호해 지며, 이는 검색 결과에서의 노출 기회 손실로 이어질 수 있다. 이러한 손실은 채널 성장에 있어 중대한 장애가 될 수 있다. SEO는 콘텐츠가 특정 키워드나 문구 검색에서 얼마나 잘 노출되는지를 결정짓는 요인으로, 채널의 가시성과 접근성을 높인다. 이는 신규 구독자 유치와 콘텐츠 시청률 증가로 직결되므로, 채널의 정체성과 연계된 키워드를 효과적으로 활용하는 것은 성공적인 유튜브 채널 관리의 근간을 이룬다.

4. 정체성이 없는 채널의 SEO 최적화 어려움

유튜브 채널이 특정 주제에 집중하지 않을 때, 키워드 일관성 부족과 타겟 오디언스의 모호성으로 인해 검색 결과 노출과 채널 가시성이 저하되며, 다음과 같이 콘텐츠 최적화에 어려움을 겪게 된다.

키워드 일관성 부족 특정 주제나 분야에 집중하지 않는 유튜브 채널은 관련 키워드를 일관되게 사용하는 데 어려움을 겪는다. 이는 콘텐츠의 검색 결과 노출에 부정적 영향을 끼치며, 채널의 가시성을 저하시킨다.

타겟 오디언스 모호성 정체성이 불분명한 채널은 타겟 오디언스를 명확히 정의하기 어렵다. 이는 콘텐츠의 키워드 선택과 SEO 전략의 복잡성을 증가시키며, 효율적인 타겟팅을 방해한다.

콘텐츠 최적화 어려움 채널의 정체성과 일치하는 키워드와 문구를 활용하여 콘텐츠를 최적화하는 과정에 난항을 겪는다. 적절한 제목, 설명, 태그 등 SEO의 핵심 요소들을 최적화하지 못할 경우, 검색 엔진에서의 콘텐츠 가시성이 감소한다.

유튜브에서의 성공은 단순히 좋은 콘텐츠를 제작하는 것 이상을 요구하고 있다. 채널의 정체성을 명확히 하고, 이를 바탕으로 한 SEO 전략을 수립하고 실행하는 것이 중요한데, 여기에는 콘텐츠의 키워드 최적화, 타겟 오디언스의 명확한 정의, 그리고 콘텐츠의 일관성과 품질 유지로 이어지며, 이는 채널의 가시성을 높이고, 장기적인 성장과 성공을 달성하는 데 필수적인 요소이다.

5. 요약 정체성이 없는 채널의 문제점

정체성이 불분명한 유튜브 채널은 광고주와 협찬 업체로 하여금 채널의 콘텐츠와 브랜드 이미지와의 연계성을 파악하기 어렵게 만든다. 이는 협력을 주저하게 하는 주된 이유이며, 결과적으로 채널의 수익화 능력에 부정적인 영향을 미칠 수 있다. 명확한 정체성이 결여된 채널은 타겟 오디언스를 정의하는 데 있어 어려움을 겪으며, 유튜브 알고리즘이 적합한 광고를 매칭하는 데 혼란을 초래할 수 있다. 이는 궁극적으로 광고 조회수 감소와 수익 저하로 이어진다. 따라서, 광고주와 협찬 업체는 타겟 오디언스가 명확하게 정의된 채널과의 협업을 선호한다.

유튜브 채널의 광고 및 협찬 기회는 채널의 정체성과 브랜드 메시지의 명확성에 직접적으로 의존한다. 채널이 명확한 정체성을 가지고 일관된 콘텐츠를 제공함으로써, 광고주와 협찬 업체에게 자신의 채널이 제공하는 가치와 타겟 오디언스의 분명함을 전달할 수 있다. 이는 채널의 수익 창출 능력을 강화하고 장기적인 성공의 기반을 마련한다.

브랜드 형성의 중요성

유튜브 채널의 브랜드 형성은 장기적 성공에 결정적인 역할을 한다. 일관성 없는 콘텐츠 제공은 효과적인 브랜드 형성을 방해하고, 채널의 정체성과 브랜드 메시지 전달에 혼란을 초래할 수 있다. 강력한 브랜드 형성은 시청자에게 채널이 대표하는 바와 제공하는 가치를 명확히 전달하는 것을 목표로 한다. 일관된 콘텐츠 전략과 명확한 브랜드 메시지 없이는 시청자의 마음속에 채널을 각인시키고, 신뢰 및 참여도를 구축하기 어렵다. 반면, 강력한 브랜드는 시청자가 채널의 콘텐츠를 쉽게 인식하게 하고, 긍정적인 이미지 형성에 기여한다. 브랜드는 채널의 독특한 가치 제안을 전달하고, 시청자에게 어떤 문제를 해결하거나 어떤 이점을 제공하는지 명확히 알릴 수 있다.

일관성 없는 콘텐츠가 브랜드 형성에 미치는 영향

브랜드 인식의 부족으로 인해 채널이 일관된 주제나 스타일 없이 다양한 종류의 콘텐츠를 제공할 경우, 시청자들은 채널이 무엇을 대표하는지 이해하기 어려울 수 있다. 이는 채널에 대한 명확한 브랜드 인식의 부재와 관심도 결여로 이어진다.

유튜브 채널의 브랜드 구축은 장기적 성공의 핵심이다. 일관되지 않은 콘텐츠 전략은 효과적인 브랜딩을 방해하며, 채널의 정체성과 브랜드 메시지에 혼란을 야기할 수 있다. 강력한 브랜드는 특정 가치와 메시지를 일관되게 전달하여, 시청자와의 감정적 연결을 강화하고 참여도를 높인다. 반면, 콘텐츠의 일관성 부재는 채널의 성장을 저해할 수 있다.

성공적인 브랜드 형성은 일관된 콘텐츠 전략과 명확한 브랜드 메시지에 의존한다. 채널의 정체성을 분명히 하고, 모든 콘텐츠 제작 및 마케팅 활동에 이를 반영함으로써, 채널은 강력한 브랜드를 구축하고 시청자의 지속적인 관심 및 충성도를 확보할 수 있다.

광고 및 협찬 기회의 중요성

유튜브 채널 운영에서 광고와 협찬은 주요 수익원이다. 하지만 채널의 정체성이 불분명할 때, 광고주와 협찬사는 채널의 콘텐츠와 브랜드 메시지를 이해하기 어려워하여 광고와 협찬 기회의 감소로 연결될 수 있다. 이런 상황은 채널의 수익성에 중대한 영향을 끼치며, 장기적인 채널 성장에도 걸림돌이 될 수 있다. 유튜브에서 광고는 영상 시청 중 표시되어 직접적인 수익을 창출하는 반면, 협찬은 특정 브랜드의 제품이나 서비스를 콘텐츠에 통합해 추가 수익을 얻는 기회를 제공한다. 이러한 기회를 최대한 활용하려면 채널이 명확한 정체성과 일관된 메시지를 유지해야 한다.

▶ 성공하려면 상승 중인 트래픽에 올라타라

유튜브에서 영상 업로드 시 트래픽의 중요성은 몇 가지 핵심 요소로 요약될 수 있는데, 첫째, 트래픽은 영상의 가시성과 도달 범위를 결정짓는다. 높은 트래픽은 광범위한 시청자와의 상호작용을 의미하며, 조회수, 좋아요, 댓글 증가로 연결된다. 둘째, 유튜브 알고리즘은 인기 콘텐츠를 우선적으로 추천하기 때문에, 트래픽이 많은 콘텐츠는 추천 시스템에서 유리한 위치를 얻는다. 셋째, 트래픽은 광고 수익과 직결되어, 더 많은 트래픽은 더 높은 광고 노출과 수익을 의미한다. 넷째, 트래픽은 브랜드 인지도와 온라인 영향력 증대에 중요한 역할을 한다. 이를 통해 트래픽 관리와 최적화가 유튜브 채널 성공의 필수적인 부분임을 알 수 있다.

콘텐츠 가시성 향상은 자신이 만든 영상이 잘 노출되는 모든 방법을 포함한다. 이는 광고주와 협찬사가 채널의 콘텐츠와 브랜드 이미지와 어떻게 연계될 수 있는지 이해하기 어려워 협업을 망설이는 주요 원인이 된다. 명확한 정체성을 가진 채널은 타겟 오디언스를 정의하기 용이하며, 이는 유튜브 알고리즘이 관련 광고를 적절히 매칭하는 데 도움을 준다. 결국, 채널의 수익성 향상과 장기적인 성공은 다음과 같은 요인을 기반으로 가능하게 된다.

1. SEO 최적화

유튜브에서 상위 랭크를 달성하기 위해서는 키워드 활용, 설명 작성, 태그 적용, 제목 구성의 최적화가 필수적이다. 이를 위해 타겟 키워드를 제목과 설명에 통합하고, 콘텐츠 연관성이 높은 태그를 사용함으로써 콘텐츠의 발견 가능성을 증대시켜야 한다. 이러한 전략은 콘텐츠의 가시성을 높이고 유튜브 내에서의 경쟁력을 강화하는 데 기여하며, 타겟 키워드의 적절한 배치는 검색 알고리즘에 긍정적인 신호를 보내, 관련 콘텐츠로의 연결 고리를 강화한다.

2. 썸네일 및 제목

시청자의 관심을 사로잡고 클릭을 유도하려면 매력적인 썸네일과 설득력 있는 제목이 필수적이다. 썸네일은 시각적 매력을 제공하며, 제목은 시청자의 흥미를 끌 수 있는 내용을 명확하게 전달하여 유튜브 콘텐츠의 첫인상을 결정짓고, 콘텐츠 선택에 결정적인 영향을 미친다.

3. 시청 시간 최적화

유튜브 알고리즘은 시청 시간을 핵심 지표로 삼는다. 그러므로 시청자가 동영상을 처음부터 끝까지 시청할 수 있는 매력적인 콘텐츠 제작이 중요하다. 시청 시간을 최적화하기 위해서는 콘텐츠 내에서 지속적으로 관심을 유발할 수 있는 요소들을 통합하는 것이 필수적이다.

4. 연관 콘텐츠 활용

연관 콘텐츠 제작은 시청자의 관심을 유도하고 유튜브 추천.시스템의 이점을 활용하는 효과적인 전략이다. 이 방법은 채널의 참여도를 증가시키며, 채널 내외부에서 시청자의 관심을 끌어모을 수 있다.

유튜브에서의 성공은 단순한 트래픽 증가를 넘어선다. 트래픽의 질, 시청자와의 상호작용, 콘텐츠의 지속적인 개선이 모두 중요하다. 콘텐츠 제작자는 창의적인 콘텐츠, 효과적인 마케팅 전략, 시청자 참여 방법을 포함한 다면적 전략을 수립해야 한다. 유튜브 채널 운영은 지속적인 학습 과정이며, 성공적인 관리는 시청자 니즈 이해와 이에 부응하는 콘텐츠 제공에서 시작된다. 이러한 전략을 통합하면 트래픽 증가, 시청자와의 관계 구축, 장기적인 성공을 달성할 수 있다. 지속 가능한 성장을 목표로 하는 것이 중요하며, 이는 지속적인 학습, 실험, 개선을 통해 달성된다. 이 과정에서 채널은 독특한 목소리를 찾고, 시청자와의 관계를 구축하며, 변화하는 디지털 미디어 환경에서 자리매김할 수 있다.

▶ 시청 지속 시간을 늘릴 수 있는 최고의 방법

유튜브 "시청 지속 시간"은 시청자가 영상을 얼마나 오래 보는지를 나타내는 지표로, 유튜브 알고리즘에서 중대한 역할을 한다. 영상을 처음부터 끝까지 시청하는 행위는 해당 콘텐츠의 품질과 참여도가 높음을 의미한다. "떡상" 영상이 되려면 시청 지속 시간이 길어야 한다는 점은 널리 알려져 있다. 시청 지속 시간을 증가시키기 위한 전략은 다음과 같다.

내 채널을 단번에 올려줄 스내치 포인트 활용

스내치 포인트(Snatch Point)는 유튜브 시청자가 영상을 떠나지 않도록 유지하는 결정적인 순간이나 요소를 가리킨다. "여러분, 그거 아세요?"와 같은 질문으로 시청자의 호기심을 자극하거나 예상치 못한 반전을 제공해 관심을 유지시키는 방법이 있다. 영상 초반부에 시청자의 흥미를 끌 요소를 배치해 뒤로 가기를 누를 만한 순간에도 계속해서 시청하도록 만드는 것이 중요하다. 이를 위해 영상 시작부터 규칙적인 간격으로 흥미로운 포인트를 배치하는 것이 효과적이다.

특정 콘텐츠 유형, 예를 들어 K-POP 뮤직 비디오나 영화, 드라마 리뷰는 자연스럽게 높은 시청률을 기록한다. 이런 콘텐츠에는 시청자가 자연스럽게 끝까지 시청하는 경향이 있다. 유튜브 분석 자료를 활용하여 3개월 동안 조회수와 평균 조회율이 높은 영상을 분석하고, 이를 통해 시청자가 기대하는 콘텐츠를 제작하는 것도 하나의 전략이다. 조회수와 평균 조회율이 모두 높은 영상은 시청자가 선호하는 우수한 콘텐츠임을 입증한다. 이러한 방법을 통해 유튜브에서 시청 지속 시간을 늘리는 것은 콘텐츠의 질, 시청자와의 상호작용, 그리고 창의적인 콘텐츠 제작 전략에 달려 있다. 유튜브에서 스내치 포인트를 활용하여 시청자의 주의를 끌고 시청 지속 시간을 높일 수 있는 구체적인 방법은 다음과 같다.

흥미로운 질문 또는 결과 보여주기 영상 시작 시 시청자의 궁금증을 자극하는 질문을 던지거나 놀라운 사실을 공유한다.

미리보기 클립 영상 중 가장 흥미로운 부분을 몇 초간 미리 보여주어 전체 내용에 대한 관심을 유도한다.

실시간 데모 또는 실험 특정 기술이나 제품 사용법, 실험을 실시간으로 보여주며 관심을 유지한다.

게스트 출연 유명 인사나 전문가를 초대해 새로운 관점이나 정보를 제공한다.

스토리텔링의 전환점 개인적 이야기나 사례를 공유하며, 시청자와 감정적으로 연결되는 순간을 창출한다.

질문 및 피드백 요청 영상 중간이나 끝에 시청자의 의견을 묻거나 댓글 참여를 유도한다.

퀴즈 또는 챌린지 시청자 참여를 위한 퀴즈나 챌린지를 제안해 상호작용을 증진한다.

비주얼 이펙트 갑작스러운 비주얼 변화나 독특한 그래픽을 통해 주의를 끈다.

사운드 이펙트와 음악 배경 음악 변경이나 특정 사운드 이펙트로 중요 부분을 강조한다.

요약 및 CTA 영상의 핵심 포인트를 요약하고, 구독 또는 다른 영상 시청을 유도하는 명확한 CTA를 제공한다.

영상의 시작 부분은 강렬한 인상을 주기 위해 흥미로운 질문을 던지거나 놀라운 사실을 공유하는 것이 매우 효과적이다. 또한, 영상 중 가장 주목할 만한 부분을 사전에 미리 보여주는 방식은 시청자의 관심을 즉각적으로 끌어당긴다. 이는 유튜브 영상의 시작을 위한 전략으로 매우 구체적으로 적용된다. 다음은 이에 대한 전략을 구체적으로 적용한 예시이다.

1. 기술 혁신 관련 영상

시작 질문 "여러분의 일상 속 모든 기기가 1초 안에 응답할 수 있다면, 생활은 어떻게 달라질까요?"

놀라운 사실 "현재 기술 발전 속도를 감안할 때, 우리는 5년 이내에 이러한 미래를 맞이할 가능성이 크다."

2. 역사 교육 영상

시작 질문 "과연 역사 속에서 가장 영향력 있는 발명품은 무엇일까요?"

놀라운 사실 "많은 이들이 인터넷이라고 생각할 수 있지만, 실제로는 19세기의 한 발명품이 현대 문명의 근간을 이루고 있다."

3. 건강 및 웰빙 관련 영상

시작 질문 "하루에 10분만 투자하여 건강을 크게 개선할 수 있는 방법이 있다면 어떻게 하시겠습니까?"

놀라운 사실 "최근 연구에 따르면, 단 10분의 명상이 스트레스 수준을 현저히 낮추고, 집중력을 높일 수 있다고 한다."

미리보기 클립 예시

다음과 같은 각 영상의 미리보기 클립 예시는 시청자의 호기심을 자극하며 더 많은 내용을 기대하게 만들 수 있다.

1. 모험 및 여행 영상

미리보기 클립 영상 시작에 알래스카의 광활한 설경을 탐험하는 모습을 보여주며, "이 영상에서는 알래스카의 숨겨진 보석을 찾아 떠나볼 것이다."

2. 요리 및 레시피 영상

미리보기 클립 최종 요리된 화려한 요리의 모습을 빠르게 보여주며, "이 요리의 비밀 재료와 만드는 방법을 알고 싶으신가요? 그렇다면 계속해서 시청해 주세요."

3. DIY 프로젝트 및 크래프트 영상

미리보기 클립 프로젝트의 완성품을 잠깐 보여주며, "이 멋진 작품을 집에서 어떻게 만드는지, 저와 함께 배워보세요."

이러한 접근법으로 영상을 시작하면 시청자의 호기심을 자극하고, 영상의 나머지 부분을 시청하도록 동기를 부여할 수 있다. 질문이나 놀라운 사실, 그리고 미리보기 클립은 시청자에게 기대할 내용을 명확히 하며, 즉각적으로 그들의 관심을 사로잡는다. 이 전략은 시청자가 영상의 처음 몇 초 동안 클릭 후에도 떠나지 않게 하는 데 결정적인 역할을 한다.

▶ 자신의 채널에 성공한 영상의 3대 요소 접목하기

유튜브 크리에이터 채널의 매력은 시청자에게 깊은 인상을 남기고, 장기적인 팬덤을 형성하는 강력한 힘을 가지고 있다. 이 매력은 크리에이터의 개성, 콘텐츠 주제, 그리고 영상 제작의 질이라는 세 가지 핵심 요소에서 기인한다.

크리에이터의 개성은 외모, 목소리, 말투, 재능 등 다양한 요소로 구성된다. 소통 능력과 유머 감각을 겸비한 크리에이터는 시청자와의 친밀감을 신속하게 구축한다. 독특한 능력이나 취미를 가진 크리에이터는 새로운 콘텐츠 영역을 창출하며, 그들의 노력과 성장 과정은 시청자의 공감과 응원을 받는다.

콘텐츠의 주제는 크리에이터가 전달하고자 하는 메시지와 직결되며, 시청자의 흥미를 끄는 중심이 된다. 창의적이고 독특한 주제는 시청자를 새로운 세계로 인도하며, 기대를 넘어서는 정보와 즐거움을 제공한다. 사회적 이슈나 최신 트렌드를 반영하는 주제는 시청자와의 활발한 소통을 가능하게 하고, 채널의 지속적인 성장을 촉진한다.

영상 제작의 질은 콘텐츠의 시각적 품질에 직결되며, 메시지 전달의 효과를 극대화한다. 고품질의 영상미는 시청자의 몰입을 높이고, 창의적인 편집, 적절한 배경 음악, 재치 있는 자막은 콘텐츠의 재미와 감동을 더한다. 실험적인 영상 스타일과 시각적 기법은 채널을 독특하게 만들어 시청자에게 강한 인상을 남긴다.

이러한 유튜브 채널의 3대 요소는 서로 보완하며, 크리에이터와 시청자 사이의 깊은 연결고리를 형성한다. 또한, 이러한 매력은 광고주에게도 큰 가치를 제공하며, 크리에이터의 독특한 특성을 통해 브랜드 메시지를 효과적으로 전달할 수 있다. 따라서, 유튜브 채널의 매력 극대화는 크리에이터, 시청자, 그리고 광고주 모두에게 중요하다.

1. 콘텐츠의 질

유튜브 채널의 성공은 콘텐츠의 질에 근간을 둔다. 질 높은 콘텐츠는 정부 제공, 교육, 엔터테인먼트, 또는 영감을 통해 시청자에게 가치를 부여한다. 콘텐츠의 질을 향상시키는 방법은 다음과 같은 몇 가지가 있다.

정보 제공 시청자의 관심사에 대한 유익한 정보나 지식을 제공한다.

시청자 참여 스토리텔링, 질문, 콜 투 액션을 통해 시청자와의 상호작용을 증진한다.

비주얼 및 오디오 품질 고화질의 영상과 명료한 오디오를 통해 시청자 경험을 개선한다.

창의성 독창적이고 창의적인 콘텐츠를 제작해 시청자의 주목을 끈다.

2. 시청자 참여도

시청자 참여도는 콘텐츠와 시청자 간의 상호작용 정도를 나타내며, 댓글, 좋아요, 공유, 구독 등으로 측정된다. 이는 채널의 활성화 및 시청자 관심의 지표이다. 참여도를 향상시키는 방법은 다음과 같은 몇 가지가 있다.

콜 투 액션 활용 영상 중 시청자가 댓글을 남기고, 영상을 좋아하고 공유하도록 유도한다.

댓글 답변 시청자 댓글에 적극적으로 응답해 커뮤니티 형성을 도모한다.

폴, 퀴즈, 라이브 스트리밍 활용 다양한 기능을 이용하여 시청자와의 상호작용을 증가시킨다.

3. 최적화

유튜브 콘텐츠의 검색 가능성과 가시성을 극대화하기 위한 최적화(Optimization) 작업은 콘텐츠가 검색 결과와 추천 영상에서 우선순위를 갖도록 하는 중요한 요소이다. 유튜브 채널 최적화의 주요 전략은 다음과 같다.

키워드 최적화 제목, 설명, 태그에 적합한 키워드를 포함시켜 콘텐츠의 검색 용이성을 높여준다.

썸네일 디자인 시청자의 관심을 즉각적으로 끌 수 있는 매력적이고 관련성 있는 썸네일을 사용한다.

영상 구조 적절한 영상 길이를 유지하며 시청자의 관심을 계속해서 유지할 수 있는 구조로 영상을 구성한다.

플레이리스트 활용 유사한 주제를 가진 영상들을 플레이리스트로 구성해 시청자가 더 오랜 시간 동안 채널에 머물도록 한다.

살펴본 3대 요소는 상호 연결되어 있어 각각을 효율적으로 관리함으로써, 유튜브 채널의 성장과 성공을 촉진한다. 성공적인 채널 운영의 비결은 창의적인 아이디어만이 아니라 인물의 매력, 주제의 독창성, 그리고 연출의 전문성이라는 세 가지 핵심 요소의 균형에 있다. 이러한 요소는 유튜브 콘텐츠 기획과 제작 시 반드시 고려해야 할 필수적인 요인들이다.

1. 인물의 매력: 시청자와의 감정적 연결

인물의 매력은 채널의 성공에 결정적인 역할을 한다. 이는 단순히 외모가 아닌 크리에이터의 성격, 말투, 태도, 전문성 등 다양한 요소가 복합적으로 작용하는 결과라 할 수 있다. 시청자는 자신과 공감하거나 동경할 수 있는 인물에 더 많이 끌리며, 이러한 감정적 연결은 구독으로 이어지게 된다.

2. 주제의 독창성: 시청자의 호기심 자극

주제는 콘텐츠의 심장이다. 인터넷 세계가 정보와 콘텐츠로 넘쳐남에 따라, 신선하고 독창적인 주제 선정이나 기존 주제에 대한 새로운 관점 제시가 필수적이다. 시청자들은 늘 새롭고 매력적인 콘텐츠를 탐색하며, 이런 콘텐츠는 시청자의 호기심을 자극하고 지속적인 관심을 불러일으킨다.

3. 연출의 전문성: 콘텐츠의 품질 향상

연출은 콘텐츠 전달과 질의 핵심을 이루며, 전문적인 영상 편집, 적절한 배경 음악, 시각적 효과, 그리고 스토리텔링 능력을 통해 콘텐츠의 매력을 극대화하고, 시청자의 몰입도를 증진한다. 특히, 창의적이고 전문적인 연출은 콘텐츠를 시청자들에게 더욱 관심을 끌 수 있도록 만든다.

이 3가지 핵심 요소는 서로 상호작용하며, 유튜브 영상을 시청자들이 더 많이, 더 오래 시청하게 만들어 준다. 크리에이터는 이러한 요소들을 균형 있게 조화시켜 자신만의 독특한 콘텐츠를 창조해야 한다. 결국, 유튜브에서의 영상의 3대 요소는 인물의 매력, 주제의 독창성, 그리고 연출의 전문성이 어우러져 만들어내는 시너지에서 비롯된다. 즉, 유튜브 영상의 성공은 이러한 요소들이 조화를 이루어 만들어내는 시너지 효과에서 기인하는 것이다.

▶ 추천 키워드 선택과 SEO 최적화를 위한 도구

유튜브 콘텐츠의 SEO 최적화는 다음과 같은 몇 가지 전략들을 통해 콘텐츠의 검색 가능성과 가시성을 높여 검색 결과에서 더 높은 순위를 얻고, 타겟 시청자에게 효과적으로 도달할 수 있게 한다. 유튜브의 지속적인 변화에 대응하여 최신 SEO 전략을 적용하고, 콘텐츠의 질을 지속적으로 개선함으로써 유튜브에서의 성공을 도모할 수 있다.

1. 적절한 키워드 사용

유튜브 콘텐츠의 SEO 최적화에 있어 핵심은 적절한 키워드 사용이다. 제목, 설명, 태그에 핵심 키워드를 삽입하면, 검색 엔진 및 유튜브 알고리즘을 통해 콘텐츠 발견이 용이해 진다. 예컨대, "홈 트레이닝 가이드" 키워드를 활용할 시, 제목에 "초보자를 위한 홈 트레이닝 완벽 가이드"를 포함하고, 설명의 시작 부분에 "본 영상은 홈 트레이닝 시작에 필수적인 모든 정보를 담고 있다."라고 명시할 수 있다.

2. 긴 꼬리 키워드 활용

긴 꼬리 키워드 활용은 특정 주제에 대한 경쟁을 줄이고, 목표 타겟 오디언스에게 도달하는 데 효과적인 전략이다. 예를 들어, "초보자를 위한 요가 가이드"와 같은 구체적인 키워드 구문은 "요가"만을 키워드로 사용하는 것보다 더 명확하게 특정 관심사를 타겟팅할 수 있다. 이 방식으로 콘텐츠를 최적화하면 검색 결과에서의 순위가 향상되고, 관심 있는 시청자에게 더 쉽게 접근할 수 있다.

3. 고품질 썸네일과 제목 만들기

매력적인 썸네일과 제목은 시청자의 관심을 사로잡으며, 클릭 유도에 필수적이다. 2020년까지 유튜브 알고리즘은 썸네일 내의 텍스트를 인식하지 못했으나, 2021년부터는 썸네일 속 텍스트 인식이 가능해져 SEO 전략에 중요한 요소로 자리 잡았다. 이에 따라, 단순히 주목을 받기 위한 수단이 아닌, 검색 최적화에도 기여하는 썸네일의 중요성이 증가했다. 시각적으로 매력적인 썸네일과 명확하며 흥미로운 정보를 담은 제목, 예컨대 "30일 만에 몸짱 되는 홈 트레이닝" 같은 제목은 클릭률(CTR) 증가에 크게 기여한다.

4. 영상 내 키워드 언급

영상 초반부에 주요 키워드를 언급하는 전략은 유튜브의 자동 자막 기능이 해당 키워드를 감지하게 만들어 검색 결과에 긍정적인 영향을 미친다. 이 방법을 통해 유튜브는 콘텐츠의 내용을 더 정확하게 파악하고, 관련성 높은 검색 결과에 콘텐츠를 효과적으로 노출시킬 수 있다.

5. 재생목록 활용

재생목록을 활용하여 비슷한 주제의 영상을 모아두는 전략은 시청자가 채널에서 더 오래 머무르게 만들어 유튜브 알고리즘에 긍정적인 신호를 보낸다. 이는 콘텐츠의 가시성을 증가시키는 중요한 방법이다. 예를 들어, "홈 트레이닝 시리즈"와 같은 재생목록을 구성하여 다양한 수준의 사용자에게 맞춤형 운동 가이드를 제공함으로써, 검색 결과에서의 순위를 개선하고 더 많은 시청자에게 도달할 수 있다. 유튜브의 지속적인 변화에 적응하며, 최신 SEO 전략을 적용하고 콘텐츠를 지속적으로 최적화하는 것은 성공에 더 가까이 갈 수 있는 전략이다.

유튜브 영상의 검색 노출을 향상시키기 위해, 효과적인 키워드 선정과 SEO 최적화는 필수적이다. 다양한 SEO 최적화 도구 중에서 개인의 선호에 맞는 도구를 선택하는 것이 좋다. 여러 도구를 경험한 필자는 특히, 튜브버디(TubeBuddy)를 추천한다. 이 도구는 무료이면서도 필수적인 기능 대부분을 제공하고, 전문적인 기능 사용을 위한 유료 전환 시에도 비용 부담이 적다. 따라서, 다음과 같은 도구들을 직접 사용해보고 본인에게 적합한 것을 선택하는 것을 권장한다.

1. 구글 키워드 플래너

구글 키워드 플래너는 Google AdWords에서 제공하는 광고주용 도구이며, 유튜브 크리에이터 역시 키워드 연구에 이를 유용하게 활용할 수 있다. 이 도구를 통해 특정 키워드의 월간 검색량, 경쟁 정도, 그리고 제안되는 키워드를 파악할 수 있으며, 이 정보를 바탕으로 검색 노출을 극대화할 수 있는 관련성 높은 키워드를 선정할 수 있다.

2. 유튜브 자동 완성 및 예상 검색어

유튜브의 검색창에 키워드를 입력할 때 나타나는 자동 완성 및 예상 검색어 기능은 사용자들의 실제 검색 행동을 반영한다. 이러한 검색어를 분석함으로써, 인기 있는 검색어를 파악할 수 있으며, 이를 영상의 제목, 설명, 태그 등에 적절히 활용하여 영상의 검색 노출을 증가시킬 수 있다.

3. 구글 애널리틱스

구글 애널리틱스(Analytics)는 시청자들의 검색어, 시청 시간, 시청률 등 다양한 데이터를 분석할 수 있는 강력한 도구다. 이를 활용해 시청자들이 어떤 키워드를 통해 영상을 찾아내는지 이해할 수 있으며, 이러한 키워드를 영상의 제목, 설명, 태그에 적극적으로 활용함으로써 영상의 검색 노출을 증진시킬 수 있다.

4. 튜브버디

튜브버디(TubeBuddy)는 유튜브 크리에이터를 위해 설계된 다기능 도구로, 키워드 추천,

SEO 분석, 태그 관리, 경쟁 분석 등의 기능을 통해 영상의 검색 노출을 최적화하는 데 도움을 준다. 이와 더불어, 유튜브 검색 순위 추적 및 경쟁 상황 분석 기능을 제공하여 크리에이터가 시장에서의 위치를 더 잘 이해하고 전략을 수립할 수 있도록 한다.

5. 비드아이큐

비드아이큐(VidIQ)는 유튜브 SEO 최적화를 위한 필수 도구로, 키워드 추천, 경쟁 분석, 태그 관리 등의 기능을 제공한다. 이 도구를 활용함으로써, 크리에이터는 자신의 영상에 대한 키워드 사용량, 경쟁 상황, 추천 태그 등을 파악하여 SEO를 극대화하고 검색 노출을 개선할 수 있다.

6. 키워드 툴

키워드 툴(Keyword Tool)은 유튜브 영상의 키워드 선정과 SEO 최적화를 지원하는 도구로, 다양한 플랫폼에서의 검색어 데이터를 제공한다. 이를 통해 관련성이 높은 키워드를 발견하고, 영상의 검색 노출을 강화할 수 있다.

NOTES

HAPPY DAY

CLOUDY DAY

BIRTHDAY

06

유튜브로 최고 수익을
창출할 수 있는 전략

유튜브 플랫폼에서의 수익 창출은 조회 수와 구독자 수에만 국한되지 않는다. 다양한 수익화 전략을 통해 유튜버들은 자신의 채널을 지속 가능한 수입원으로 발전시킬 수 있다. 과거에는 조회수 수익과 협찬 광고가 주요 수익원이었으나, 현재는 다양한 방법으로 수익을 창출할 기회가 확대되었다. 먼저 유튜브를 통해 수익을 얻는 다양한 방법을 간략하게 살펴보기로 하자.

1. 애드센스를 통한 광고 수익

유튜브 채널이 유튜브 파트너 프로그램(YPP)에 가입하면 자동으로 계산되는 광고 수익 시스템을 통해 수익을 얻는다. 동영상 시작, 중간, 또는 종료 시점에 표시되는 광고로 수익이 발생하며, 조회수와 광고 상호작용에 기반하여 결정된다. 자격 요건(시청 시간 4,000시간 및 구독자 1,000명 이상)을 충족하는 콘텐츠에 광고가 표시되어 수익 창출이 가능하다.

2. 브랜디드 콘텐츠와 PPL (간접 광고)

제품이나 서비스를 홍보하는 콘텐츠 제작을 통해 수익을 창출한다. 전체 영상을 통한 특정 브랜드 홍보나 영상 중간에 제품을 자연스럽게 노출하는 PPL 방식이 포함된다. 이는 브랜드와의 관계 구축에도 유리하다.

3. 팬 후원과 멤버십 프로그램

유튜브는 슈퍼챗, 슈퍼스티커, 채널 멤버십 등을 통해 팬들이 크리에이터를 직접적으로 후원할 수 있는 방법을 제공한다. 멤버십 가입 시, 독점 콘텐츠, 배지, 이모티콘 등의 혜택을 받을 수 있다.

4. 디지털 및 무형 서비스 판매

유튜브를 통해 자신의 전문성을 바탕으로 온라인 강의, 전자책, 컨설팅 서비스 등을 판매함으로써, 장기적이고 지속 가능한 수익을 창출할 수 있다. 이러한 방식은 초기에 투자하는 시간과 노력이 필요하지만, 시청자들의 신뢰와 관계를 구축하여 고정된 수익원을 확보할 수 있다.

온라인 강의 활용 유튜브를 통해 관심 있는 주제에 대한 무료 콘텐츠를 제공하면서, 보다 심화된 내용의 온라인 강의를 유료로 판매할 수 있다. 예를 들어, 특정 분야의 전문 지식, 성공 전략 또는 요리 레시피를 소개하는 영상을 통해 시청자의 관심을 유도한 후, 자세한 정보와 기술을 담은 강의를 판매하는 모델이다.

전자책 판매 유튜브를 통해 공유된 전문 지식이나 경험을 기반으로, 해당 주제를 더 깊이 있게 다룬 전자책을 제공함으로써 수익을 창출할 수 있다. 자기 계발에 관한 강의를 제공하는 유튜버가 강의를 보완하고 확장하여 전자책 형태로 판매하는 것이 예시다.

컨설팅 서비스 제공 유튜브를 활용해 자신의 전문 분야에 대한 조언과 팁을 공유하고, 이를 바탕으로 심층적인 개인 또는 기업 대상 컨설팅 서비스를 제공하여 수익을 얻을 수 있다. 비즈니스 관련 영상을 제공하는 전문가가 개별 기업을 대상으로 맞춤형 컨설팅을 제공하는 경우가 이에 해당한다.

국내 사례: 노마드 코더 (Nomad Coders)

노마드 코더는 프로그래밍 및 웹 개발 분야에 초점을 맞춘 유튜브 채널로, 다양한 프로그래밍 언어와 개발 기술을 소개하는 무료 강의를 제공한다. 이 채널은 프로그래밍 기본 개념을 유튜브를 통해 소개하며, 더 심화된 내용은 자체 웹사이트에서 유료 강의로 제공한다. 노마드 코더의 온라인 강의는 실무 중심의 커리큘럼으로 구성되어 있어 학습자가 실제 개발 프로젝트에 참여할 수 있는 실력을 기를 수 있도록 지원한다. 이와 같은 방식으로 노마드 코더는 전문 지식을 통해 지속 가능한 수익 모델을 구축하고 있다.

국외 사례: 게리 베이너척 (Gary Vaynerchuk)

게리 베이너척(Gary Vaynerchuk)은 비즈니스, 마케팅, 자기계발 분야에서 세계적으로 인정받는 유튜버이자 강연자다. 그는 유튜브를 통해 자신의 비즈니스 철학과 마케팅 전략을 공유하며, 개인 브랜딩과 컨설팅 서비스, 전자책 판매 등 다양한 방식으로 수익을 창출한다. 게리는 자신의 경험과 지식을 담은 전자책 출판 및 개인 및 기업 대상 컨설팅 서비스 제공을 통해 유튜브 채널 외 다방면에서 수익원을 확보하고 있다. 이러한 전략은 초기 투자와 노력이 필요하지만, 장기적으로 높은 수익성과 지속 가능성을 제공한다. 노마드코더와 게리 베이너척 같은 사례는 유튜브를 통해 전문 지식을 공유하고 이를 기반으로 추가 수익원을 창출하는 모범적 방법을 보여준다.

따라서, 유튜브 크리에이터들은 자신의 전문 분야에서 신뢰와 권위를 구축하고, 이를 다양한 디지털 및 무형 서비스 판매로 연결하는 전략을 고려해 볼 수 있다. 반면, 디지털 지식을 판매하는 서비스의 단점은 초기 투자가 필요하고, 대외적인 전문가로 인식되기까지의 시간 소요가 상당하다. 하지만 장기적으로 지속 가능한 수익을 창출할 수 있기 때문에 어느 한 분야에서 유튜브를 통해 구축한 팬덤이나 시청자들의 신뢰를 바탕으로 자신의 전문성을 증명한다면 유튜브 수익보다 컨설팅 서비스 수익이 몇 배는 더 커질 수 있다

✱ **슈퍼 챗 및 슈퍼 스티커** 라이브 스트리밍 도중 시청자가 일정 금액을 지불하여 자신의 메시지나 스티커를 강조하여 표시할 수 있는 기능으로, 라이브 스트리밍을 자주 진행하는 채널에 효과적인 수익화 방법이다. 이 기능은 크리에이터가 시청자와 직접적으로 소통하며 추가 수익을 창출할 수 있는 기회를 제공한다.

5. 콘텐츠의 라이선스 판매

콘텐츠 라이선스 판매는 유튜버와 콘텐츠 크리에이디 자신의 창의적이고 인기 있는 작품을 통해 부가 수익을 얻는 전략이다. 특히, 대중의 주목을 받는 콘텐츠를 제작한 크리에이터들에게 유리한 방식으로, 뉴스 기관, TV 프로그램 제작사, 영화 제작사, 광고 대행사 등 다양한 미디어 기업이 이들 콘텐츠의 사용 권리를 구입한다.

콘텐츠 가치 평가 자신의 콘텐츠가 지닌 독특함, 인기, 화제성을 평가하여, 뉴스 가치가 있는 사건을 포착하거나 창의적이며 혁신적인 작품을 제작한 경우, 해당 콘텐츠를 미디어 기업에 판매할 기회가 있다.

라이선스 계약 체결 뉴스 기관, 출판사, 애니메이션 제작사 등과 같은 다양한 미디어 기업과 협력하여 콘텐츠 라이선스 판매 계약을 체결한다. 이때 콘텐츠 사용 범위, 기간, 대가 등의 조건을 명확히 설정한다.

저작권 관리 콘텐츠의 저작권을 보유하면서 라이선스를 판매하여 장기적인 수익 창출이 가능하다. 콘텐츠 저작권을 철저히 관리하고 다양한 형태로 라이선스를 판매하여 수익을 극대화할 수 있다. 예를 들어, 캐릭터 상품화, 책 출판, 애니메이션 제작 등을 통해 콘텐츠를 다각도로 확장할 수 있다.

국내 사례: 흔한 남매의 캐릭터 상품화

흔한 남매는 자신들의 캐릭터와 스토리를 기반으로 다양한 상품군을 개발하여 판매하고 있다. 인형, 학용품, 의류, 서적 등을 포함한 이 상품들은 흔한 남매의 팬들에게 큰 인기를 얻으며, 채널에 추가적인 수익을 창출하는 중요한 요소가 되고 있다.

국외 사례 1: "Peanuts" 캐릭터 라이선스 판매

찰스 M. 슐츠에 의해 창작된 "Peanuts" 만화 시리즈는 전 세계적으로 큰 사랑을 받으며, 다양한 미디어 및 상품을 통해 캐릭터 라이선스를 판매해 왔다. "Snoopy", "Charlie Brown" 등의 캐릭터는 영화, TV 프로그램, 의류, 장난감 등에 등장하여 지속 가능한 수익원으로 작용하고 있다.

국외 사례 2: Chewbacca Mom

2016년, 캔디스 페인이라는 여성이 체바카 마스크를 착용하고 웃는 영상이 소셜 미디어에서 대폭발적인 인기를 끌었다. 이 영상은 세계적으로 큰 주목을 받으며, 다수의 뉴스 기관 및 TV 프로그램에서 해당 콘텐츠의 사용을 희망했다. 그녀는 이 영상으로 인해 여러 라이선스 계약을 맺고, 상품 판매와 TV 출연 등을 통해 수익을 얻었다.

이러한 사례들은 콘텐츠의 라이선스 판매가 어떻게 크리에이터에게 중요한 수익원이 될 수 있는지를 보여주는 좋은 예시들이다. 콘텐츠의 품질과 독창성이 높을수록 더 많은 라이선스 판매 기회를 얻을 수 있으며, 이는 크리에이터의 지속 가능한 수익 모델 구축에 기여할 수 있다.

6. 유튜브 쇼핑몰 연동을 통한 상품 홍보 및 판매

유튜브와 카페24와 같은 플랫폼의 연동을 통해, 크리에이터들은 자신의 채널에서 직접 상품을 판매하는 기능을 활용할 수 있게 되었다. 이는 기존의 제품 링크를 설명란에 추가하여 판매하던 방식을 넘어 유튜브를 통한 직접적인 판매로 발전한 모델이다. 이와 같은 진보된 수익화 기능은 유튜버들에게 더욱 다양하고 효율적인 수익 창출의 기회를 제공한다. 유튜브 채널의 성장과 새로운 기능의 적극적인 활용은 온라인에서의 수익을 극대화하는 데 크게 기여할 수 있다.

7. 브랜드 로고나 디자인 요소가 포함된 상품 개발

브랜드 로고나 독창적인 디자인을 적용한 상품 제작은 유튜버들이 자신의 팬덤을 이용해 추가 수익을 얻는 효과적인 전략이다. 이 방식을 통해 유튜버는 자신의 채널에 대한 시각적 정체성을 확립하고, 팬들에게 자신의 브랜드를 더욱 깊게 인식시킬 수 있는 기회를 얻는다. 초기에 사업화할 수 있는 수익 모델로, 유튜버는 티셔츠, 모자, 머그컵, 스티커, 키체인 등 다양한 상품에 자신의 로고나 디자인을 적용해 판매함으로써, 팬들이 일상에서도 좋아하는 콘텐츠를 체험할 수 있도록 할 수 있다. 구체적인 방법은 다음과 같다.

디자인 개발 유튜버는 자신의 채널 테마와 메시지를 반영한 창의적인 디자인을 선보여야 한다. 게임 유튜버는 인기 게임 캐릭터나 게임의 유머를 담은 디자인을, 요리 채널은 요리와 식재료를 모티브로 한 디자인을 고려한다.

상품 품질과 제조업체 선정 고품질 상품 제공을 위해 신뢰할 수 있는 제조업체와의 협력이 필수다. 제품 품질은 팬들의 만족도와 직결되므로, 샘플 제작을 통한 품질 검증과 팬들의 피드백을 반영해 개선해야 한다.

온라인 스토어 구축 상품 판매를 위한 온라인 스토어가 필요하다. 카페24, Shopify, WooCommerce 등을 활용해 손쉽게 스토어를 만들고, 유튜브 채널과 소셜 미디어를 통한 홍보가 효과적이다.

마케팅 및 홍보 유튜브 영상, 소셜 미디어 포스트, 인플루언서 협업을 통해 상품을 적극적으로 알린다. 특별 할인, 한정판 출시, 팬 참여 이벤트를 기획해 팬들의 관심을 끈다.

국내 사례: 지무비 (G Movie)

지무비가 판매한 팬티는 일반적인 유튜버의 상품과는 다소 이색적인 선택으로, 그의 유머 감각과 창의적인 접근 방식을 반영한다. 이 팬티는 특정 영화나 콘텐츠와 관련된 재치 있는 문구나 디자인이 특징이며, 팬들 사이에서는 이색적인 기념품이자 수집품으로 인기를 끌었다. 이러한 유니크한 상품은 팬들과의 재미있는 소통 수단으로 활용되며, 지무비 브랜드의 차별화된 이미지를 강화하는 역할을 했다.

또한, 지무비는 자신의 영화 리뷰와 분석을 바탕으로 한 책도 출간했다. 이 책은 그의 유튜브 채널에서 다룬 내용을 기반으로, 보다 심도 있는 분석과 생각을 담아낸 것으로, 영화에 대한 그의 통찰력과 비평적 시각을 반영한다. 책을 통해 지무비는 자신의 지식과 경험을 공유하며, 팬들과 더 깊은 지적 교류를 할 수 있는 기회를 마련했다. 이 책은 영화 애호가들 사이에서 흥미로운 읽을거리를 제공함과 동시에, 지무비의 전문성과 영향력을 확장하는 데 기여했다.

국외 사례: Rosanna Pansino

유명 베이킹 유튜버인 로잔나 판시노(Rosanna Pansino)는 자신의 베이킹 제품 라인을 론칭해, 쿠킹 도구, 에이프런, 쿠키 커터 등을 선보이고, 팬들이 직접 요리를 하며 채널의 경험을 공유할 수 있도록 했다.

이러한 전략은 유튜버가 자신의 팬 베이스를 활용하여 브랜드를 확장하고, 지속 가능한 수익 모델을 구축하는 데 기여할 뿐만 아니라 팬들은 좋아하는 유튜버의 상품을 구매함으로써 직접적으로 지지를 표현할 수 있으며, 유튜버는 이를 통해 팬덤과의 더 깊은 연결을 구축할 수 있다.

8. 유튜브 쇼츠를 통한 광고 수익화 전략 및 사례 분석

2023년부터 유튜브 쇼츠는 광고 수익화의 새 경로를 개척하였다. 이 변경으로 짧은 형태의 영상인 유튜브 쇼츠에도 광고를 삽입할 수 있게 되어, 크리에이터들은 조회수에 따라 최대 45%의 광고 수익을 얻는다. 이는 쇼츠 콘텐츠 제작자에게 추가적인 수익 창출 기회를 제공하며, 유튜브에서 짧은 형식의 영상 제작을 촉진하는 중요한 변화다.

국내 사례: 호갱구조대

호갱구조대는 유튜브 쇼츠를 활용해 채널을 빠르게 성장시킨 대표적인 국내 사례이다. 단기간 내에 높은 조회수를 기록한 쇼츠 영상으로 인지도와 구독자 수를 급증시켰다. 초기에는 짧은 형식의 콘텐츠로 시청자의 관심을 사로잡았으며, 채널 성장과 함께 긴 형식의 영상으로 전환해 콘텐츠의 다양성과 수익성을 향상시켰다. 이 전략은 유튜브 쇼츠의 장점을 활용하여 채널을 신속하게 발전시키려는 크리에이터들에게 우수한 사례로 꼽힌다.

국외 사례: Zach King

잭 킹(Zach King)은 마법 같은 짧은 영상으로 유명한 미국의 유튜버다. 그의 쇼츠 영상은 창의적이고 독특한 트릭을 사용해 짧은 시간 안에 강력한 인상을 남긴다. 그의 쇼츠 영상은 높은 조회수와 함께 뛰어난 창의성으로 유튜브 내외에서 큰 인기를 얻고 있으며, 이를 통해 광고 수익뿐만 아니라 브랜드 협업과 같은 다양한 수익화 기회를 확보했다. 또한, 그의 성공은 유튜브 쇼츠를 활용하여 전 세계적인 팬덤을 구축하고 수익화할 수 있는 가능성을 보여준다.

유튜브 쇼츠를 통한 광고 수익화 전략은 현대 미디어 소비의 짧은 주의 집중 기간과 빠른 콘텐츠 소비 경향에 맞춰 설계되었다. 호갱구조대와 Zach King 같은 사례를 통해, 쇼츠를 활용해 채널의 성장과 다양한 수익화 경로를 개척하는 전략의 효과를 확인할 수 있다. 짧은 형식의 콘텐츠는 제작 비용 및 시간이 상대적으로 적게 들며, 이로 인해 지속적인 업데이트와 신속한 시장 반응 테스트가 가능하다. 이러한 접근 방식은 크리에이터들이 변화하는 시장 조건에 민첩하게 대응하고 지속 가능한 수익 구조를 마련하는 데 결정적인 요소가 된다.

9. 음악 라이선스 구매 기능과 크리에이터의 기회

2023년, 유튜브가 크리에이터 뮤직 기능을 론칭하면서, 크리에이터들은 라이선스가 부여된 음악을 합법적으로 구매하여 자신의 영상에 삽입할 수 있는 새로운 가능성을 맞이했다. 이 혁신적인 기능은 음악 관련 콘텐츠 제작자들에게 저작권 문제 없이 다양한 음악을 자유롭게 활용할 수 있는 유연성을 제공한다. 이로 인해 제작자들은 자신의 콘텐츠 품질을 높이고, 시청자 경험을 다채롭게 하며, 광고 수익 창출 가능성을 확대할 수 있게 되었다.

국내 사례: 더쿠 (The Koo)

더쿠는 국내에서 인기 있는 음악 콘텐츠 제작자로, 다양한 K-POP 커버 영상을 제작해 공유한다. 유튜브의 크리에이터 뮤직 기능을 활용함으로써, 더쿠는 유명 K-POP 아티스트들의 노래를 자신의 커버 영상에 합법적으로 사용할 수 있게 되었다. 이를 통해 더쿠의 콘텐츠는 더욱 풍부하고 다채로운 음악 선택으로 시청자들에게 새로운 가치를 제공하며, 동시에 광고 수익 창출의 기회도 확대되었다.

국외 사례: Peter McKinnon

캐나다의 유명한 사진 및 영상 그래피 콘텐츠 제작자 피터 맥키넌(Peter McKinnon)은 그의 작품에 분위기를 더하기 위해 다양한 음악을 활용한다. 유튜브의 크리에이터 뮤직 기능 도입으로 그는 라이선스가 확보된 고품질 음악을 자유롭게 사용, 콘텐츠의 전문성과 감성적 가치를 상승시키고 있다. 여행 영상이나 튜토리얼에 적절한 음악을 배경으로 함으로써 관심도가 높아지고, 전반적인 품질이 개선된다.

이러한 Peter 음악 라이선스 구매 기능은 창의적 자유와 법적 안전성을 유튜브 콘텐츠 제작자에게 동시에 제공한다. 특히 음악 중심의 콘텐츠 제작자에게는 중대한 변화의 계기가 된다. 라이선스가 있는 음악 사용을 통해 콘텐츠의 질을 높이고, 다양한 장르 시도로 콘텐츠 범위를 확장한다. 더쿠와 Peter McKinnon의 사례는 이 기능이 제공하는 잠재적 이점과 가능성을 잘 드러낸다.

▶ 썸네일이 유튜브 조회수 70%를 좌우한다

"썸네일이 유튜브 조회수 70%를 좌우한다"의 부제목은 "알고리즘 친화적인 썸네일과 제목 짓기"이다. 이것은 유튜브 채널의 성공 여부의 핵심은 썸네일에 달려있다는 것을 의미한다. 효과적인 썸네일은 시청자의 눈길을 사로잡고 클릭을 유도해 영상 조회수와 채널 성장을 가속화한다. 아무리 가치 있는 콘텐츠라도 주목받지 못하면 무용지물이다. 여기에서는 유튜브 썸네일 제작 시 고려해야 할 세 가지 주요 원칙에 대해 살펴보기로 한다.

썸네일 제작에 있어 먼저 유튜브 썸네일 정책과 가이드라인을 알고 있어야 한다. 유튜브는 다양한 주의 사항을 두고 있으나 핵심은 어그로를 끌기 위해 과도하게 자극적이거나 선정적인 썸네일을 피하라는 것이다. 이를 위해 다음과 같은 가이드라인을 숙지하자.

유튜브 썸네일 정책 및 가이드라인

적절성 유튜브는 선정적 또는 공격적인 썸네일 사용을 금지하며, 이를 위반할 경우 업로드된 영상 삭제와 함께 채널에 경고가 주어진다.

오해를 불러일으키는 썸네일 금지 클릭베이트 즉, 낚시질로 간주될 수 있는 오해를 불러일으키거나 관련 없는 썸네일 사용은 금지되어 있으며, 이는 관심도를 저하시키고 채널 성장에 악영향을 미친다.

품질 고품질의 썸네일은 시청자의 관심을 끌어들이는데 중요하다. 유튜브는 1280x720픽셀의 해상도를 권장하지만, 현재는 1920x1080 픽셀의 풀HD를 사용하는 것이 일반적이다.

대표성 썸네일은 영상의 내용을 정확하게 반영해야 한다. 시청자가 썸네일로 인해 기대가 실제와 다를 경우 실망으로 이어져 시청 시간 감소 등 부정적인 결과를 초래할 수 있다.

유튜브 알고리즘과 썸네일의 세 가지 원칙

유튜브 알고리즘은 썸네일의 직접적인 영향보다는, 썸네일의 품질과 적절성이 클릭률(CTR)에 미치는 영향을 고려해 콘텐츠를 평가한다. 고품질의 썸네일이 시청자의 관심을 끌어 클릭률을 높이며, 이는 유튜브 알고리즘이 콘텐츠를 긍정적으로 평가하는 중요한 지표가 된다.

1. 핵심 요소의 배치와 시각적 우선순위

썸네일은 영상의 핵심 또는 가장 매력적인 부분을 간결하게 드러내야 한다. 중요한 요소(이미지나 텍스트)는 대체로 왼쪽 상단에서 오른쪽 하단으로 시선을 이동시키는 경향이 있는 시청자의 눈길이 자연스럽게 머무는 곳에 배치하는 것이 중요하다. 이에 따라, 썸네일의 왼쪽 또는 중앙에 핵심 요소를 배치함으로써 시청자의 인식을 용이하게 한다. 유튜브가 영상 재생 시간을 썸네일의 오른쪽 하단에 표시함을 고려할 때, 이 영역에 중요한 정보를 배치하는 것은 피해야 한다.

2. 적절한 정보의 균형: 과유불급

썸네일에 과다한 요소를 포함시키는 것은 피해야 한다. "과유불급(過猶不及)"은 지나침이 모자람보다 못함을 뜻하는 사자성어이다. 누구나 알고 있는 말이 썸네일 디자인에도 그대로 적용된다. 썸네일은 영상의 주제를 간결하고 명확하게 전달해야 하는 도구이므로, 핵심 메시지나 이미지에만 집중하는 것이 중요하다. 과도한 정보는 시청자의 핵심 메시지 인식을 방해하고 썸네일을 복잡하게 만들 수 있으므로, 시각적으로 주목받는 한두 개의 포인트에만 초점을 맞추는 것이 바람직하다.

3. 과감한 시각적 표현

썸네일은 모바일 기기 사용 증가로 인해 작은 화면에서도 눈에 띄어야 한다. 모바일 기기 사용이 증가함에 따라 작은 크기로 표시되는 썸네일은 읽기 쉬운 텍스트, 명확하고 강조된 색상의 이미지를 사용해 시각적으로 눈에 띄게 하는 것이 중요하므로 썸네일 제작 시 과감한 색상 대비, 크고 명확한 폰트, 주요 요소의 강조를 통해 시각적 효과를 극대화하는 것이 효과적이다.

살펴본 것처럼 썸네일 제작의 기본 원칙은 간단하다. 첫째, 강렬한 색상 대비와 큰 폰트를 사용해 시각적으로 눈에 띄게 하라. 둘째, 주요 요소를 강조하여 내용을 한눈에 이해할 수 있게 만들라. 셋째, 창의성과 실험을 통해 전통적인 경계를 넘어서라이다. 여기서 필자가 강조하고자 하는 것은, 썸네일이 유튜브 영상의 첫인상을 결정짓는 중요한 요소라는 점이다. 이는 궁극적으로 채널의 조회수와 구독자 수 증가로 이어지기 때문에 썸네일은 단순한 그래픽 요소가 아닌, 콘텐츠 마케팅 전략의 핵심으로 간주되어야 한다.

시청자의 시선을 첫 번째로 끌 곳을 의도적으로 만들어, 썸네일을 보는 순간 호기심을 자극해야 한다. 이를 위해서는 글자나 이미지로 강력한 메시지를 전달해야 하며, 썸네일과 제목이 서로를 보완하는 방식으로 구성되어야 한다. 예를 들어, 특정 인물이나 명확한 행동을 포착한 이미지는 시청자의 호기심을 자극할 수 있다. 중요한 것은, 썸네일이 영상의 주제와 내용을 명확하게 전달하고, 시청자가 클릭하게 만들 수 있도록 하는 것이다.

효과적인 썸네일은 단순히 예쁜 디자인을 넘어 영상 내용을 요약하고 시청자를 설득하는 중요한 역할을 한다. 따라서, 배경을 단순화하거나 색상을 조정하여 중요한 요소가 돋보이도록 하는 것이 핵심이다. 결국, 썸네일은 시청자의 관심을 끌고, 클릭으로 이어질 수 있도록 만드는 전략적 도구이다. 이렇듯 유튜브 채널은 다양한 주제와 목적을 가지고 있는 만큼, 썸네일 디자인에 있어서도 개성과 전략이 요구된다. 각 채널 유형에 따라 타겟 오디언스의 선호도와 관심도가 다르기 때문에, 이를 정확히 파악하고 반영한 썸네일이 필요하다. 몇 가지 채널 유형별 썸네일 디자인 예시를 살펴보자.

1. 교육 채널

교육 채널의 썸네일은 정보의 명확한 전달이 핵심이다. 직관적인 이해를 돕는 아이콘 또는 그래픽과 함께, 주제를 간결하게 나타내는 키워드나 질문을 크게 부각시키는 것이 중요하다.

디자인 팁 주요 내용을 대표하는 단어나 질문을 돋보이게 하며, 배경은 단순하되 시선을 사로잡을 수 있는 색을 선택한다. 관련 아이콘이나 간단한 일러스트레이션의 활용은 메시지 전달을 더욱 효과적으로 만든다.

2. 뷰티 & 패션 채널

뷰티와 패션 채널에서는 스타일과 시각적 매력이 중요하다. 화려하고 세련된 이미지로 시청자의 눈길을 사로잡는 것이 필수적이다.

디자인 팁 최신 트렌드를 반영한 의상이나 메이크업을 착용한 모델의 사진을 핵심 요소로 삼고, 제품이나 룩을 돋보이게 하기 위해 사진의 특정 부분을 확대하거나 시선을 사로잡는 색상의 배경을 활용한다.

3. 게임 채널

게임 채널 썸네일은 흥미를 유발하고 때때로 긴장감을 조성하는 요소를 강조해야 한다. 게임의 결정적인 순간, 주요 캐릭터, 혹은 로고가 포함될 수 있다.

디자인 팁 게임의 핵심 캐릭터나 인상 깊은 장면을 크게 부각시키며, 게임의 명칭을 분명히 드러내는 텍스트를 추가한다. 강렬한 색상과 대비를 활용해 시각적인 매력을 극대화하는 것이 효과적이다.

4. 요리 & 레시피 채널

요리 채널 썸네일은 맛과 풍미를 시각적으로 진달하는 데 중점을 둔다. 완성된 요리의 매력적인 사진이 핵심이다.

디자인 팁 완성된 요리의 사진을 크고 선명하게 제작하고, 요리명을 간결하게 표기한다. 배경은 음식을 돋보이게 하기 위해 단순하게 유지한다.

5. 여행 채널

여행 채널 썸네일은 독특한 목적지의 매력을 시청자에게 전달하는 데 중요하다. 아름다운 풍경, 유명한 관광지, 또는 흥미로운 여행 경험을 중심으로 한다.

디자인 팁 인상 깊은 여행지 사진을 활용하고, 해당 여행지의 이름이나 주제를 간략하게 나타내는 텍스트를 추가한다. 사진은 자연스러운 색상을 강조하여 선명하고 생동감 있게 처리하는 것이 좋다.

6. 반려동물 채널

반려동물 채널 썸네일은 귀여움과 친근감을 중점으로 전달해야 한다. 특히, 반려동물의 사랑스러운 모습이나 유쾌한 순간을 포착해 보여주는 것이 중요하다.

디자인 팁 반려동물의 표정이나 동작을 강조하여 시청자의 감정에 호소하는 이미지를 선정한다. 행복하거나 재미있는 순간을 중심으로 하고, 간결한 텍스트를 통해 콘텐츠의 내용을 추가한다.

7. 브이로그 채널

브이로그 채널 썸네일은 개인적인 경험과 이야기를 전달하는 데 초점을 맞춘다. 일상, 여행, 특별한 활동 등 다양한 내용을 담는다.

디자인 팁 주요 활동이나 이벤트를 중심으로 구성하며, 인물의 표정과 감정을 통해 시청자의 공감을 유도하는 이미지를 선택한다. 명확하고 간결한 텍스트로 주제를 설명하여 시청자가 콘텐츠에 대해 쉽게 이해할 수 있게 한다.

8. 과학 채널

과학 채널 썸네일은 복잡한 과학적 개념을 쉽고 직관적으로 전달하는 데 중점을 둔다. 실험, 발견, 탐험과 같은 순간을 강조하여 시청자의 호기심을 자극한다.

디자인 팁 과학적 요소나 모델을 활용해 주제를 시각적으로 표현하며, 흥미로운 실험 결과나 현상을 돋보이게 하고, 주제와 관련된 키워드를 포함한 텍스트로 추가 정보를 제공한다. 이런 방식은 과학에 대한 이해를 돕고, 시청자의 관심을 끌기 위한 효과적인 전략이다.

9. 정보 채널

정보 채널 썸네일은 교육적 내용, 뉴스, 사회적 이슈 등을 다루며 신뢰성과 전문성을 강조해야 한다.

디자인 팁 주제와 밀접하게 연관된 심볼이나 그래픽을 사용해 내용을 직관적으로 파악할 수 있도록 하고, 핵심 정보나 주요 질문을 텍스트로 부각시킨다. 디자인은 시각적으로 깔끔하고 전문적인 분위기를 유지하여 정보의 신뢰도를 높인다.

썸네일 쉽게 만드는 방법: AI 디자인 도구 활용

유튜브 초보자 중 많은 이들은 어도비 포토샵 같은 복잡한 사용자 메뉴를 어려워한다.

과거엔 파워포인트나 미리캔버스와 같은 소프트웨어로 썸네일을 제작했다. 필자 역시 포토샵 사용이 여전히 난해하다. 이는 전문가 수준의 결과물을 만들기 위해 상당한 시간과 노력을 요구하는 프로그램이기 때문이다. 여기서 필자가 초보자에게 추천하고 싶은 프로그램은 바로 "캡컷"이다. 캡컷은 무료이며, 최근 주목받는 AI 기반 편집 소프트웨어로, 사용자 친화적인 인터페이스와 다양한 기능을 갖추고 있다. 특히, 캔바와 같은 그래픽 디자인 툴의 기능을 통합하여 썸네일 제작에 필요한 다양한 도구를 제공한다.

썸네일 제작 프로세스

필자가 추천하는 캡컷(www.capcut.com/ko-kr)은 영상 편집과 그래픽 디자인의 경계를 허물며, 미리캔버스나 캔바 같은 도구의 기능을 통합해 사용자에게 일원화된 제작 경험을 제공한다. AI 기술의 진보를 바탕으로, 캡컷은 이미지의 품질을 개선하고 스타일을 변환하는 등의 혁신적인 썸네일 제작 방법을 도입했다. 이러한 기술은 제작 과정을 단순화하며 창의적인 결과물을 도출할 수 있는 기반을 마련한다. 사용자 친화적 인터페이스와 다양한 기능을 통해, 사용자는 전문가 수준의 썸네일을 손쉽게 제작할 수 있다. 캡컷을 활용한 썸네일 제작 과정은 다음과 같다.

영상 캡처 먼저, 유튜브 영상에서 썸네일로 사용할 장면을 캡처한다. 캡컷에서는 영상을 재생하며 핵심 장면을 캡처할 수 있는 기능을 제공한다.

썸네일 디자인 캡처한 이미지를 기반으로 썸네일을 디자인한다. 여기에는 텍스트 추가, 이미지 조정, 필터 적용 등 다양한 편집 도구를 사용하여 썸네일을 최적화할 수 있다.

AI 기능 활용 캡컷의 AI 기능을 활용하여 이미지의 품질을 개선거나, 스타일 변환을 통해 독창적인 썸네일을 생성할 수 있다.

▶ 자신의 동영상 조회수를 떡상 시키는 방법

떡상을 위해 초반 30초 시청자의 이탈을 막아라!

자신이 만든 유튜브 영상을 떡상 시키려면 어떻게 해야할까? 먼저 영상이 시작되는 0초부터 30초의 시청조회율을 70%이상은 확보해야한다. 유튜브 영상이 떡상하기 위한 조건이 세 가지가 있는데 첫째, 초반 30초 시청조회율이 70%이상이어야 하고 둘째, 클릭률은 최소 15%이상이어야 하며 셋째, 시청 지속 시간은 10분기준 50%이상 되어야 한다. 그래야만 유튜브 알고리즘은 해당 영상이 양질의 영상이라고 판단하고 노출 시간을 증가해 준다. 여기서 중요한 것은 이 3가지 조건이 모두 한꺼번에 충족되어야만 지속적으로 노출을 확대해 주며, 중간에 3가지 조건이 하나라도 빠지면 노출은 급감하게 된다.

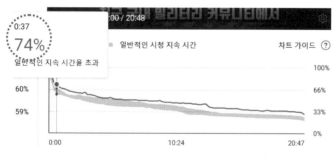

| 떡상의 조건에 충족하는 영상의 그래프_출처: 꺼리튜브 |

여기에서는 먼저 유튜브 영상 제작 시 시청자의 마음을 사로잡을 수 있는 구성으로 영상을 제작하는게 중요하다. 그렇다면 시청자들의 마음을 사로잡는 영상은 어떻게 만들어야할까? 사실 이것은 채널 성향이나 주제에 따라 다르기 때문에 정립된 자료를 제공하기 쉽지 않지만, 이와 같은 조건들을 충족시킬 수 있는 핵심 방법들은 존재한다.

결론부터 말하면, 좋은 콘텐츠를 시청자에게 제공하면 되는 것이다. 소위 말하는 떡상 영상들은 시청자들에게 품질 높은 콘텐츠를 제공함으로써, 시청자들의 관심을 끌고 이탈을 방지하고 있다. 다음의 몇 가지 주요 요소들을 떡상을 위해 반드시 필요하다.

창의적이고 독특한 콘텐츠 아이디어

창의적이고 독특한 콘텐츠는 시청자의 호기심을 자극한다. 평범함을 넘어선 새로운 시도와 아이디어가 주목을 받는 이유다. 좋은 콘텐츠는 "Bedtime Story"를 듣는 듯한 편안함과 재미를 선사해야 한다. 이야기가 자연스럽고 흥미로우면 시청자는 영상을 끝까지 보고 계속해서 채널에 돌아온다. 시각적 효과도 중요하다. 고품질의 영상, 다채로운 그래픽, 효과적인 애니메이션은 시청자의 시각적 만족도를 높인다. 마지막으로, 각 채널의 방향성을 명확히 하여 시청자에게 가치 있는 영상을 제공해야 한다.

좋은 콘텐츠는 단지 재미를 넘어 시청자가 실질적으로 배우고 활용할 수 있는 유익한 정보와 팁을 제공함으로써, 시청자의 만족도를 향상시키며, 이와 함께, 상호작용을 촉진하고 참여를 유도하는 요소를 포함하여 시청자와의 관계를 강화해야 한다. 댓글, 좋아요, 구독 유도 등을 통해 소통하고 상호작용할 수 있는 기회를 제공함으로써, 시청자와의 깊은 연결을 구축한다.

빠른 정보 전달

영상의 초반부에 핵심 정보를 신속하게 전달하는 전략은 시청자가 콘텐츠의 가치를 즉시 인지하고 유지하게 하는 결정적 요소다. 유튜브 초기에는 주요 내용을 영상 말미에 배치해 전체 시청을 유도하는 방식이 통했으나, 현재는 이러한 구성이 초기 단계에서 시청자의 이탈을 초래한다. 과도한 어그로 콘텐츠 생산은 시청자의 신속한 외면을 불러온다. 이에 따라, 최신 트렌드는 결론을 선제적으로 제시한 뒤, 그 결론에 이르게 된 근거를 차례로 설명하는 형식이 주류를 이룬다. 이 과정에서 강렬한 오프닝은 필수적이다.

강렬한 오프닝의 효과

유튜브 영상을 성공적으로 떡상시키고자 한다면, 시청자들의 관심을 즉각적으로 사로잡는 흥미로운 오프닝이 필수이다. 영상의 첫 순간부터 주제를 명확하게 전달하며, 핵심 메시지를 집약적으로 담아내야 한다. 이는 시청자가 영상의 가치를 신속하게 인지하도록 돕는다. 초반부에 핵심 내용을 간략하게 요약하거나 프리뷰 형식으로 제시하면, 시청자는 영상에서 기대할 수 있는 바를 사전에 파악할 수 있다.

영상을 통한 정보 전달은 시각적 요소의 활용이 중요하다. 간결하고 명확한 그래픽, 텍스트, 이미지를 통해 시청자가 정보를 시각적으로 쉽게 이해할 수 있게 구성해야 한다. 이는 시청자에게 매력적인 시각적 경험을 제공한다. 또한, 늘어지는 편집을 피하고, 불필요한 내용을 배제함으로써, 핵심 정보의 신속한 전달에 집중해야 한다. 빠른 템포와 명확한 편집은 시청자가 영상의 핵심을 쉽게 파악하게 하며, 적절한 간격과 리듬으로 정보를 제공하고 핵심 내용을 적절한 시점에 강조해야 한다. 이는 시청자의 관심을 유지하고 이탈을 방지하는 데 기여한다.

고품질의 영상과 음향

영상 제작에서 시각적 효과의 중요성은 여러 번 강조해도 지나치지 않다. 시각적 효과는 시청자의 시각적 감각을 자극하며, 고품질의 영상, 다채로운 그래픽, 효과적인 애니메이션으로 영상을 매력적으로 변모시킨다. 여기에 명확하고 생동감 있는 음성과 흥미로운 음향 효과가 더해져, 시청자의 호기심을 자극하고 영상에 대한 관심을 높일 수 있다.

음성과 음향은 영상의 감정 전달과 내용의 강조에 필수적이다. 목소리의 톤, 억양, 강세를 활용해 감정을 전달하고 중요한 내용을 부각시킨다. 배경 음악이나 효과음을 통해 영상의 분위기를 조절하고 원하는 감정을 강조할 수 있다. 실제로, 시청자의 심리에 영향을 미치는 가장 강력한 요소 중 하나가 바로 소리다. 우수한 음질과 깔끔한 음향은 시청자에게 편안하고 즐거운 시청 경험을 제공하며, 이는 시청자가 영상을 더 오래 시청하도록 만드는 결정적인 요소다.

명확하고 이해하기 쉬운 음성은 정보 전달의 효율성을 높이며, 올바른 음성 톤, 발음, 적절한 음량 조절은 시청자가 내용을 잘 이해하도록 돕는다. 특정한 음악이나 음향 효과를 통해 브랜드 아이덴티티를 강화할 수 있다. 일관된 음향 스타일을 유지하며, 특정 음악을 브랜드와 연결시키면, 시청자에게 브랜드를 강하게 인식시킬 수 있다. 따라서, 영상 제작에서 소리는 우선 순위에 두어야 한다.

▶ 길이에 따라 수익 구조가 달라지는 유튜브 영상

유튜브의 미드롤(Mid-roll ads) 광고는 영상 콘텐츠 중간에 삽입되어 시청자의 몰입을 일시적으로 중단시키는 광고 형태이다. 이 용어는 '중간'을 뜻하는 'mid'와 과거 영화나 비디오가 필름 롤 형태로 제작되었을 때를 연상시키는 'roll'의 합성어에서 유래했다. 이는 문자 그대로 영상의 중앙 부분을 '굴러가며' 펼쳐지는 광고를 의미한다. 유튜브에서 수익 창출의 길을 모색하는 초보 유튜버들이 범하기 쉬운 실수 중 하나는 미드롤 광고를 지나치게 많이 포함시키는 것이다. 이러한 실수는 시청자의 관심도를 저하시킬 수 있으며, 결국 콘텐츠의 가치를 떨어뜨리는 결과를 초래할 수 있다.

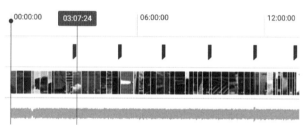

| 영상 중간에 미드롤 광고를 삽입하는 모습 |

유튜브는 콘텐츠 제작자들이 다양한 광고 형식을 통해 수익을 창출할 수 있게 지원한다. 그중 미드롤 광고는 영상 중간에 삽입되어 제작자의 수익 증대에 기여하며, 광고주에게도 효과적인 홍보 수단을 제공한다. 이는 유튜브의 수익 모델에 중요한 역할을 하며, 광고주는 자신들의 광고가 노출될 위치를 선택할 수 있다. 영상 중간에 위치한 광고는 시청자의 관심을 유발하는 중요한 기능을 수행한다. 미드롤 광고는 영상의 시작부에 나오는 프리롤 광고(Pre-roll ads)나 영상이 끝난 후에 나오는 포스트롤 광고(Post-roll ads)와 대비된다.

유튜브는 콘텐츠 제작자들에게 프리롤 광고와 포스트롤 광고를 넘어서는 수익 창출 기회를 제공한다. 미드롤 광고, 즉 영상 중간에 삽입되는 광고는 이러한 기회 중 하나로, 특정 길이 이상의 영상에서 사용할 수 있다. 제작자는 이를 통해 광고 삽입 여부와 위치를 결정함으로써, 시청자 경험과 수익성 사이의 균형을 맞추는 중요한 선택을 하게 된다. 이는 유튜브 시청 경험의 일부로, 제작자의 수익 창출 능력을 강화한다.

미드롤 광고의 목적은 콘텐츠 시청 중 광고주의 메시지를 전달하여 광고주에게 높은 가시성과 참여도를, 콘텐츠 제작자에게는 추가적인 수익 기회를 제공하는 데 있다. 이는 유튜브 플랫폼 내에서 광고가 콘텐츠와 어떻게 통합되며, 제작자, 광고주, 시청자 간의 상호작용을 촉진하는지의 예시 중 하나이다. 따라서, 미드롤 광고를 적절히 배치하는 것은 채널 수익과 직결되며, 시청자와 광고주의 목표 달성에 중요하다는 점에서, 무조건적인 광고 삽입이 항상 좋은 것은 아니다.

필자의 경험으로 초반 4~5분 사이에 첫 광고를 배치하고 이후에는 5분 단위로 배치하는 것이 가장 효과적이었다. 이러한 전략은 시청자의 관심도를 유지하면서도, 광고주의 메시지가 효과적으로 전달되게 하는 균형을 찾는 방법이다.

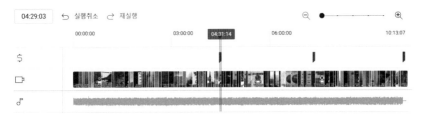

| 5분 단위로 미드롤 광고를 삽입한 모습 |

유튜브 영상에서 미드롤 광고를 효과적으로 배치하는 전략은 시청자의 이탈을 최소화하는 것에 초점을 맞춘다. 필자는 이를 위해 첫 4~5분 대에 첫 광고를 삽입하고, 그 이후엔 적절한 간격으로 추가 광고를 배치했다. 이러한 접근법은 영상 초반 4분 이전에 광고

를 배치하지 않는 것을 권장하는 것과 일맥상통한다. 이것은 시청자들의 몰입도가 충분히 높아지기 전에 광고로 인해 감정의 흐름이 방해받지 않도록 하고, 시청 지속 시간을 확보하는 데 핵심적이며, 영상의 성공 가능성을 높인다.

필자가 유튜브 활동을 시작했을 때 경험한 몇 가지 사례를 통해, 이러한 전략의 중요성을 깨달았다. 열정 가득했던 유튜브 초창기, 필자가 업로드한 한 영상이 클릭률 30%를 넘기며 순식간에 화제가 되었다. 그러나 이 기쁨은 30분도 채 지나지 않아 사그라들었다. 원인은 바로 시청 지속 시간이 2분 후반에서 3분 초반대에 머물렀기 때문이다. 그래프는 1분당 1,000회 조회수가 넘게 치솟았으나, 미드롤 광고가 삽입된 2분 후반에서 3분 초반대에 급격히 하락하는 현상을 목격했다. 미드롤 광고의 위치가 이토록 중요하다는 사실을 깨달은 필자는 이후 첫 광고를 4~5분대에 배치하기 시작했다.

이 변화 이후 시청자들의 초반 이탈률이 현저히 감소했다. 미드롤을 중반부 이후로 배치하고 광고 수를 2개에서 3개로 조정한 결과, 조회수가 이전과 비교할 수 없을 만큼 증가했다. 이는 RPM 증가로 이어졌다.

유튜브에서 "RPM"은 "천 번의 재생당 수익"을 의미한다. 이 지표는 유튜브 콘텐츠 제작자가 자신의 영상 조회수 천 건당 얼마의 수익을 얻고 있는지를 나타내는 중요한 지표다. RPM은 광고, 채널 멤버십, 슈퍼 챗, 유튜브 프리미엄 수익 등 유튜브로부터 얻은 총 수익을 천 번의 조회수 당 환산한 값으로, 다음과 같은 공식을 사용하여 계산된다.

$$RPM = \left(\frac{총\ 수익}{총\ 조회수} \right) \times 1,000$$

- 총 수익은 광고 수익, 채널 멤버십, 슈퍼 챗, 유튜브 프리미엄 구독자로부터 발생하는 수익을 모두 포함
- 총 조회수는 해당 기간 동안 채널의 모든 영상이 생성한 총 조회수

RPM이 중요한 이유는 자신의 채널에 직접적인 수익률과 연관되어 있기 때문이다. RPM을 통한 분석을 하면 다음과 같은 것들이 눈에 보이기 시작할 것이다.

수익성 분석 RPM을 통해 제작자는 자신의 콘텐츠가 얼마나 수익성이 있는지, 시간이 지남에 따라 수익성이 증가하거나 감소하는 경향이 있는지를 분석할 수 있다.

콘텐츠 전략 조정 다양한 콘텐츠 유형이나 광고 전략이 RPM에 미치는 영향을 평가함으로써, 제작자는 수익을 최적화하기 위해 콘텐츠 전략을 조정할 수 있다.

재정 계획 RPM을 이해함으로써, 제작자는 자신의 콘텐츠 제작 및 홍보에 얼마나 투자할 수 있는지, 예상 수익을 기반으로 재정 계획을 세울 수 있다.

RPM과 CPM의 차이

RPM은 콘텐츠 제작자의 수익성을, CPM(cost per mille)은 광고주의 지출을 측정한다. 이 두 지표는 유튜브에서 광고 수익 모델을 이해하는 데 서로 보완적인 역할을 한다. 따라서, 유튜브 콘텐츠 제작자는 자신의 유튜브 스튜디오 대시보드에서 RPM과 같은 수익 관련 지표를 주기적으로 확인하고 분석해야 한다. 이를 통해 콘텐츠 전략을 계획하고 최적화할 수 있다. 여기에서 자신에게 맞는 영상길이는 어느 정도인지 궁금해 할 것이다. 채널 성향별 영상길이는 다르기 때문에 무조건 이 자료에 맞춰 영상을 제작하는 것은 바람직하지 않다. 하지만 현재 대중들이 콘텐츠별 선호하는 영상 길이에 대해서는 알수 있다.

유튜브에서 최적화된 영상 길이는 콘텐츠의 유형, 목적, 타겟 오디언스에 따라 크게 달라질 수 있다. 일반적으로, 시청자의 관심을 유지하고 알고리즘에 유리하게 작용할 수 있는 길이는 "몇 분"에서 "수십 분" 사이에 걸쳐 있다. 여기서 중요한 것은 콘텐츠의 품질과 시청자가 전체 영상을 끝까지 시청하는 것이다. 시청 지속 시간과 시청자 참여는 유튜브 알고리즘에 큰 영향을 미치기 때문에 영상의 길이보다 이 두 요소가 더 중요할 수 있다.

1. 교육적 콘텐츠

길이 10-15분

이유 충분한 정보를 제공하면서도 시청자의 집중력을 유지할 수 있는 길이이다.

2. 엔터테인먼트 콘텐츠

길이 10-20분

이유 빠른 페이스로 시청자를 끌어들이고, 짧은 시간 안에 만족감을 제공한다.

3. 브이로그 콘텐츠

길이 10-20분

이유 개인적인 이야기나 일상을 공유할 때 시청자와의 감정적 연결을 위해 다소 긴 길이가 필요할 수 있다.

4. 교육 및 리뷰 콘텐츠

길이 5-15분

이유 복잡한 내용을 단계별로 설명하면서도 시청자의 관심을 유지할 수 있는 길이이다.

5. 포괄적인 가이드나 설명 콘텐츠

길이 20분

이유 주제에 대해 심도 있는 분석이나 설명이 필요한 경우, 긴 길이가 정당화될 수 있다.

▶️ 조회수가 정체된 영상에 새로운 생명력 불어넣기

정상적으로 영상을 업로드했음에도 불구하고 조회수가 정체되는 현상을 종종 목격한다. 이것은 기술적인 오류로 인해 발생할 수 있으며, 유튜브 영상의 조회수가 증가하지 않는 다양한 원인을 이해하는 것이 중요하다.

1. 조회수 검증 과정

유튜브는 부정확한 조회수(예: 봇이나 자동화된 절차에 의한 조회)를 걸러내기 위해 주기적으로 검증을 실시한다. 이 과정에서 실질적인 사용자 활동이 아닌 것으로 판단되는 조회수는 삭제될 수 있으므로 비정상적인 조회 활동이 감지된 콘텐츠는 조회수가 정체될 가능성이 있다.

2. 반복 조회

유튜브는 단기간 내에 같은 계정에서 반복적으로 이루어진 조회를 단일 조회로 간주할 수 있다. 즉, 동일한 사용자가 여러 번 영상를 시청해도 조회수가 한 번만 증가할 수 있다.

3. 특정 장치나 브라우저 문제

때때로 특정 장치나 브라우저에서 유튜브 조회수가 정확히 기록되지 않는 기술적 문제가 발생할 수 있다. 이러한 상황은 사용자의 조회가 제대로 추적되지 않도록 할 수 있다.

4. 유튜브 정책 위반

유튜브는 스팸, 기만적인 관행, 또는 사용자를 오도하는 콘텐츠에 대하여 엄격한 정책을 운영하며, 이러한 정책을 위반하는 콘텐츠의 조회수는 제한되거나 삭제될 수 있다.

5. 서버 오류 또는 지연

서버 문제나 기타 기술적 이슈로 인해 조회수가 일시적으로 업데이트되지 않을 수 있다.

위의 언급된 이유를 제외하고, 정상적으로 조회수 증가가 이루어지는 상황에서도 업로드한 영상의 조회수가 더 이상 늘어나지 않는다면 다음과 같은 이유일 수 있다.

콘텐츠 품질 영상의 품질이나 내용이 관객의 관심을 끌지 못할 경우, 조회수 증가는 기대하기 어렵다.

검색 엔진 최적화 (SEO) 영상의 제목, 설명, 태그가 SEO에 부합하지 않으면, 유튜브 검색 결과에서의 노출 부족으로 인해 조회수가 증가하지 않을 수 있다.

업로드 빈도 정기적이고 일관된 업로드가 부족하면, 구독자들이 새 콘텐츠를 찾지 않을 가능성이 있다.

대상 시청자 업로드한 콘텐츠가 대상 시청자의 관심사와 맞지 않으면, 조회수가 기대에 못 미칠 수 있다.

마케팅 및 홍보 부족 콘텐츠를 충분히 알리지 못하면 조회수 증가에 실패할 수 있다.

유튜브 추천 알고리즘 유튜브의 추천 알고리즘이 콘텐츠를 검색 결과에 잘 노출시키지 않을 경우, 이는 시청 시간, 좋아요 수, 댓글 수 등의 다양한 요소에 의해 결정될 수 있다.

이처럼 다양한 이유로 자신이 힘들게 만든 영상의 노출이 줄어, 조회수가 증가하지 않는 경우가 있다. 이런 상황에서는 다음과 같은 3가지 방법으로 영상을 살릴 수 있다.

1. 콘텐츠 최적화

메타데이터 업데이트 제목, 설명, 태그를 최신 SEO 트렌드에 맞게 업데이트하여 검색 가능성은 높은 키워드를 포함하고, 설명에는 영상 내용의 요약과 중요한 링크를 추가한다.

썸네일 변경 더 매력적이고 클릭을 유도할 수 있는 썸네일로 교체하여 주목도를 높인다.

엔드 스크린과 카드 사용 다른 관련 영상이나 최신 콘텐츠로 유도하는 엔드 스크린과 카드를 추가하여 시청자의 참여를 유도한다.

콘텐츠 최적화는 기존 영상의 메타데이터를 현대적 SEO 트렌드에 맞게 재정비하는 과정이다. 예를 들어, "2024년 최신 스마트폰 리뷰: 가장 가성비가 좋은 모델은?" 같은 제목은 구체적이며, 시청자의 관심을 끌 수 있는 요소(예: 연도, "최신", "가성비")를 포함해 검색 결과에서 돋보이게 만든다. 이는 시청자에게 특정 정보를 제공하며 클릭을 유도한다.

설명란은 "이 영상에서는 2024년 시장에 출시된 최신 스마트폰 모델을 리뷰하고, 어떤 제품이 실제로 사용하기에 가장 가성비가 좋은지 평가해 본다."와 같이 영상의 핵심 내용을 간략하게 요약하고, 중요한 키워드를 자연스럽게 포함해야 한다. 관련 웹사이트나 소셜 미디어 링크 추가는 시청자가 더 많은 정보를 쉽게 찾을 수 있도록 한다.

태그는 "스마트폰 리뷰", "2024 최신 스마트폰", "가성비 스마트폰", "스마트폰 비교" 등 영상 주제와 관련된 키워드를 포함해야 한다. 이는 유튜브 검색 알고리즘이 영상을 적절히 분류하는 데 도움을 준다.

썸네일 변경도 영상의 첫인상을 결정짓기 때문에 중요하다. 이는 시각적으로 매혹적이며 주제를 명확히 전달해야 한다. 가령, 최신 스마트폰 리뷰 영상에는 고해상도 이미지를 배경으로 하고 "2024 최고의 가성비 스마트폰!" 같은 강조 텍스트를 더하는 것이 효과적이다. 이러한 방법은 시청자의 관심을 즉각적으로 끌며 영상의 핵심을 직관적으로 이해시킨다.

영상에 엔드 스크린과 카드를 삽입해 시청자가 채널 내 다른 콘텐츠를 탐색하도록 유도하는 것도 중요하다. 스마트폰 리뷰 영상 말미에는 관련 액세서리 리뷰나 이전 모델 비교 리뷰를 소개하는 엔드 스크린을 추가하는 것이 좋다. 영상 중간에 "이 모델의 카메라 성능을 더 알고 싶으신가요?" 같은 질문과 함께 카메라 리뷰 영상으로 이어지는 카드를 삽입하면 시청자의 참여를 높일 수 있다.

이와 같은 최적화 전략은 영상의 검색 가능성을 증진시키고, 참여를 강화하며, 채널 내에서의 시청자 유지에 기여한다. 가장 중요한 점은 시청자의 관점에서 콘텐츠에 접근하고, 데이터를 지속적으로 분석해 전략을 조정하는 것이다.

2. 소셜 미디어와의 통합

소셜 미디어 공유 페이스북, 트위터, 인스타그램에서 영상을 공유하면 새로운 시청자 유입에 효과적이다. 특히 블로그, 틱톡, 인스타그램이나 특정 커뮤니티, 포럼에서 주제를 맞춰 홍보하는 전략은 매우 유용하다. 단, 관련 없는 커뮤니티에 무분별하게 홍보할 경우 부정적인 반응을 초래할 수 있으니 주의가 필요하다.

콜라보레이션 다른 크리에이터와의 협업은 서로의 유튜브 채널 홍보와 새로운 시청자층 확보에 큰 도움이 된다.

3. 유튜브 광고 시스템 활용

유튜브 광고는 TrueView 인스트림 광고, 영상 디스커버리 광고, 논스킵 광고 등 다양한 형식을 제공하며, 타겟팅 옵션을 활용하여 특정 연령, 성별, 관심사, 지역 등의 특정 오디언스를 목표로 할 수 있다. 이는 콘텐츠 제작자와 기업에게 자신들의 영상이나 제품을 관련된 시청자에게 효과적으로 홍보할 수 있는 수단을 제공한다.

광고 전략 성공적인 광고 캠페인은 정확한 타겟 오디언스 설정에서 시작된다. 유튜브의 타겟팅 옵션을 활용하여 영상 콘텐츠와 가장 관련성이 높은 시청자를 선별한다.

광고 목표 브랜드 인지도 증가, 트래픽 유도, 전환 증가 등의 목표에 따라 최적의 광고 형식을 선택한다. 예를 들어, 브랜드 인지도 향상을 목표로 한다면 TrueView 인스트림 광고가 효과적이다.

살펴본 것처럼 광고 내용은 명확해야 하며, 시청자의 관심을 즉각적으로 사로잡아야 한다. 특히, 광고의 초기 몇 초는 결정적인데, 이때 강력한 메시지로 시작하여 시청자의 주의를 집중시켜야 한다.

▶ AI로 월 300만 원이 가능한 유튜브 영상을 제작할 수 있나?

결론부터 말하자면, AI 기술을 활용하면 수십에서 수천만 원까지의 고수익을 올릴 수 있다. 2024년 현재, 우리는 챗GPT 같은 AI를 활용한 유튜브 시장에서 전례 없는 성장과 혁신을 목격하고 있다. 이러한 변화는 콘텐츠 생성, 시청자 상호작용, 시장 분석, 그리고 개인화된 경험 제공 등 여러 측면에서 나타난다.

AI를 적절히 활용하면 유튜버는 채널 운영의 효율성을 대폭 향상시킬 수 있다. 콘텐츠 기획부터 제작, 편집까지 모든 단계에서 AI 기술을 활용함으로써 유튜브 채널의 성장을 가속화하고, 시청자에게 더욱 강렬한 영상을 제공할 수 있다는 것은 명백하다. AI 기술의 발전은 지속될 것이며, 이를 채널 운영에 효과적으로 통합하는 것이 중요하다. 그렇다면 어떻게 AI를 유튜브에 활용해야 할까? AI 기술로 유튜브 채널에 활용 가능한 것은 크게 세 가지로 나뉜다.

1. AI 기반 시장 조사 및 트렌드 분석

유튜브 콘텐츠 제작의 첫 단계는 시장 조사와 트렌드 분석이다. AI 도구를 활용해 대량의 데이터에서 현재 시청자들의 관심사와 트렌드를 식별할 수 있다. 이는 구글 트렌드, 소셜 미디어 분석 도구, 유튜브 자체의 분석 도구를 통해 가능하며, AI는 더 방대한 빅데이터를 분석하여 높은 잠재적 시청자 수를 가진 주제를 식별함으로써, 콘텐츠 기획에 중요한 인사이트를 제공한다. 이 부분은 많은 사람이 잘 모를 수 있는데, 대부분의 미디어에서 AI 기술로 새로운 것을 창조하는 데 중점을 두었지, 자료 분석에 대해서는 많이 다루지 않았기 때문이다. 예를 들어, "2024년 기준으로 한국의 유튜브 트렌드를 분석해줘"라는 프롬프트만 입력해도, AI는 현재의 최신 트렌드뿐만 아니라 다양한 정보를 손쉽게 제공한다. 또한, 이 정보를 표와 수식 같이 도식화하는 것도 가능하다. 현재 AI 기술이 대중들에게 이슈가 된 것은 1년 반 정도밖에 되지 않았기 때문에, AI 활용은 무한하다고 할 수 있다. 얼마나 구체화된 프롬프트를 사용하느냐에 따라 기대 이상의 우수한 결과를 얻을 수 있기 때문이다.

2. 콘텐츠 아이디어 생성

고급 자연어 처리 모델을 활용하면, 기존에 미처 생각지 못한 새로운 유튜브 콘텐츠 아이디어를 창출할 수 있다. 이러한 모델은 다양한 주제에 대해 창의적인 제안을 생성, 유튜버가 타겟 시청자에게 더욱 매력적인 콘텐츠를 제공하는 데 기여한다. 특정 주제에 대한 질문을 모델에 입력하면, 관련된 다양한 콘텐츠 아이디어와 각각에 대한 개요를 제공받는다. AI가 생성한 결과를 그대로 사용하는 것에는 한계가 있으나, 0(제로) 상태에서 시작하는 것보다는 10%의 내용이 주어진 상태에서 작업하는 것이 훨씬 유리하다. 따라서, 적절히 AI를 활용한다면, 자신이 예상치 못한 아이디어를 얻고, 기존의 틀을 벗어나 새로운 시각으로 콘텐츠를 제작하는 계기를 마련할 수 있다.

3. 스크립트 작성 및 수정

초보 유튜버들에게 AI 활용을 권장하는 것은 스크립트 작성에서 특히 중요하다. 과거에는 스크립트 작성이 해당 지식을 어느 정도 갖추어야만 가능한 것으로 여겨졌다. 이러한 인식 때문에 많은 초보 유튜버들이 스크립트 작성을 주저했으나, 이제 상황이 달라졌다. AI가 부족한 지식을 거의 완벽하게 보완해 줄 수 있기 때문이다.

스크립트는 유튜브 콘텐츠의 핵심을 이루는 중요한 요소다. AI 기반 텍스트 생성 도구를 통해 초안을 작성하고 수정하는 과정은 이제 훨씬 수월해졌다. AI 작문 도구는 주어진 주제에 대해 신속하게 초안을 작성할 수 있도록 해주며, 내용의 일관성과 명확성을 개선하는 데 도움을 준다. 또한, 언어적 다양성과 창의성을 더해 스크립트를 풍부하고 흥미롭게 만들 수 있다. 이로 인해 작문 실력이 부족했더라도 양질의 스크립트를 작성할 수 있게 되었다.

필자는 앞으로 작가 직업군에는 두 분류의 작가만 살아남을 것으로 예상한다. 김진명, 공지영, 이문열, 김은희 같은 특정 분야의 정점을 찍는 작가 그룹과 AI를 능숙하게 활용하는 작가들이 그들이다. 과거 휴대용 계산기의 등장으로 주판을 다루던 인력이 도태되고, 타자기를 사용하던 인력이 워드프로세서를 다루는 사람들로 교체된 것처럼, 현대 사회는 구식 기술에 발 딛을 곳을 주지 않는다.

최신 유튜브 AI 제작 영상 정책

AI의 대중화는 유튜브에 새로운 도전을 제시했다. 특히, AI를 활용한 영상 제작이 도덕적 기준을 넘어서고, 가짜 이미지의 범람으로 범죄에 악용될 가능성이 커지면서 유튜브는 최신 AI 영상 제작 정책을 발표했다. 이 정책은 콘텐츠의 품질 유지, 사용자 경험 개선을 목표로 하며, 저작권, 커뮤니티 가이드라인, 인공 지능 생성 콘텐츠(AGC) 문제에 초점을 맞춘다.

유튜브의 AI 영상 제작에 관한 최신 정책은 콘텐츠 제작자가 플랫폼에서 성공하기 위한 필수 요건이 됐다. AI 기술이 콘텐츠 제작 과정을 혁신하는 현 시점에서 유튜브는 다음과 같이 투명성, 저작권 존중, 콘텐츠의 적절성을 강조하는 특정 지침을 설정했다.

1. AI 생성 콘텐츠의 투명성: 표시 의무

AI로 생성된 콘텐츠는 앞으로 그 사실을 명확히 명시해야 한다. 이는 시청자들이 해당 콘텐츠가 AI에 의해 만들어졌다는 것을 알 수 있도록 하여 오해를 줄이고 투명성을 높이기 위함이다. 제작자는 영상 설명, 댓글 혹은 영상 내에 이 정보를 명시해야 하며, 이 규정을 위반할 경우 영상 삭제나 심할 경우 채널 삭제까지 이루어질 수 있다.

2. 저작권 및 지적 재산권 준수: 저작권 보호 콘텐츠의 사용 주의

AI를 이용하여 생성된 콘텐츠가 저작권이 있는 자료를 기반으로 할 경우, 해당 자료의 사용이 저작권법에 의해 허가되었는지 확인하는 것이 필수다. 이는 음악, 영상 클립, 이미지, 텍스트 등 모든 형태의 콘텐츠에 해당된다. AI로 재생성 또는 변형된 저작물도 원저작물의 저작권을 존중해야 하며, 이로 인해 저작권에 관한 법률이 크게 개정될 전망이다. 이러한 분쟁을 피하기 위해서는 자신이 직접 제작한 콘텐츠가 가장 안전하다.

3. 커뮤니티 가이드라인 및 적절성: 커뮤니티 가이드라인 준수

모든 유튜브 콘텐츠는 유튜브의 커뮤니티 가이드라인을 준수해야 한다는 점은 명백하다. AI로 생성된 콘텐츠 또한 이 규정에서 자유롭지 않다. 폭력적이거나 선정적인 내용, 혐오 발언을 포함하는 콘텐츠나 사회적으로 민감한 주제를 다룰 때, 의도치 않은 단어나 영상, 이미지로 인해 예상치 못한 결과가 나타날 수 있으므로 각별한 주의가 요구된다.

4. AI가 생성한 콘텐츠(AGC)에 대한 추가 지침: 윤리적 기준 준수

인공지능을 활용하여 인물의 얼굴이나 목소리를 합성하는 작업에는 명확한 윤리적 기준이 적용된다. 이는 해당 인물의 명백한 동의 없이 이루어져서는 안 되며, 특히 사회적 불안이나 혼란을 야기할 수 있는 합성 콘텐츠의 제작 및 배포는 엄격히 금지되어 있다. 실제로, 이러한 유형의 콘텐츠는 제작 가능성을 넘어서 법적인 위법성을 가지며, 이는 제작을 전면적으로 금지하는 이유 중 하나이다. 유튜브는 이러한 이유로 허위 정보의 확산 가능성이 있는 AI 생성 콘텐츠 사용에 대해 엄격한 제한을 두고 있다. 이는 디지털 콘텐츠의 신뢰성과 투명성을 유지하고, 사용자와 사회에 미칠 수 있는 부정적인 영향을 최소화하기 위한 조치이다. 따라서 유튜브 콘텐츠 제작자들은 이러한 윤리적 기준을 염두에 두고 책임감 있는 콘텐츠 제작에 힘써야 한다.

유튜브 정책은 지속적으로 업데이트되며, AI 기술 발전에 따른 콘텐츠 제작 방식의 변화를 반영한다. 따라서, 콘텐츠 제작자는 정기적으로 변경 사항을 확인하고 자신의 콘텐츠가 최신 가이드라인에 부합하는지 검토해야 한다. 이러한 절차는 콘텐츠가 정책 위반으로 인한 제재를 받지 않도록 보호하고, 유튜브 커뮤니티 내에서의 신뢰를 유지하는 데 중요하다.

AI 기술을 활용한 콘텐츠 제작은 제작자에게 큰 기회를 제공하지만, 이는 유튜브의 저작권 정책, 커뮤니티 가이드라인, AGC에 관한 정책을 준수하는 범위 내에서만 허용된다. AI 활용은 개인의 도덕적 관념에 따라 다를 수 있지만, 투명성, 저작권 준수, 윤리적 기준의 준수가 보장될 때만 콘텐츠 제작이 지속 가능하다. 이는 시청자와의 관심도를 구축하고 유튜브 채널 운영에 긍정적인 영향을 미친다.

참고로 본 도서는 AI 학습에 도움을 주기 위해 미드저니와 같은 생성형 AI를 활용할 수 있는 "알아두면 평생 써먹는 인공지능(AI) 그림 수업" 도서(PDF)를 패키지로 제공하고 있다.

07

미래의 유튜브
트렌드 분석

마지막 장인 "미래의 유튜브 트렌드 분석"에서는 국내에서 가장 많이 사용되는 두 가지 모바일 플랫폼인 카카오톡과 유튜브의 이용자 수 변화에 대해 살펴볼 것이다. 이 변화는 디지털 통신 및 콘텐츠 소비 행태에 대한 깊은 통찰을 제공한다.

2023년 12월 기준으로 카카오톡과 유튜브의 월간 활성 이용자 수(MAU: Monthly Active Users)는 각각 약 4,102만 명에 달하며, 두 플랫폼 간의 차이는 불과 336명으로 역대 최소치를 기록했다. 이는 두 서비스가 한국 디지털 생태계에서 차지하는 중대한 위치를 드러낸다. 카카오톡은 광범위한 연령층에 걸쳐 활용되는 주요 메시징 앱이지만, 유튜브는 주로 10대와 20대 사이에서 인기가 높다. 최근에는 30대 사이에서도 유튜브의 인기가 급상승하고 있는 추세다. 유튜브가 제공하는 다채로운 콘텐츠와 사용자 맞춤형 추천 알고리즘이 이러한 변화를 이끌고 있다.

유튜브는 사용자가 선호하는 콘텐츠를 자동으로 추천하며, 새롭고 흥미로운 콘텐츠를 쉽게 발견할 수 있도록 한다. 이러한 특성은 특히 1인 가구나 반려동물을 기르는 이들 사이에서 유튜브를 매우 인기 있게 만든다.

유튜브의 숏츠는 MZ세대의 주목을 받으며, 짧은 형식의 콘텐츠를 통해 긴 영상에 대한 지루함을 극복한다. 유튜브 뮤직은 국내에서 멜론을 능가하는 MAU를 기록, 다양성과 접근성이 주효하다. 특히, 2023년 12월 기준 유튜브의 사용 시간은 카카오톡의 거의 3배에 달하며, 이는 유튜브가 주요 엔터테인먼트 및 정보 플랫폼으로 자리매김했음을 나타낸다.

이러한 분석은 카카오톡과 유튜브 간의 경쟁이 단순 이용자 수를 넘어, 콘텐츠의 질, 사용자 맞춤형 서비스, 그리고 이용자들의 다양한 요구를 충족시키는 방향으로 진화하고 있음을 보여준다. 젊은 세대의 미디어 소비 습관 변화와 밀접한 유튜브의 성장은 지속될 것으로 예상된다. 따라서, 미디어 플랫폼은 사용자 경험 향상, 다양한 콘텐츠 제공, 개인화 서비스 강화에 주력해야 한다.

2024년 이후의 유튜브 콘텐츠 변화

유튜브는 다양한 콘텐츠와 혁신적인 형식으로 전 세계 시청자들에게 끊임없이 새로운 경험을 제공하는 핵심 플랫폼이다. 2023년에는 콘텐츠 다양화, 크리에이터 생태계의 발전, 그리고 글로벌 커뮤니케이션 강화가 주요 트렌드로 부상했다. 이러한 변화는 기존 지상파 방송이 제공하지 못한 신선한 볼거리로 시청자들의 갈증을 해소하고 있다.

1. 자연스러움을 넘어 날 것 그대로의 매력을 보여주는 셀럽 토크쇼

2023년, 유재석과 신동엽(짠한형) 같은 정상급 MC들이 유튜브로 진출하면서 플랫폼은 큰 전환점을 맞이했다. 전통적인 토크쇼의 한계를 넘어, 이들은 보다 자유롭고 사적인 대화로 시청자와 소통하기 시작했다. 이는 리얼리티와 진정성을 중시하는 현대의 콘텐츠 소비 트렌드를 반영한다. 유명 인사들이 자신들의 진솔한 경험과 생각, 그리고 성공과 실패의 이야기를 공유함으로써, 시청자와 감정적으로 깊은 연결을 형성하는 것이 유튜브가 제공하는 새로운 콘텐츠 소비 경험의 중심이다.

2. 다양해지는 코미디 콘텐츠

코미디 콘텐츠는 유튜브에서 지속적으로 중요한 장르로 자리매김해 왔으며, 2023년에는 다양한 형태로 발전을 거듭했다. 스케치 코미디부터 부캐 생성, 하이퍼리얼리즘에 이르기까지, 코미디 크리에이터들은 창의적인 방식으로 시청자를 웃기고 있다. 이러한 다양성은 코미디가 단지 웃음을 초월해 시청자에게 새로운 관점과 사고를 제공할 수 있음을 드러낸다. 코미디 콘텐츠의 진화는 시청자의 기대와 취향이 변화하고 있음을 반영하며, 크리에이터들로 하여금 지속적인 혁신을 추구하게 한다.

3. 진화하는 크리에이터 생태계

2023년, 유튜브 크리에이터 생태계는 가상현실(VR), 확장현실(XR) 같은 신기술을 활용한 콘텐츠로 인해 더욱 다양해졌다. 이는 전통적인 콘텐츠 제작 방식을 초월하는 창의적인 가능성을 제시한다. 버추얼 케이팝 그룹의 출현은 실제와 가상이 융합된 새로운 형태의 엔터테인먼트를 선보이며 변화를 상징하는 동시에, 글로벌 크리에이터의 국내 시장 진입은 크리에이터 생태계에 세계적인 경쟁과 협업의 기회를 열어주었다.

4. 숏츠를 통한 일상 공유와 소통

유튜브 숏츠는 크리에이터와 시청자 간의 소통을 강화하는 새로운 플랫폼으로 자리 잡았다. 일상의 단편부터 창의적인 아이디어에 이르기까지 다양한 콘텐츠가 숏츠를 통해 공유되며, 시청자에게 새로운 형태의 엔터테인먼트를 제공한다. 글로벌 챌린지에 참여는, 세계 각국의 시청자와의 소통은 숏츠만의 또 다른 매력이다. 이는 콘텐츠의 접근성을 향상시키고, 시청자 참여를 촉진함으로써 유튜브 커뮤니티의 활성화에 크게 기여하고 있다.

5. 여성 아티스트들의 활약

2023년 K-POP 시장에서 여성 아티스트들의 활약은 특히 주목할 만했다. 그룹 활동을 넘어 솔로 아티스트로서 성공적인 데뷔를 이룬 여성들은 자신만의 음악적 색깔과 개성을 드러내며 팬들의 열렬한 지지를 받았다. 이러한 성공은 여성 아티스트들의 독립적인 음악적 역량과 다양성을 더욱 강조하며, K-POP 시장 내에서 그들의 위치와 영향력을 명확히 재확인시켜 주었다. 이는 K-POP 산업에서 여성 아티스트들이 단순히 그룹의 일원으로만 활동하는 것이 아니라, 개별적으로도 큰 영향력을 발휘할 수 있음을 보여준 중요한 변화다.

6. 힐링 트렌드의 콘텐츠 강세

현대 사회의 급격한 변화는 개인의 심리적 안녕에 상당한 영향을 미친다. 특히, 팬데믹 이후, 많은 이들이 일상의 부담감에서 벗어나기 위해 긍정적이고 치유적인 경험을 추구한다. 이런 배경 속에서 '힐링' 콘텐츠에 대한 수요가 크게 증가했다. 기안84와 같은 콘텐츠는 대표적인 예로, 시청자들에게 위안과 재미를 선사한다.

진정성과 순수함 기안84는 여행 초보자로서 계획 없이 떠난 여행에서 겪는 다양한 상황을 솔직하게 공유한다. 이러한 모습은 시청자들과의 강한 공감대를 형성한다.

현지 문화와의 교류 기안84가 현지인들과 자연스럽게 친해지며 어울리는 모습은 단순한 관광을 넘어서는 진정한 문화 교류의 가치를 전달하여 시청자들에게 힐링을 제공한다.

동료들과의 케미 빠니보틀과 덱스 등 여행 전문가들과의 독특한 케미는 프로그램에 재미와 생동감을 더한다. 이는 시청자들이 다양한 인물 간의 상호작용을 통해 풍부한 경험을 하게 한다.

유튜브에서 힐링 콘텐츠의 인기는 현대 사회의 복잡함과 스트레스에 대응하는 방식으로, 정신적·신체적 웰빙에 대한 관심 증가 때문이다. 사람들은 일상의 압박, 불안, 우울을 완화하고 자신만의 평온을 찾기 위해 이러한 콘텐츠로 몰리고 있다. 자연 소리, 명상 가이드, 긍정적 생각을 심어주는 메시지 등 다양한 형태로 제공되는 이 콘텐츠들은 시청자에게 마음의 평화와 긍정적 에너지를 선사한다. ASMR이나 명상 가이드 영상은 이완 효과를, 자연 소리 비디오는 도시 생활의 번잡함에서 벗어나 자연과 연결되는 감각을 제공한다. 이처럼 힐링 콘텐츠는 개인의 정신 건강 증진과 일상 스트레스에서 벗어나는 휴식처를 제공하며 유튜브에서 지속적인 인기를 끌고 있다.

숏츠가 유튜브 시장에 미치는 영향은 무엇인가? 유튜브 숏츠의 등장은 디지털 콘텐츠의 소비와 제작 패러다임에 혁명을 일으켰다. 특히, 짧은 형식의 콘텐츠는 빠르고 집중적인 정보 전달을 가능하게 해, 기존의 긴 형식 영상과는 차별화된 새로운 소비 트렌드를 창출했다. 이는 기업과 브랜드가 타겟 오디언스에게 더 효과적으로 다가가기 위한 신선한 마케팅 전략의 필요성을 불러일으켰다. 숏츠를 활용한 브랜드 인지도 증대, 제품 홍보, 소비자와의 상호작용 강화는 디지털 마케팅 전략의 다변화와 창의적 콘텐츠 제작의 기회를 제공한다.

이러한 변화는 콘텐츠 제작자들에게도 새로운 창의적 도전을 제기하며, 짧은 길이의 콘텐츠 안에서 강력한 메시지를 전달하는 능력이 중요해졌다. 유튜브 쇼츠의 출현으로 인한 소비와 제작 방식의 전환은 콘텐츠 마케팅 분야에 지속적인 영향을 미치며, 그 중요성은 앞으로도 증가할 것이다.

| 유튜브 영상과 숏츠 업로드 현황_출처: 구글 |

숏폼 콘텐츠의 혁신과 소비자 이용 행태 변화

숏폼(숏츠) 콘텐츠의 급진적 진화는 디지털 커뮤니케이션의 혁명을 주도한다. 틱톡의 선구적 성공에 이어 유튜브 숏츠와 인스타그램 릴스가 등장하며 변화를 가속화했다. 이 플랫폼들은 짧으나 강렬한 콘텐츠로 사용자들의 관심을 끌며 일상의 소비 경험으로 자리잡았다. 틱톡이 30억 달러의 소비자 지출을 기록하고 유튜브 숏츠가 하루 조회수 300억 뷰를 달성하는 것은 이 형식이 단순한 유행을 넘어 디지털 커뮤니케이션의 중심으로 자리매김했다는 증거이다. 모바일 기기의 일상화와 정보 소비 패턴의 변화로 인해 숏폼 콘텐츠는 언제 어디서나 소비할 수 있는 이상적인 형태로 부상했다. 브랜드와 마케터들에게는 타겟 오디언스와의 효과적인 소통, 브랜드 인지도 향상, 소비자 행동에의 영향력 확대를 가능하게 하는 새로운 기회를 제공한다.

숏폼 콘텐츠의 급부상은 디지털 커뮤니케이션 미래에 대한 중요한 통찰을 제공한다. 사용자들의 콘텐츠 소비 습관을 반영하고, 브랜드와 소비자 간의 상호작용을 강화하는 이 형식은 앞으로도 계속해서 디지털 마케팅과 소셜 미디어 전략의 중심에 있을 것이다. 숏폼 콘텐츠의 활용에 있어 국내외에서 주목할 만한 예시는 다양하며, 각각의 플랫폼에서 브랜드 인지도를 높이고, 고객과의 소통을 강화하는 데 성공한 사례들을 살펴볼 수 있다.

국내 사례 1: Dingo Music (딩고 뮤직)

플랫폼: 유튜브 쇼츠 딩고 뮤직은 K-POP 아티스트들과 협업하여 숏폼 콘텐츠를 제작, 공유하며 엄청난 인기를 끌고 있다. 특히, 가수들의 라이브 퍼포먼스, 비하인드 스토리, 짧은 인터뷰 클립 등을 통해 팬들과의 접점을 넓히고 있다.

국내 사례 2: ZEMIN (제민)

플랫폼: 틱톡 제민은 국내에서 인기 있는 틱톡 크리에이터로, 짧은 스케치 코미디를 중심으로 콘텐츠를 제작한다. 그의 콘텐츠는 일상에서 발생할 수 있는 다양한 상황을 유머러스하게 표현해 많은 팔로워를 확보하고 있다.

국외 사례 1: Chipotle (치폴레)

플랫폼: 틱톡 미국의 패스트 캐주얼 레스토랑 체인인 치폴레는 틱톡을 활용한 마케팅으로 큰 성공을 거두었다. 특히, #GuacDance 챌린지는 아보카도를 활용한 요리를 소개하며 큰 인기를 끌었고, 이는 실제 매장 방문과 매출 증대로 이어졌다.

국외 사례 2: NBA (미국프로농구)

플랫폼: 인스타그램 릴스 및 틱톡 NBA는 경기 하이라이트, 선수들의 재미있는 순간, 그리고 팬들과의 상호작용을 위한 숏폼 콘텐츠를 활발히 제작한다. 이를 통해 젊은 팬층과의 소통을 강화하고, NBA 브랜드의 글로벌 인지도를 높이는 데 기여하고 있다.

이러한 예시들은 숏폼 콘텐츠가 다양한 산업에서 어떻게 활용될 수 있는지 보여주며, 각 브랜드의 창의적인 접근 방식이 어떻게 소비자의 관심과 참여를 이끌어내는지를 잘 알 수 있게 해준다.

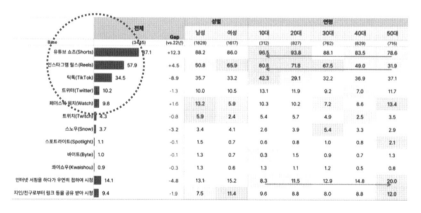

	전체 (3415)	Gap (vs.22년)(↑)	성별		연령				
Base			남성 (1828)	여성 (1617)	10대 (312)	20대 (827)	30대 (762)	40대 (829)	50대 (715)
유튜브 쇼츠(Shorts)	87.1	+12.3	88.2	86.0	96.5	93.8	88.1	83.5	78.6
인스타그램 릴스(Reels)	57.9	+4.5	58.0	65.9	80.8	71.8	67.5	49.0	31.9
틱톡(TikTok)	34.5	-8.9	35.7	33.2	42.3	29.1	32.2	36.9	37.1
트위터(Twitter)	10.2	-1.3	10.0	10.5	13.1	11.9	9.2	7.0	11.7
페이스북 워치(Watch)	9.8	+1.6	13.2	5.9	10.3	10.2	7.2	8.6	13.4
트위치(Twitch)	4.3	-0.8	5.9	2.4	5.4	5.7	4.9	2.5	3.5
스노우(Snow)	3.7	-3.2	3.4	4.1	2.6	3.9	5.4	3.3	2.9
스포트라이트(Spotlight)	1.1	-0.1	1.5	0.7	0.6	0.8	1.0	0.8	2.1
바이트(Byte)	1.0	-0.1	1.3	0.7	0.3	1.5	0.9	0.7	1.3
콰이쇼우(Kwaishou)	0.9	-0.3	1.3	0.6	1.3	1.1	1.2	0.5	0.8
인터넷 서핑을 하다가 우연히 첨하여 시청	14.1	-4.8	13.1	15.2	8.3	11.5	12.9	14.8	20.0
지인/친구로부터 링크 등을 공유 받아 시청	9.4	-1.9	7.5	11.4	9.6	8.8	8.0	8.8	12.0

| 숏폼 콘텐츠 시청 채널 (경로)_출처: 구글 |

숏폼 콘텐츠의 대중화는 현대 디지털 커뮤니케이션의 중심축이다. 10대부터 30대에 이

르는 젊은 세대에서 특히 인기를 끌고 있으며, 이는 빠른 정보 소비와 짧은 시간 내에 다양한 경험을 선호하는 젊은 현대인의 욕구를 반영한다. 또한, 모바일 기기의 일상화와 함께 사용자가 언제 어디서나 쉽게 콘텐츠에 접근할 수 있는 환경이 이러한 경향을 가속화한다. 숏폼 콘텐츠는 사용자의 니즈를 충족시키는 동시에 소셜 미디어 플랫폼에서의 상호작용과 참여를 촉진하는 중요한 역할을 한다. 이는 브랜드와 마케터에게 타겟 오디언스와의 소통, 브랜드 인지도 향상, 그리고 소비자 행동 변화를 유도할 수 있는 전략적 도구로서의 새로운 기회를 제공한다. 숏폼 콘텐츠의 성장은 디지털 시대의 소비자 이용 행태를 깊이 이해하고 창의적인 콘텐츠 전략이 브랜드 성공의 열쇠임을 시사한다.

| 숏폼 콘텐츠 시청 빈도_출처: 구글 |

숏폼 콘텐츠의 대중화가 다양한 플랫폼에서 소비자의 이용 행태를 혁신하고 있다. 인스타그램 릴스, 유튜브 숏츠, 틱톡은 각각의 독특한 특성으로 사용자들에게 다채로운 콘텐츠 소비 경험을 선사한다. 유튜브 숏츠는 예능, 교육, 리뷰 등의 다양한 콘텐츠를 통해 사용자의 정보 탐색 욕구와 엔터테인먼트 요구를 만족시킨다. 사용자들은 특히, 예능 콘텐츠에서 유머와 정보를 동시에 얻으며, 유튜브의 방대한 콘텐츠 라이브러리를 효율적으로 활용한다.

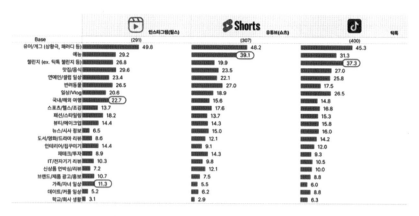

| 주로 시청하는 숏폼 콘텐츠 주제_출처: 구글 |

인스타그램 릴스는 여행, 패션, 라이프스타일 등 비주얼 중심의 콘텐츠에서 두각을 나타낸다. 이 플랫폼은 사용자에게 시각적으로 매력적인 콘텐츠를 제공하며, 영감과 개인의 취향 탐색의 장을 마련한다. 인스타그램의 이미지와 비디오 중심 구성은 창의적인 표현과 소통을 가능하게 한다.

틱톡은 참여적이고 상호작용적인 콘텐츠로 젊은 세대에게 인기가 많다. 챌린지, 립싱크, 댄스 비디오를 통해 사용자는 창의성을 발휘하고 글로벌 커뮤니티와 소통한다. 틱톡의 알고리즘은 사용자의 관심사에 맞춤화된 콘텐츠를 제공해, 끊임없이 새로운 콘텐츠를 발견하는 맞춤형 피드를 경험할 수 있다.

이러한 플랫폼별 특성은 숏폼 콘텐츠가 일상생활에 깊숙이 자리를 잡고 있음을 보여준다. 사용자들은 다양한 목적과 욕구에 따라 각기 다른 플랫폼을 선택적으로 활용한다. 숏폼 콘텐츠의 지속적인 혁신과 사용자 이용 행태의 변화는 디지털 커뮤니케이션과 마케팅 전략에 중대한 영향을 미칠 것이다.

▶ 에필로그

유튜브를 통해 콘텐츠를 세계에 공유하며, 개인적 성장과 경제적 보상을 추구하는 여정에 첫발을 딛은 여러분에게 축하를 전한다. 유튜브는 단순한 동영상의 공유를 넘어, 창의력을 발휘하고 꿈을 실현할 수 있는 무대이다. 필자는 이 책이 여러분의 유튜브 여정에 견고한 기반을 마련해 줄 것이라 확신한다.

유튜브 콘텐츠 제작은 다양한 단계를 거치며, 초기에는 기대에 못 미치는 결과에 직면할 수 있다. 그러나 이는 배움, 성장, 그리고 자신만의 목소리를 찾아가는 과정이다. 실패와 시행착오는 더 강해지고 콘텐츠를 풍부하게 하는 필수 과정이다.

유튜브 크리에이터로서의 성공은 인기뿐만 아니라 실질직인 수입 증가로 이어진다. 광고 수익, 스폰서십, 제휴 마케팅 등 다양한 수익 창출 기회가 열린다. 많은 유튜브 크리에이터들이 이미 이 경로를 통해 상당한 수익을 얻고 있다.

성공적인 유튜브 채널 운영은 지속적인 콘텐츠 제작과 개선, 시청자와의 소통, 마케팅 전략을 필요로 한다. 여러분의 창의력, 끈기, 변화에 대한 적응력이 큰 자산이 될 것이다. 자신의 콘텐츠가 긍정적인 영향을 미치고 커뮤니티 형성에 기여한다면, 그것은 세상에 남길 수 있는 의미 있는 발자취이다.

이 책을 통해 유튜브에 대한 지식뿐만 아니라 자신에 대한 믿음, 끊임없는 호기심, 변화를 두려워하지 않는 용기를 얻기를 바란다. 유튜브는 여러분이 세상과 소통하고, 자신의 이야기로 영감을 주며, 실질적인 변화를 만들어갈 수 있는 강력한 플랫폼이다. 이를 통해 자기 자신의 목소리를 찾고, 꿈을 실현하는 데 필요한 모든 것을 얻기를 바란다. 또한, 성공과 함께할 수입 창출은 자신의 영향력을 증명하는 기회가 될 것이다. 이제 여러분의 이야기는 세상을 변화게 할 것이라 확신한다.